講談社文庫

嶽神伝《がくじんでん》　血路《けつろ》

長谷川 卓

JN179829

講談社

目次

嶽神伝　血路

《主要登場人物》

武田《たけだ》家　武田晴信《はるのぶ》（後の武田信玄《しんげん》）
武田信虎《のぶとら》（晴信の父）
板垣信方《いたがきのぶかた》（《かまきり》支配）
山本勘助《やまもとかんすけ》（足軽隊将）
小夜姫《さよひめ》（諏訪御料人）

諏訪《すわ》家　諏訪頼重《よりしげ》（諏訪家当主）
禰々《ねね》御料人（頼重夫人）
寅王《とらおう》（頼重嫡男）
久保坂内記《くぼさかないき》（禰々御料人側近）

芦田《あしだ》家　芦田虎満《とらみつ》（龍神岳城《りゅうじんだけじょう》城主）
喜久丸《きくまる》（虎満嫡男。後の二ツ）
佐野笙左衛門《さのしょうざえもん》（喜久丸守役）
芦田満輝《みつてる》（虎満弟）

北条《ほうじょう》家　北条幻庵《げんあん》（《風魔《ふうま》》支配）
風魔小太郎《こたろう》（《風魔》棟梁）

南稜七ツ家《なんりょうななつや》
勘兵衛《かんべえ》（束ね）
源三《げんぞう》（小頭）
市蔵《いちぞう》
泥目《どろめ》
土蜘蛛《つちぐも》
楓《かえで》
夜鴉《よがらす》
天鬼坊《てんきぼう》
人影《ひとかげ》
二ツ《ふた》

《かまきり》（武田家透波《すっぱ》選り抜き）
暁斎《ぎょうさい》（棟梁）
ヌメリ
雨飾《あまかざり》
鉄幹《てっかん》
陽炎《かげろう》
小源太《こげんた》
凪丸《なぎまる》
犬房《いぬぶさ》

第一章　謀叛《むほん》

一

雲が流れて行く。厚く、重い雲が、時折峰々に大粒の雨を叩《たた》き付けながら、流れて行く。

雨脚が見えた。

雨が尾根を掃くように降り抜けて行くのが見て取れた。

尾根の先に、雨に洗われた城があった。

尾根は城で尽き、城の向こうは切り立った断崖《だんがい》になっている。

龍神岳城《りゆうじんだけじよう》――。

甲斐駒ヶ岳《かいこまがたけ》から黒戸山へと続いた稜線《りようせん》がゆるやかに沈み掛けたところで突然隆起し、峨々《がが》とした岩山を形作っている。龍神岳である。山容が、あたかも龍の尾が天空に跳ね上がっているように見えるところから、別名龍尾山ともいわれている龍神岳の山頂に、龍神岳城はあった。

城主は芦田《あしだ》虎満《とらみつ》。土地の豪族・芦田一族の宗家であり、龍神岳城は三代前の芦田家を興した芦田満正《みつまさ》が難攻不落の城として縄張りしたものである。

城には二種類ある。防衛を目的とした《陰の縄張り》によるものと、防衛だけでなく攻撃性も備えた《陽の縄張り》によるものの二つである。

尾白《おじろ》川渓谷に臨み、屏風《びょうぶ》のように切り立った断崖上にある龍神岳城は、急激な上りの尾根道を除いては、荷馬《にうま》一頭がようやく通れる幅の道しかない、ただひたすら防衛のみを目的とした《陰の縄張り》の城だった。

しかも、岩盤に支えられた岩山であるにもかかわらず、龍神岳城には水が豊富だった。石灰岩から出来ている龍神岳の内部には迷路のような鍾乳洞《しょうにゅうどう》が縦横に走り、地底には満々と水を湛《たた》えた泉があったのである。

「なるほど、力攻めでは落ちぬな」

男は龍神岳城から目を移さずに、左右に従えた二つの影に呟《つぶや》くように言った。

男たちは、渓谷を挟んだ崖上の岩棚にいた。そこからは、龍神岳城を十全に見渡すことが出来た。

男の名は、武田《たけだ》晴信《はるのぶ》。後の武田信玄である。

天文十一年（一五四二）。

晴信、時に二十二歳。

実父・信虎《のぶとら》を駿河《するが》に追放し、自らが国主の座に就いて一年になる。

甲斐は二十万石の小さな国だった。東の相模《さがみ》には北条家《ほうじょう》が、南の駿河には今川家《いまがわ》がある。それらの国に隣接した武田家が生き延びるには、力を付けねばならなかった。それは、領土を拡張し、米と兵を手に入れることに外ならなかった。信虎は民百姓に重税を課し、度重なる出兵を強いた。怨嗟《えんさ》の声は国に満ちた。諫言《かんげん》に耳を貸そうともしない信虎に、重臣を始めとする家臣たちも嫌気がさしていた。甲斐が割れる。そう案じた重臣たちと図り、晴信が断を下した。父・信虎を駿河に追放し、彼《か》の地で強引に隠居させたのである。

だが、そうした信虎を良しとする者もいた。甲斐を外敵から守って来たのは誰か。甲斐を、押しも押されもせぬ強国に伸《の》し上げられる者は誰か。信虎その人であり、他にいようか。芦田虎満も、そう考える一人だった。虎満は、元は満秋と名乗っていたが、武田の属将となった時に、乞《こ》うて信虎の一字を貰《もら》い、虎満と改名した。信虎の力による領土経営を買っていたのである。だから虎満は、信虎を追放した晴信を認めようとはせず、あからさまに諏訪《すわ》の豪族・諏訪頼重《よりしげ》に接近し始めたのだった。

（従わぬ者は、滅ぼすしかあるまい）

晴信の考え方は明確だった。生かし、味方にするか、皆殺しにするか、二つに一つだった。

「虎満に与《くみ》する者は殺し尽くすよう念を押せ」

「心得ました」

教来石景政《きょうらいしかげまさ》が答えた。四年後に甲斐の名門馬場《ばば》氏の跡を継ぎ、馬場信春《のぶはる》と名乗りを改めることになる景政は二十八歳であった。

「御屋形様《おやかたさま》。その御懸念には及びませぬ」

残る一つの影が口を開いた。家老に代わる武田家の最高職《職《しき》》の地位にいる板垣《いたがき》信方《のぶかた》だった。

信方はまた、三ツ者と呼ばれる武田家の忍者・透波《すっぱ》と、その中から選《え》りすぐりの手練《てだれ》を集めた暗殺集団《かまきり》を自在に動かす《支配》でもあった。

信方、数えて四十八歳。前《さき》の甲斐国主・信虎追放に際しては、駿河の今川家との折衝などの指揮を任された。

——果たして、今川が同意するであろうか。

信虎は今川家の当主・義元《よしもと》の義父にあたった。今川義元の出方を案じた晴信に、信方はあっさりと答えた。

——姻戚《いんせき》ではあるものの、今川にとって信虎様は怖い御方でございます。その信虎様を戦わずに甲斐の地から追い払えるとあらば、同意せぬ筈《はず》がござりませぬ。それよりも、代替わりに付け込まれぬよう、用心するが肝要と心得ます。

今川は信方が読んだ通りに動いた。その時のことを思い返していた晴信の耳に、信方の声が届いた。

「満輝《みつてる》という男、龍神岳城の主《あるじ》になるためなら、鬼にも蛇《じゃ》にもなりましょう」

「城主の座か——」

芦田満輝。芦田一族の長である虎満の同腹の弟であり、兄の右腕として采配《さいはい》を振ってきたのが満輝だった。

「いつまでも待ってはおれぬ。早《はよ》う事を為《な》すよう、満輝に確《しか》と申し伝えい」

言い捨てた晴信は、駆けるように流れて行く黒い雲を目で追った。

雲は甲斐の空から諏訪の空に向かって流れていた。

甲斐から諏訪に行くには、龍神岳城を通らねばならない。龍神岳城が武田の陣営に付けば、心置きなく諏訪へ陣を進めることが出来、諏訪が手に入れば、そこから信濃《しなの》攻略の道が開けるのだ。信濃は実高七十万石はあった。しかも、それを統一する者はなく、豪族らが己が領地を守って汲々《きゅうきゅう》としている。一つ一つ潰《つぶ》していけば、大信濃を手に入れることも、難しいことではない。

(たかが、こんな山城一つに刻《とき》は掛けられぬわ)

晴信が口に溜《たま》った唾《つば》を吐こうとした時、渓谷を見下ろしていた景政が、驚きの声を上げた。

「速い……」

二

渓谷の底を男が走っていた。

柿渋《かきしぶ》を塗り重ねた笠《かさ》を被《かぶ》り、濃い藍《あい》色の筒袖《つつそで》を身にまとった男は、背丈ほどの杖《つえ》を手に風のように駆けていた。

驚きの声を上げた教来石景政のみならず、晴信と板垣信方の目を見張らせたのは、その駆ける速さだった。影が移ろうような、軽やかな足の運びで駆けて行く。男の身体《からだ》が宙に舞った。岩から岩に跳び移ったのだ。しかし、速度は微塵《みじん》も落ちようとしない。

「いずれの透波だ？」

晴信が信方に訊《き》いた。信方にも分からなかった。

「暁斎《ぎょうさい》」

信方が、僅《わず》かに振り向くようにして言った。

「ここに」

暁斎と呼ばれた男が、岩棚の隅に姿を現わし、片膝《ひざ》を突いた。風雪に晒《さら》された頰《ほお》に深い皺《しわ》が奔《はし》っているが、年の頃はまだ四十に手が届いたところだろう。信方支配の《かまきり》の棟梁《とうりょう》が、暁斎だった。この日は、晴信の警護を申し渡され、同行していたのである。

「あれは」と信方が、渓谷の底を走って行く男を指さした。「何者か」

「御免」

暁斎は、身体を起こすと、岩棚から身を乗り出して谷底を見た。

「珍しいものを御覧になられましたな」

「何だ。早う申せ」

「七ツ家《ななつや》にござります」

「七ツ家……？　透波か」

「山の者にござります。狩りで暮らしておったのですが、いつの頃からか、我らの鼻先を掠《かす》めるような振舞いをするようになりまして」

暁斎は、顔を上げると、信方に訊いた。

「お聞き及びでしょうか、《落としの七ツ》と呼ばれる者どものことを?」

口の中で暁斎の言葉を繰り返し呟いていた信方が、大きく頷《うなず》いた。

「思い出した」

七ツ家――。

いずことも知れぬ深山に住み、五年十年と狩りを続けた後、その地を捨て、またいずこかへと流れて行く。しかし、どこに移ろうとも山の稜線の南側に七軒の家を構えるところから、誰言うとなく《南稜七ツ家《なんりょう》》と呼ばれている集団だった。

その七ツ家が、戦国という争乱の場に登場したのは、山城に籠城《ろうじょう》している兵への兵《ひょう》糧《ろう》の輸送を請け負うようになったからだった。

七ツ家には、道は要らなかった。いかに厳重に包囲網を巡らせていようと夜霧のように忍び込み、任を遂げた。その技量を買われ、いつしか人質や捕われ人を敵城から落とす務《つと》めを請け負うようになった。《落としの七ツ》と呼ばれる所以《ゆえん》である。

「腕は立つのか」

晴信が暁斎に訊いた。

「立ち合《お》うたことはござりませぬが、熊《くま》狩りの名手が揃《そろ》うておるやに聞いております。それも数を頼んで狩るのではなく、常に一対一で狩るという話にござります」

「熊を、か……」

晴信と信方が顔を見合わせた。

「後々のこともある。武田家で飼えるかの？」

信方が暁斎に言った。

「臣従を嫌いまする故、彼の者どもを飼うことは出来ませぬ。しかし、請け負うたが最後、決して裏切らず、いかなる困難も物ともせず、役目を全《まっと》うすると聞き及んでおります」

あれは確か、と暁斎が思い出しながら言った。四、五年前になりますが、矢弾の飛び交う戦場から、気を失っている世継ぎの首根っこを摑《つか》んで引き摺《ず》り出したことがあったそうにござります。

「肝《きも》の据《す》わり方が尋常一様の者ではありませぬ」

「《かまきり》の棟梁が、褒《ほ》めるの」

「我らとて、熊とは戦いませせぬ」

「勝てるか」

突然、晴信が鋭く問うた。

「人を殺《あや》めることにかけては、七ツ家など敵ではありませぬ」

「ならばよい。捨ておけ。駆けるのが速かろうが、武田には狼煙《のろし》がある。狼煙より速くは走れまい」

三

闇《やみ》の底が動いている。武装した兵の群れだった。兵の群れは、龍神岳城城主であり、芦田一族の宗家である芦田虎満の館《やかた》を取り囲み始めていた。

芦田一族の居館は、龍神岳城から十町（約一・一キロメートル）程離れたところにあった。傾斜地に土を盛り、一段高いところに建てられた虎満の館を仰ぐように、満輝ら重臣の館が建ち並び、それらを堀と土塁が囲んでいた。

一族の者は、平時は便のよい館で暮らしている。要害の地に建てた城を使うのは、戦時に於《お》いてのみであり、それが山城を擁する者の習いでもあった。

虎満の館は、別名辛夷館《こぶしやかた》と言われていた。早春、他の花に先駆けて咲く辛夷の花を愛《め》で、土塁の上にぐるりと植えさせたのは、虎満だった。

その虎満に従っていては、

――武田との合戦は避けられぬ。

と、満輝は一族の者を説いた。

――生き延び、家名の存続を図るならば、これまでのように武田に属すが得策。それを何の相談もなく諏訪に近付くとは、言語道断。我らの置かれている立場が見えておらぬ。これでは早晩芦田氏は滅びてしまうわ。そうは思われぬか。

武田の代が信虎から晴信に代わった、と満輝は、言葉を続けた。晴信の力量はまだ分からぬ。だが、勇猛な兵に変わりはない。難攻不落の龍神岳城があるとは言え、戦って得な相手ではない。武田は、何を考えているか。北条、今川に撃って出られぬ武田の矛先が向くは、諏訪よ、信濃よ。その道筋にある我らがここで逆ろうても、無駄な血を流すだけとは思われぬか。

一族の賛同を得たところで、満輝は晴信が突き付けて来た条件を口にした。

――武田に逆らいし虎満派の者どもを皆殺しにせよ。これさえ呑《の》めば、芦田の名も、城も、安堵《あんど》致すとのことであった。呑むは忍びないが、ここは堪《こら》えてくれぬか。

満輝は苦渋に満ちた顔を作り、一族の者の声を待った。

(龍神岳城が儂《わし》のものになる……)

満輝は、闇の底を透かし見ながら込み上げて来る笑いを隠した。

(大義名分が立って、城と宗家の地位が儂の手の中に転がり込むとはな……)

殺せ、兄者の一統を殺し尽くせ。だが、火は掛けるな、辛夷館はそのまま残すのだぞ。館も儂がものぞ。満輝は耳の奥から聞こえる鼓動を振り払うように首を振ると、手にした采配を高く掲げた。

火矢が天空高く放たれた。

それを合図に、辛夷館を取り囲んだ兵が篝火《かがりび》を灯《とも》した。

堀に梯子《はしご》が渡され、土塁を兵が這《は》い登っている。

既に館の庭に達した者が、そこでも篝火を灯したのだろう、辛夷館の空が赤く染まった。

「館は燃やすな」満輝の声が、響いた。「誤って火を放った者は牛裂きの刑に処してくれるぞ」

館の各所で、小競り合いが始まった。怒号と刃の触れ合う音が聞こえて来た。

虎満の嫡男・喜久丸《きくまる》は、地鳴りのように聞こえて来る物音で目が覚めた。

(何事だ。何が起こったのだ……)

ぼんやりとしたまま目を障子に転じた喜久丸は、異様な明るさに目を見開いた。

（火事か!?）

慌てて近習の者を呼ぼうとしたが、声が出なかった。咽喉《のど》が張り付いてしまっている。十四歳だった。元服も初陣も、まだ飾ってはいない。

「喜久丸様」

奥の襖《ふすま》が開いた。守役《もりやく》の佐野《さの》笙左衛門《しようざえもん》だった。

「謀叛《むほん》にござります」

張り詰めた声で、笙左衛門が言った。

「誰だ？」

「北の館様と思われます」

北の館には叔父《おじ》の芦田満輝がいた。

「叔父上が？　そは実《まこと》か」

答えようとする笙左衛門を待たずに、喜久丸は尋ねた。

「他の叔父上方は、どうなのだ？　まさか、北に加担してはおるまいの？」

笙左衛門が首を横に振った。

「御味方は、おられませぬ。謀《はか》られましてございます」

「父上は御無事か。母上は、姉上は？」

「分かりませぬ。しかし……」

喚声とどよめきが主殿の方から起こった。

「最早《もはや》、猶予はなりませぬ。お急ぎを」

「分かった」

笙左衛門の後ろから近習の者たちが寝所に入って来た。

喜久丸は、自分と年の近い者たちを見た。普段の陽気さはなく、それぞれが脅《おび》えていた。乾いた唇に深い皺が刻まれている。

その時だった。庭の玉砂利を踏み締めて兵がなだれ込んで来た。しかし、声は立てないでいる。

(何だ？)

喜久丸には、訳が分からなかった。焦った。

庭先の足音が突然絶え、次いで足裏で玉砂利をにじるような音がした。

「伏せろ」

叫んだが、遅かった。咄嗟《とっさ》には身体が動かず、片膝を立てたままの者が二人いた。

二歳年上の平四郎《へいしろう》と大次郎《だいじろう》だった。

障子を射抜いた矢は、銀色の線となり、平四郎と大次郎の目に、咽喉に、胸に、腹に、足に突き刺さった。

二人から逸れた矢は、襖を貫いて視野から消えた。

来るか。喜久丸は身構えたが、討ち入って来る気配はなかった。矢を番《つが》えているのだろう。玉砂利が鳴った。

（逃げるぞ）

喜久丸は笙左衛門らに目で言うと、そっと廊下に這い出した。喜久丸を身体で守ろうと和馬《かずま》が脇に並んだ。一つ年下になる。

「御無礼の段、お許しを」

「ん……」

応えた時に、再び矢の嵐《あらし》が襲い掛かって来た。

襖を貫き、矢は真横に奔った。

喜久丸の目の前を、頭上を掠めて、矢が飛んだ。一頻《ひとしき》り飛び、静かになった。

「大事ないか」

喜久丸は声を掛けながら、和馬を、笙左衛門を見た。

和馬は五本の矢を受け、息絶えていた。

「笙左衛門は無事か」

太股《ふともも》に矢が突き立っていた。

「何のこれしき」

笙左衛門は矢を引き抜くと、足の付け根を下げ緒で縛った。

「笙左衛門、どこに逃げればよいのだ?」

「とにかく奥へ」

「分かった」

喜久丸は奥への襖を引き開けると、飛び込み、駆け出した。笙左衛門と、まだ出仕したばかりの友太郎《ともたろう》が続いた。

喜久丸は走った。次々と襖を開けては、懸命に走った。

「喜久丸様、お待ちを」

笙左衛門が背後から鋭い声を発した。足袋《たび》から血が溢《あふ》れている。

寝所の辺りから、襖の開け放たれる音が、立て続けに起こった。

「友太郎、そちの命をくれ」

笙左衛門が友太郎の肩に手を置いた。

十四歳の童子が顫《ふる》えながら首肯した。

「そなたには済まぬが、儂は喜久丸様が無事落ち延びられるよう供をせねばならぬ」

「出仕致した時より、この命、喜久丸様に捧《ささ》げておりまする。御懸念は無用にございます」

「よう申した」

筌左衛門は友太郎に指示を与えると、這うようにして障子に近付き、小柄《こづか》の尖《さき》で障子を突いた。

見張りの兵がいたのだろう、小さく舌打ちすると友太郎に、行け、と手で命じた。

廊下に飛び出した友太郎が、足音高く歩き出した。

「喜久丸はここにおる。討って手柄にせい」

叫んでいる。更に、二度三度と叫んだところで、弓が鳴った。襖を射抜く音が喜久丸の耳に届いて来た。

喜久丸は筌左衛門の目を見た。筌左衛門が首を左右に振った。脂汗が顎《あご》から滴り落ちている。

「どこを狙《ねら》っておる。未熟者めが」

その声を最後に、友太郎の声は消え、代わって歓声が上がった。

筌左衛門が、再び障子に開けた穴を覗《のぞ》いた。見張りの兵は持ち場を移ってしまったのだろう。障子を細く開けると、素早く辺りを窺《うかが》ってから言った。

「池にお入り下さい。取水口が抜け穴になっております」

四

取水口から堀に抜けた喜久丸と笙左衛門に追っ手が掛かったのは、それから一刻《いっとき》(二時間)後だった。

針鼠《はりねずみ》のように矢を射られた芦田虎満らの亡骸《なきがら》の検分をしていた満輝が、血に染まった友太郎の顔を見、即座に喜久丸の替玉と見破ったのだ。

「たわけが。直《す》ぐさま喜久丸を探し出し、素っ首を取って参れ」

館を中心に、追っ手が四方に散った。

その頃、喜久丸と笙左衛門は、笙左衛門の屋敷に長く仕えていた下男が暮らす在所《ざい》へと向かっていた。一旦《いったん》そこに落ち着き、身の振り方を考えようとしたのである。

しかし、笙左衛門の矢傷を庇《かば》いながらの歩みは、遅々としていた。

夜道を駆けることもままならず、山裾《やますそ》に建てられた百姓の苫《とま》小屋を一夜の宿とするしかなかった。

「申し訳ございませぬ」

「言うな」

「とは言え、却《かえ》って足手まといに……」

「聞きとうない」

言いながら喜久丸は、晒《さら》しを換えた。若様として育った喜久丸に医術の心得はない。傷が快方に向かっているのか否か、確《しか》とは分からなかったが、傷口から出る夥《おびただ》しい膿《うみ》と腫れ上がった太股からして想像は付いた。

(どうしたらよいのだ?)

考えても、己に出来ることは限られていた。

(それをするしかない)

喜久丸は、血に汚れた晒しを取り除《の》け、新しい晒しを傷口に当て、きつく縛った。手を動かす。そうしていれば、そのことに集中出来た。

§

笙左衛門は喜久丸が生まれた時から守役として仕えていた。

しかし、昨夜からの喜久丸はそれまでに見て来た喜久丸とは違っていた。

（儂は喜久丸様のどこを見ていたのか……）

喜久丸は館を出た時から、父のことも母のことも姉のことも、一言も口にしないでいる。ただ黙々と落ち延びることにのみ腐心している。笙左衛門が思ってもいなかった強さだった。

（もしこのような謀叛が起こらずに、喜久丸様が御城主になられていたら、芦田の家は永く栄えたであろうに……）

思っただけで涙が溢れた。だが、拭《ぬぐ》うものはすべて、傷の手当に使ってしまっている。笙左衛門は拳《こぶし》で拭《ふ》いた。

「涙は、仇《かたき》を討ってからにせい」

強がって見せた喜久丸の胸許《むなもと》で、節穴から射《さ》し込んだ朝の光が揺れた。

「喜久丸様」

「泣くな。見苦しい」

笙左衛門を叱《しか》り付けはしたが、涙は溢れようとしていた。

「……飲み水を探して参る」

涙を見せまいと、喜久丸は苫小屋を飛び出した。笙左衛門の傷から見て、下男の許《もと》に行くのは無理と思われた。

（ならば……）

どこに落ちたらよいのか。畦道《あぜみち》に立ち、自らに尋ねた。答えを手繰《たぐ》り寄せようとしても、指先に触れるものがない。俯《うつむ》き掛けた喜久丸の目に、追っ手の姿が映った。

「しまった」

笙左衛門、見付かったぞ。叫ぼうとしたが、矢傷を負った笙左衛門の足では、走ることはおろか、歩くことすら覚束《おぼつかな》無い。

（何とすればよいのだ……）

苫小屋を見た。いつ追っ手に気付いたのか、笙左衛門が板戸に凭《もた》れながら、駆け寄って来る追っ手を見ていた。

「最早《もはや》」と、畦道から後退《あとずさ》るようにして戻った喜久丸が言った。「これまでのようだな……」

「なりませぬ」

笙左衛門が口の端に泡を溜めた。

「ここは、某《それがし》が食い止めまする故、喜久丸様はお逃げ下され」

「そなたを見捨てよ、と申すのか」

「御家再興のためにござります、何卒《なにとぞ》」

喜久丸は首を横に振ると、

「借りるぞ」

笙左衛門の脇差を手に取った。

「せめて一太刀でも浴びせてくれるわ」

§

市蔵《いちぞう》は足を止め、その光景を見詰めた。

足拵《あしごしら》えをした兵が、百姓が山仕事のために設けた苫小屋の前に立ち並び、矢を番えている。苫小屋の戸口に一人、二間程離れたところに、童子なのだろうか、身形《みなり》のい い男児が立っていた。目を凝らすと、前髪が見て取れる。

(まさか、あんな小童《こわっぱ》まで射るつもりではあるまいな)

市蔵が思った時には、矢は放たれていた。

三本の矢が、戸口に立った男の身体に吸い込まれるように突き刺さった。

小童も、と目を背けようとした市蔵が見たものは、不器用ではあったが《見切り》だった。飛来する矢に身を晒し、刺さる瞬間に躱《かわ》す。驚くべき勘の冴《さ》えであった。

市蔵は、思わず唸《うな》った。

(やるものだの……)

偶然に躱したものではなかった。迫り来る矢を、小童は確かに見ていた。見ていて、寸で躱したのだ。生半《なまなか》な修行では、身に付けることなど出来ない動きだった。

(歳《とし》からすると、天賦のものか……)

そう思って見ると、足のにじり方など、まだまだ身体の動きが未熟だった。このままでは、いずれは射殺されてしまうだろう。

(見殺しにするには、ちと惜しいの。取り敢《あ》えず、助けてやるか……)

助けて、どうするか。先のことは考えなかった。

弓矢を擁した十人で二人を襲う。しかも二人のうち一人は前髪である。

(見過ごしては、七ツ家の名折れだわさ)

助けに走る自身への言い訳は立った。地を蹴《け》った。走り出せば、速い。足の速さは、己が一番よく知っていた。風が耳許で巻いた。

兵たちが新たに矢を番えている。

前髪の童子が、細い木立の後ろに回った。弓が引き絞られている。

市蔵は走りながら、鞘《さや》に納め背帯に差していた鉈《なた》を抜いた。

並の鉈ではない。

刃渡りだけでも一尺（約三十・三センチメートル）はあり、柄を含めれば一尺七寸（約五十一センチメートル）にもなる長鉈《ながなた》である。肉厚の刃は、切っ先に向けて、ゆったりと逆〝く〟の字型に曲がっている。

その一尺七寸の長鉈が、市蔵の手を離れ、飛んだ。鋭く回転した長鉈は、唸りを上げて、弓を構えていた兵たちの胸許を抉《えぐ》り、小屋の支柱に突き刺さって止まった。

§

血煙が立ち込めた。

弦とともに、指を、手首を刎《は》ねられた者が、倒れ、もがいている。

「な、何奴だ？」

血飛沫《ちしぶき》で片頬を真っ赤に染めながら、追っ手を率いる河田《かわだ》藤兵衛《とうべえ》が叫んだ。

駆け付け、藤兵衛と喜久丸の間に立った男は、少なくとも藤兵衛がこれまで見て来たどんな武士の姿にも似ていなかった。

（透波か……）

とも思ったが、藤兵衛が見知っている忍びの装束とも違っていた。

男は、柿渋を塗り重ねた笠を被り、藍で染めた丈の短い刺し子で身を包み、細身の袴《はかま》を穿《は》いていた。そして手っ甲と脚絆《きゃはん》を着け、左の腰には山刀を、背帯には鉈を納めていたと思われる鞘を差し、手には立木の枝を払ったのだろう、粗末な杖を持っていた。

藤兵衛は、気圧《けお》されそうになる心を奮い立たせながら叫んだ。

「邪魔立て致すと、許さぬぞ」

男は冷ややかな目で藤兵衛らを睨《にら》むと、

「多勢に無勢。しかも弓まで用いるとは卑怯《ひきょう》であろう」

薄い唇を開いた。

「我らを、新たな御領主・芦田満輝様の家中の者と知っての邪魔立てか」

「誰が領主であろうと、我らに関《かか》わりはない」

男の右手が動き、山刀を抜いた。刃渡りは八寸（約二十四センチメートル）。短い。だが、山里で見掛ける山刀とは柄が違っていた。筒状になっている。

藤兵衛は、太刀を抜いた。長鉈の攻撃を免れた三人の兵が続いた。

男は杖の先を山刀の柄に差し込むと、襟元から太めの楊枝《ようじ》を取り出し、目釘孔《めくぎあな》に挿《さ》した。山刀と杖が、見る間に手槍《てやり》と化した。

「掛かれ」

藤兵衛が命じた時には、男は目の前を通り過ぎていた。

藤兵衛は、自らの立てる血煙で視界を赤く染めながら、配下の三人が倒されていくのを見届け、事切れた。

第二章　依頼

一

武田晴信が父を追って国主の座に就き、いよいよ信濃攻略の作戦を練っている時、伊奈《いな》郡高遠《たかとお》の高遠信濃守《しなののかみ》頼継《よりつぐ》から密使が来た。

諏訪を攻略しようと考えているのなら、頼継始め諏訪上社の禰宜《ねぎ》・矢島《やじま》氏、下社の金刺《かなさし》氏が加勢するという申し出だった。

(頼継という男、読みの鋭い奴だの)

己の意図を見透かされ、微《かす》かに不快な思いを抱きはしたが、晴信にとっては渡りに船のうまい話だった。

諏訪を治める諏訪頼重の居城・上原城を攻めるにしても、晴信の妹・禰々《ねね》が頼重に嫁いだのが一昨年の十一月で、二か月前に嫡男・寅王《とらおう》が生まれたばかりだった。

実父を追った親不孝者として悪名《あくみょう》にまみれている身としては、諏訪を攻めるには口実がほしかった。

(ここは頼継にそのかされたように見せれば、頼継が風避《よ》けになってくれよう)

ほくそ笑んだ晴信だが、頼継たちにもしたたかな計算があった。

諏訪氏の一族である頼継は頼重を滅ぼして惣領家《そうりようけ》を乗っ取る好機とし、矢島満清《みつきよ》は頼重の諏訪家が代々世襲している諏訪上社の大祝《おおはふり》(宮司)の地位を奪い取ろうとし、また金刺氏は上社にも勢力を延ばそうと考えていたのだった。それぞれの利害が絡み合った渦中《かちゆう》に、諏訪頼重はいたのである。

「そのようなことが信じられるか」

武田の軍勢と高遠、金刺の軍勢が陣を張るのをその目で見るまで、頼重は事態を信じようとしなかった。

「直ちに兵を召集せい」

しかし、集められた兵は総勢僅《わず》かに九百人。そのことごとくが大軍を目の前にして浮足立っていた。

「城を焼き、桑原《くわばら》城に移るぞ。即刻、取り掛かれ」

桑原城は規模の小さな支城だった。上原城に籠もるよりは、少ない兵力で守ることが出来た。だが、守ったとしても、持ちこたえるには限りがあった。籠城《ろうじよう》は後詰め

（援軍）あっての籠城であり、後詰めのない籠城は緩慢な落城に他ならない。

家臣に命じた足で奥に向かった頼重を、禰々が出迎えた。

禰々は十五歳。まだ幼さを面差しに残していた。

頼重は言葉を選んで、晴信の出陣を語り、自らの決意を話して聞かせた。

「最後は桑原城から撃って出る覚悟だ。諏訪家の惣領として逃げ隠れは出来ぬからの」

「是非、御供《おとも》させていただきとうございます」

「桑原城へ、か」

「はい」

「それは、ならぬ」

頼重は言い聞かせようと、膝《ひざ》を寄せた。

「そなたは、大膳大夫《だいぜんだいぶ》（晴信）殿が妹故、命を取られる懸念はない。義兄上《あにうえ》の許《もと》に戻ってはくれぬか」

「ならば、桑原城もここも同じこと。何としても、離れ離れはいやでございます」

病弱な禰々は感情の発露に乏しいところがあった。頼重は感情をあらわにしている禰々に、いつにない愛《いと》しさを見出《みいだ》していた。

「相分かった。供を許そう」

「ありがとう存じまする」

禰々が場違いに見える程、晴れやかな表情を見せた。

「だがな、万が一儂《わし》が討たれたなら、そなたは落ち延びてくれねばならぬ」

頼重は禰々の手を取ると、よいか、と言った。そなたに頼みが二つある、心して聞いてくれ。

「一つは寅王がことだ」

儂が死ねば、寅王は諏訪家の血筋として唯一の男子《おのこ》となる。いかなることがあろうと守って貰《もら》いたいのだ、と頼重は言葉を重ねた。

「残る一つは、甲斐に人質として送られている小夜《さよ》姫がことだ」

頼重の側室の子・小夜姫は、晴信の側室となり四年後に勝頼《かつより》を生むことになる諏訪御料人《ごりょうにん》その人である。小夜姫、この時十三歳。禰々から見ると二歳年下になる。

「そなたとは、幾つも年が違わぬが、母は母だ。何かの折には支えになってやってはくれまいか」

「承知仕《つかまつ》りました」

「頼んだぞ」

安堵《あんど》の胸を撫《な》で下ろしている頼重に、

「わらわの願いも聞いていただきたいのですが」と、禰々が言った。「よろしいでしようか」

「何なりと申せ。出来ることは叶《かな》えて遣わすぞ」

「七ツ家の者を、桑原城に呼んでいただきたいのです」

二

「そなた、どうして七ツ家を知っておるのだ？」

諏訪頼重は驚きを隠そうともしなかった。自らの軍勢に頼みとなる臣がなく、城を落ちる非常手段として雇う集団が七ツ家である。武田の家に生まれ、落ちる気遣いもなく育った禰々が、なぜ七ツ家を知っているのか、頼重には分からなかった。

「嫁ぐ前に、兄に聞かされました」

「大膳大夫殿か」

「いいえ、次郎の兄様《あにさま》にござります」

幼名を次郎と言ったのは、晴信の次弟・信繁《のぶしげ》だった。信繁はまた、元服して左馬助《さまのすけ》に任官したところから典厩《てんきゅう》信繁とも呼ばれている。父・信虎に兄・晴信よりも可愛《かわい》がられて育った信繁は、晴信の心中を察し、決して奢《おご》ることなく、副大将に徹した生き方を全《まっと》うした。

余談になるが、この兄を思う弟の心映えを善しとして、真田昌幸《さなだまさゆき》は次男を信繁と名付けた。信繁はやがて大坂の陣に豊臣《とよとみ》方として参戦する時、負け戦の中で没した信繁の名を捨て、新たなる名を名乗った。真田幸村《ゆきむら》である――。

「太郎（晴信）の兄様には、そのような情は薬にしたくともござりませぬ」

「……して、七ツ家に何を頼むのだ？」

「万一の備えとして、寅王がことを頼んでおきたいのでござります」

§

上原城を抜け出した久保坂内記《くぼさかないき》は、家人《けにん》二人とともに夜道を駆けて蓼科《たてしな》山に続く峠道に立った。

七ツ家と連絡を取る方法は二つしかない。各所にある道祖神に《七ツ》と書いた木札を結わえておき、七ツ家の誰かが気付いてくれるのをひたすら待つか、それとも峠から鏑矢《かぶらや》を射続けるかだった。急を要する時は、後者に頼る他はなかった。

久保坂内記は禰々が生まれた時から側近《そば》くに仕えて来た臣であった。峠に留《とど》まって三日になった。何本の鏑矢を放ったのか、真上に射た矢を拾い、また射る。それでも、風に流されたり、射る方向が悪く、無くしてしまった矢も既に八本を超えてしまっていた。

(無駄なことをしているのではないか)

(この近くに、七ツ家の衆はおらぬのではないか)

(こうしている間に、城は、禰々御料人様は……)

内記は湧《わ》いて来る雑念を払いながら、青く高い空に向けて放たれた矢を見送った。

鳥の啼《な》き声のような音を立て、高みに達した矢が失速し、向きを変えて落下して来た。

家人の一人が矢を取りに走り出そうとして、立ち止まった。いつ現われたのか、主従の近くに柿渋《かきしぶ》を塗り重ねた笠《かさ》を被《かぶ》った男が立っていた。

思わず身構えた内記を制して、男が笠の下から上目遣いに内記を見詰め、口を開いた。

「七ツ家の泥目《どろめ》と申します」

「おお、待ち侘《わ》びたわ」

内記は、逸《はや》る心をなだめながら家人を下げると、順を追って上原城から来たことを告げた。

「上原城は焼け落ちたと聞いておりますが」

「自ら火を掛けたのだ」

「成程」

笠が微かに縦に動いた。

恥を申すが、上原城を守るだけの兵がおらぬのだ、と内記は打ち明けた。

「雑兵《ぞうひょう》どもは皆、逃げ出してしもうての……」

「小さな桑原城なら、足りるという訳ですな」

「では、殿と御料人様は無事桑原城に？」

「入られたと聞いております」泥目が言った。

「間に合う……」

内記が呻《うめ》くように言った。

「今なら間に合う。直ちに桑原城に行ってはくれぬか」

「手前はここで話を聞くまでが務め。城には代わりの者が参りましょう」

「いつだ、いつになる？」

「今夜にでも」

それが泥目の笑顔なのだろう。頬《ほお》が微かに歪《ゆが》んだ。

三

逃げようとする兵を押し留めることは出来ない。負け戦と見極めた雑兵は、掬《すく》い上げた水が掌から零《こぼ》れ落ちるように姿を消して行った。

桑原城を守る兵の数は、三百人に減っていた。六百人に及ぶ者が、上原城から桑原城に移る際に逃げてしまったのである。

戦うどころか、城を守ることも難しい人数だった。進退谷《きわ》まった頼重が覚悟を決めようとした時、晴信が和睦の使者を遣わして来た。

「流石《さすが》に大膳大夫殿だ。降伏ではなく、和睦とはな。これで諏訪氏の惣領としての儂の面目は立ったわ」

本丸・奥の間で、頼重は久し振りに安堵の酒を飲んでいた。対して浮かぬ顔をしていたのは、禰々だった。

「太郎の兄様とは思えませぬ。太郎の兄様ならば、城を焼き、城兵を皆殺しにする筈《はず》でございます」

「また、それを言う。大膳大夫殿は、そなたの涙を見たくないのだ。悪く取らぬがよいぞ」

「だと、よいのですが……」

時折風の向きで兵たちの歌声が聞こえて来た。和睦が成ったことを祝い、三百人の兵たちにも酒が振舞われていたのである。

「内記は、会えなかったようだな」

諏訪頼重が、思い出したように傍らにいる禰々に言った。

禰々が応《こた》えようとした時、何か固いものが板床を転がった。禰々付きの侍女が身軽に立ち、音のした方を探した。

「木の実にございます」

「まあ、見せてたもれ」

禰々が瞬間幼な子の顔に戻った。

「殿様、どんぐりでございます。御覧なされませ」

禰々が小さな掌に載せて、頼重に差し出した。

どんぐりの腹に《七ツ》と彫ってあった。

頼重と禰々が思わず顔を見合わせ、ぐるりに目を遣《や》った。

板の間の隅にうずくまる影があった。影はゆっくりと顔を上げた。

「七ツ家の束ねをしております勘兵衛《かんべえ》。参上致しましてございます」

年の頃は四十近く。色が黒く頬骨の高い、猛禽《もうきん》類を思わせる顔立ちをしていた。

「済まぬが、和睦が成ってしまったのだ」

もう用はない、と言いたげな頼重の物言いを禰々が遮《さえぎ》った。

「殿様、お待ち下さりませ。少しこの者と話させてはいただけませぬか」

「それは、構わぬが……」

禰々は頼重に礼を言うと、勘兵衛に向き直った。

「元々そなたらに使いを出したは、このわらわ。女の身でそなたらを雇うても構いませぬか」

「一向に、差し支《つか》えはございません」

§

「和睦の条件は二つありました」

城を明け渡すこと。頼重と禰々と寅王の三人は府中（甲府）に移ること。この二つだと禰々は言い、更に続けた。

「和睦の使者によると、兄様はこう仰《おっ》しゃられたとか……」

――後々は寅王君を惣領にし、諏訪の家の再興を図るがよい。その節には、武田は助勢を惜しまぬ。

「信じられましょうか。殿様はお信じになられましたが、わらわには合点が行きませぬ」

頼重が憎いのは、惣領家を乗っ取ろうとした高遠氏であり、上社にまで手を延ばそうとした金刺氏であった。両者に恨みが向かう分だけ、家の再興を図ってやろうという晴信の言葉に、頼重は手もなく乗ってしまった。

だが、禰々の目は、頼重よりも冷ややかで冷静だった。晴信の気性を余りにも知り過ぎていたからであった。

(兄様の言葉を鵜呑《うの》みには出来ぬ)

まだ父・信虎が甲斐の国主だった頃のことだ。小競り合いに出陣した晴信は、敵兵を殺すことだけを目当てにしていたところがあった。捕えた敵将にしても、生かしておくのは使える者だけで、使えぬと見限ったならば鬼畜のように嬲《なぶ》り殺した。

(それが、太郎の兄様だ)

たならば、頼重はどうか。心優しく、夫としては申し分なかったが、一国の主として見
(使えぬ御人《おひと》)
であった。名家諏訪家の跡継ぎとして苦労なく育った頼重は、甲斐と姻戚《いんせき》になった
ことで安心してしまっていたのだった。
「そこで、勘兵衛とやら、そなたに頼みがあるのです」
「その前に」
依頼を聞くのに余人は不要だった。勘兵衛は禰々に人払いを頼んだ。
「知らねば、何が起ころうとも、顔にも所作にも表われませぬ故」
小姓と侍女が控えの間に姿を消すのを待ってから、勘兵衛は禰々に非礼を詫《わ》び、話
の続きを促した。
「近いうちに殿様始めわらわも寅王も、甲斐の躑躅ヶ崎館《つつじがさきやかた》に送られましょう」
禰々はそこで一旦言葉を切ると、頼重に向かって頭を下げ、再び血の気のない薄い
唇を開いた。
「そこで殿様の身に万一のことがあった時には、寅王を躑躅ヶ崎館から助け出してほ
しいのです」

躑躅ヶ崎館――。

晴信の父・信虎が築いた甲斐武田氏の居館である。

広さは、東西百五十六間（約二百八十三メートル）、南北百六間（約百九十二メートル）。五つの曲輪《くるわ》を土塁と水堀と空堀で囲っただけの、一見何の変哲もない館に見えるが、武田氏の居館であるだけに、虎口《こぐち》（馬出）を桝形《ますがた》にするなど城塞《じょうさい》としての機能を持たせてあるばかりか、透波によって厳重に警備されている、別名《忍び殺し》の館だった。

勘兵衛の背に冷たい汗が奔《はし》った。

（武田の透波と一戦を交える覚悟が要るの……）

「考え過ぎだ」

頼重の声に、勘兵衛は思いを破られた。

「大膳大夫殿が、そのようなことをなさる筈がなかろうて」

「父を駿河に追放したのは、太郎の兄様にござります。最悪の時に備え、あらかじめ手配りをしておくに越したことはありませぬ」

「よし、儂を殺《あや》めたとしよう。だが、寅王の命までは取らぬであろう」

「寅王が成長し、父を殺したのが太郎の兄様と知った時、寅王がどう出るか。案ずるより、殺しておいた方が安心というものではありませぬか」

「確かに、それはあるが……」

唇を嚙《か》み締めている頼重と禰々に、勘兵衛が口を挟んだ。

「で、寅王君を、どこに落とせばよいのでしょうか」

「……………」

まだ得心が行かないのか、頼重は宙を見詰めている。

「駿河までお願い出来ましょうか」

禰々が小首を傾《かし》げるような仕種《しぐさ》をした。ひどく幼く見えた。しかし、その大人びた物言いも、人の心を推し測る技量も、瞠目《どうもく》すべきものがあった。これが武田の家に生まれ育った者の血筋なのか。勘兵衛は素知らぬ顔をして答えた。

「承知致しました。されば、駿河は前《さき》の国主・信虎様が御隠居館でございましょうか、それとも今川御宗家に嫁がれた御姉上様の許でございましょうか」

今川家には、晴信の姉に当たる信虎の長女が五年前に嫁していた。義元との間に氏《うじ》真《ざね》を儲《もう》けている定恵院《じょうけいいん》である。ちなみに禰々は、信虎の六女に当たる。

「父上が許へじゃ。兄様に追われた赤子なら、命に代えてお守り下さるでしょう」

「そうだの」

頼重が小さく頷《うなず》いた。

「恐れ入りますが、信虎様への御書状なり、御当家に代々伝わる御品など、御用意しておいていただけませんでしょうか。万一にも我らが躑躅ヶ崎館に赴くことになった折には、刻《とき》が惜しいと思われますので」

「分かりました。わらわが肌身離さず持っておりましょう」

「だが……」

と頼重が、ぽつんと言った。

「躑躅ヶ崎館に忍び込めようか」

四

芦田虎満の嫡男・喜久丸が市蔵と山中に寝起きして十日が経《た》った。

喜久丸にとっては、何をするのも目新しいことばかりだった。

青い草を刈り、干す。丹念に、一日に二度三度と裏返しては、また干す。十分に乾いたところを見計らい、適当な長さに切り、単《ひとえ》の着物に包む。それが寝床になった。着物は、追っ手のを剥《は》いだものだった。

最初は厩《うまや》で寝ているような気がしたが、慣れてみると悪いものではなかった。

――そうだろう、うまく干した草は薬なのだ。

と市蔵は言って、笑った。

市蔵は、乾いた草を切りながら、この香りは熱冷ましに効く、その草の根は風邪にいい、咳《せき》にはこの花だ、とか薬効を説いた。

ぼんやり聞いていると、叱責《しっせき》された。

――山で生きて行く気なら、一度見聞きしたら覚えろ。

あの日――。

追っ手の放った矢に倒れた笙左衛門だが、喜久丸が駆け寄った時にはまだ息があった。

喜久丸から事の顛末《てんまつ》を聞いた笙左衛門が市蔵を呼んだ。

――見ての通り、儂は間もなく死ぬ。だが、若様一人を遺《のこ》して死んだのでは、死んでも死に切れぬ。

頼む、と言って笙左衛門は市蔵の筒袖《つつそで》を摑《つか》んだ。

――どこの誰とも分からぬ御手前だが、お助けいただいた縁に縋《すが》り、若を委《ゆだ》ねたい。死に行く者への手向《たむ》けとして、お引き受け下され。

――手前は七ツ家の者ですので、望むところに落として差し上げますが、それでよろしいですか。

――七ツ家とな……。

記憶の底を探っていた笙左衛門が、七ツ家とは何かを思い出したのだろう、目をしっかと見開くと、

――喜久丸様、助かりましたぞ。

安堵の声を絞り出し、市蔵に、ここに至った経緯《いきさつ》を話した。

――一族の者、ことごとく謀叛《むほん》人である北の館様に付いており、落としていただく人も地もないのでござる。

――……。

芦田虎満の名には覚えがあった。

六年前になる。元服した晴信が初陣を飾った佐久攻めの際、芦田氏の支城が佐久勢に包囲されたことがあった。七ツ家への依頼が遅過ぎたこともあったが、完璧《かんぺき》な包囲網に梃子《てこ》摺《ず》り、兵糧を運び込んだ時には、籠城していた守備兵の半数近い百名の者が餓死していた。取り決めた期日内に約定《やくじょう》を果たしたとは言え、包囲網を速やかに突破してさえいれば、餓死者の数は随分と減っていた筈だった。七ツ家から犠牲者が出な

かったことだけが救いで、重い悔いがいつまでも残った依頼であった。

(あの芦田氏の御継嗣か……)

――とすると、どうすれば？

――七ツ家で匿《かく》っては下さらぬか。

――……。

引き受けられる話ではなかった。

どの山のどこに隠れ里を設けているのかは、秘中の秘であった。たとえ芦田氏の継嗣と雖《いえど》も、置くことは出来なかった。

――掟《おきて》が、ございましてな。

何人《なんぴと》たりとて、赤子以外の新参を認めず、という一箇条だった。隠れ里の発覚と、新参による人心の攪乱《かくらん》と裏切りを警戒したのである。

だが、掟以前の問題として、今の喜久丸の身体《からだ》では、おいそれと七ツ家の隠れ里に行き着けるとは思えなかった。

――ならば、どこぞに匿《かく》っては下さらぬか。いや、匿うのみならず、殿様の仇《かたき》を討つ手助けをして下さらぬか、七ツ家殿。

――……。

仇討ち助勢はともかく、匿うだけならば、遣って遣れない話ではなかった。隠れ里とは離れたところに庵《いおり》を編めばいい。しかし、それとても、若様暮らしをして来た者に耐えられるのか。市蔵は返答に窮した。

――若御一人では、一国を相手に仇などとても討てぬし、生きて行くことすら儘《まま》ならぬ。どうか頼まれてはくれぬか。

――困りましたな。芦田様の若様を、このまま見捨てる訳にもいきませんしな。

――御承知下さるか。

――仇討ちを助けるとなると、手前の一存では決められません。諮《はか》ってみますので、それまではお匿い致しましょう。

――かたじけない、御礼を申し上げる。

――七ツ家として手助けが出来なくとも、手前が生きて行く術《すべ》を教えることは出来ます。万一の場合は、それでもよろしいでしょうか。

――無論でござる。

――そのためには、少々鍛えねばなりませんが。

笙左衛門は首肯すると、喜久丸を凝《じ》っと見詰めた。

――生きておれば仇も討てよう。まずは生きることだ、の？　笙左衛門。

喜久丸が言った。

――まさに……。

筆左衛門が、両の掌で顔を覆った。

――……。

飛び来る矢を避けた喜久丸の動きを、市蔵は思い浮かべた。矢を寸で見切り、躱《かわ》した。出来るのか。本当に、躱せるのか。偶々《たまたま》のことではなかったのか。天賦の才であるとするならば、

(鍛えれば、化けるかもしれん。化けぬにしても、間違いなく生きて行ける……)

――若様。

と市蔵が、小声で言った。

――ちとお尋ね致したいことが……。

――何だ？

喜久丸が、市蔵の声を聞き取ろうと上半身を前に傾けた。

その瞬間を狙《ねら》って、市蔵の山刀が喜久丸の胸許を突いた。

――何をする！

言うより早く、喜久丸の身体は大きく飛び退《の》き、山刀を躱した。

——御無礼致しました。試したのです。

市蔵は身体を起こそうとする笙左衛門と身構える喜久丸を制して、弓矢を避けた喜久丸の身体の動きを話した。

——喜久丸様は、驚くべき才を秘めておられるやに見受けられます。

——…………。

喜久丸と笙左衛門が目を見合わせた。

——何か気付かれたことは、ございませんか。

——不明を恥じるばかりでござるが、確かにお小さい頃より避けるのは上手でいらしたかと。

市蔵は小さく笑うと、もし手前の目に狂いがなければ、と言った。

——二年から三年、手前の命ずるままに鍛練を積めば、恐らく一人でも仇を討てる程の者になられるかもしれません。

——実《まこと》でござるか。

——そうなれば、たとえ手前一人になろうと助勢致しましょう。

——頼み入る。鍛えてくれ。

喜久丸が膝を整え、頭を下げた。

――お引き受け致しますが、耐えられますか。

――誓って。

七ツ家殿、と言って、笙左衛門が市蔵の手を探った。市蔵が笙左衛門の掌を握り締めた。

――これで心置き無く死ねるというもの。後のことは、よろしくお頼み申し上げる。

――承知しました。

――七ツ家殿……。

――何か。

――忘れておったわ。

笙左衛門が苦しげな息を吐きながら言った。

――御手前に差し上げるべき金《もの》を、持ち合わせぬのだ……。

――七ツ家は利だけでは動きません、と言いたいところですが、しかし、仇に油断があれば奪い取りますので、御懸念には及びません。

市蔵の物言いが面白かったのか、咽喉を鳴らして笑うと、笙左衛門はそのまま息絶えた。

市蔵は、苫小屋《とま》にあった鍬《くわ》を使い、笙左衛門を葬ると、追っ手の身ぐるみを剝ぎ始めた。

——何をするのだ?

——これから山に入るのです。使えるものは、貰って行きませんと。

脇差一振り、紐《ひも》、単の着物、足袋《たび》、草鞋《わらじ》、腹に巻いていた晒《さら》しに懐紙。それらを一つに包《くる》むと、小脇に抱え、では、と言って言葉遣いを改めた。

——参るぞ。覚悟はよいな。

山に入った。それが十日前のことだった——。

歩いた。この十四年間に歩いた道程《みちのり》よりも、もっと歩いたように、喜久丸には思えた。

最初の夜は露宿《ろしゆく》だった。

木立の中を歩いていると、狭いながら開けたところがあった。土も見えている。ほっとして思わず座り込もうとした喜久丸を市蔵が制した。

——離れろ。そこには壁蝨《だに》がいる。

獣が身体を土に擦り付けて壁蝨などを落とす場所だと市蔵は言った。

——痒《かゆ》くて転げ回るのが嫌なら回り込め。

また暫《しばら》く行くと開けたところに出た。

喜久丸が迂回《うかい》しようとすると、

──そこは、何でもない。

──どうして、分かるのだ?

──土を見ろ。

苔《こけ》が生えていた。

──獣に荒らされておらぬからよ。

やがて岩棚の下に出た。

──ここにするか。

市蔵は呟《つぶや》くと、追っ手から奪った懐紙を丸め、火を点《つ》け、落ち葉をのせた。煙が岩棚を這《は》い上った。

──虫に馴染《なじ》みはおらぬだろうから、追い払ってやったぞ。

それからも市蔵は、小まめに動いた。

懐紙を折り、器用に箱を作ると、干し飯《いい》と水を入れ、米がふやけたところに味噌《みそ》と歩きながら摘んでいた野草を加え、そこに焚火《たきび》で焼いた小石を落とした。焼けた石が水を沸騰させ、米と野草が煮え、粥《かゆ》が出来た。

——器を持てぬのが困りものだが、味は悪くない筈だ。

喜久丸は、小枝を削って作った箸《はし》を使い、米をすくって食べた。腹の底が暖まった。

その夜、喜久丸は追っ手が身に着けていた着物に包まり、夢も見ずに眠った。

翌日もまた山中を歩き、日の暮れる頃に小高い山の中腹に出た。その辺りに来ると、里の者も山仕事に入るには深過ぎるのか、人の踏み込んだ形跡《あと》はまったく見当たらなかった。しかも、そこからは展望が利いた。

——これはいい。

と市蔵が言った。

——ここに草庵《そうあん》を作り、宿願を果たす日まで鍛練するのだ。生き抜く術はすべて、俺が教えてやる。

その日から八日が経っていた。

第三章　侵入

一

雨が降っていた。

雨の向こうに躑躅ヶ崎館が黒く沈んで見えた。

勘兵衛は躑躅ヶ崎館を取り囲む木立の陰にいた。

木立から堀までが三十間（約五十四メートル）。姿を隠すものは何もない。堀の際に辿《たど》り着いたとしても、更に水を湛《たた》えた堀と土塁が、土塁の上には板塀がある。板塀と言っても、板切れではない。厚板と厚板の間を石や泥や割れ瓦《がわら》で埋めたものだ。

見張りの透波の目を掻《か》い潜《くぐ》り、首尾よく館に忍び込めたとしても、勘兵衛には禰々が居館のどこに幽閉されているのか、分からなかった。人質曲輪《ひとじちくるわ》と言われている西曲輪にいるのか、それとも夫人衆のための曲輪である御隠居曲輪に隔離されているのか。あるいは、晴信の妹として主殿や本主殿のある中曲輪に置かれているのか、見当が付かなかった。

躑躅ヶ崎館は、中曲輪を中心に、東曲輪、西曲輪、御隠居曲輪、そして味噌《みそ》蔵や水場を囲った稲荷《いなり》曲輪から出来ていた。五つの曲輪は、それぞれ独立した堀と土塁に守られており、橋で繋《つな》がっていた。

晴信が政務を執る御座所や主殿、本主殿、家臣との常の接見の場である御対面所などがあるのは、中曲輪である。《かまきり》を要所に配した厳しい警護は、中曲輪を中心に据えたもので、《忍び殺し》と言われていた。

だからと言って、東西の曲輪や御隠居曲輪、稲荷曲輪の警備を疎《おろそ》かにしていた訳ではない。透波と役人を配し、相応の仕掛けを巡らせていた。しかし、中曲輪に比べれば、忍び込むことは容易な筈《はず》だった。

寅王君を預かり、駿河の今川に走る――。

(これは高く付くかもしれぬな)

雨が激しくなった。

木立が雨に騒いでいる。

(よし、今だ)

勘兵衛の後を泥目が続いた。

§

桑原城から府中に送られた諏訪頼重は、躑躅ヶ崎館ではなく東光寺《とうこうじ》に幽閉されていた。

(やはり、殺《や》る気か……)

生かすつもりならば、禰々とともに館に置いただろう。頼重が幽閉されて、三日が経《た》った。

この間勘兵衛は、雨を待っていた。

透波の警備がこれ以上厳しくならないよう、忍び込んだ形跡を悟られたくなかったのだ。

雨は足跡を消し、雨音は気配を消してくれる。

西曲輪の堀を渡り、土塁を昇った。足が滑ったが、杖《つえ》が支えになった。

板塀を越えた。植え込みの中を、泥目が先に立って進み、腰を落とした。

「このような悪戯《いたずら》が」

髪の毛が張られていた。切れると、鳴子が鳴り響く仕掛けだった。夜目の利く七ツ家の者の中でも、抜きん出て目のいい泥目でなければ、気付かなかっただろう。泥目は、闇夜《やみよ》で地に落ちた針を拾うことが出来た。

植え込みを抜けた。目の前に、雨に降り込められた西曲輪の館が、黒くうずくまっていた。泥目が気配を探った。

「透波はおりませんが、足許《あしもと》にお気を付けを。玉砂利が敷かれています」

小さな丸い黒石だけを集めた砂利だった。

踏めば砂利が鳴った。

「流石《さすが》、武田。念の入ったことだな」

勘兵衛は泥目の杖を受け取ると、まず自分の杖を玉砂利に置いて、その上を歩き、端に達すると、泥目の杖を継いで自分の杖を取り上げ、それを繰り返し、尺取り虫のように進んだ。玉砂利に掛かる己の重さを杖で散らし、音を減じさせたのだ。玉砂利を越えた勘兵衛が、泥目に杖を投げた。泥目が渡った。

床下には、太い木の格子が嵌《は》まっていた。泥目が一本一本撫《な》で摩《さす》りながら、細工が施されていないか、調べている。嵌め殺しにしていては、何かの折に不便である。必ず細工格子がある筈だった。泥目が指先で探っている間、勘兵衛は見張りに回った。

「ありました」

微《かす》かな音を立てて、格子が外れた。

二人は床下に潜り込むと格子を戻し、息を殺した。

漆黒の闇が広がっていた。泥目が先に立ち、勘兵衛が泥目の気配を手繰《たぐ》って続いた。

「ちっ」

泥目が小さな声を上げたのは、床下を歩き始めて間もなくだった。

(どうした?)

杖の先で泥目の身体を突いて訊《き》いた。短く、長く。指笛と同じ要領である。

(蚊針に刺されました)

(毒か)

(そのようです)

(顔か)

(首です)

(戻れ)

(まだ、毒は回っておりません。このままでは、蚊針を吊《つ》っていた髪が切れていますので、忍び込んだことが露見してしまいます。仕掛けを直します)

(長鉈《ながなた》を抜いて、照らして下さい)

(見えるのか)

(よいところで教えろ)

勘兵衛は長鉈を抜くと、ゆっくりと刃の向きを変えた。勘兵衛の目では、長鉈の刃に宿る明かりは無に等しかった。

泥目から合図があった。そのまま勘兵衛は動きを止めた。

泥目が奥から這《は》い出して来た。

「大丈夫か。動けるか」

「少々目が回ります」

「毒消しは？」

「飲みました」

「出直しだ。引き上げよう」

勘兵衛が格子に手を掛けようとした時、見回りがやって来た。それぞれの手に灯火《とうか》を持ち、各所を照らしながら見回っている。勘兵衛は泥目を背後に隠すようにして地に伏した。

やがて、見回りは館の角を回って見えなくなった。溜《た》め息を吐《つ》いた勘兵衛が格子に手を掛けようとした時、庭の外れに気配が立った。

勘兵衛は手を戻し、気配のする辺りに目を凝らした。黒い影のような二人組の透波が、玉砂利の上を足音も立てずに見回っていた。

（………！）

勘兵衛は息を詰めた。遅れて泥目も、息を詰めた。

透波の一人が足を止めた。

藪《やぶ》の中を透かし見ている。仕掛けを確かめているのだろう。もう一人が床下を覗《のぞ》き込んだ。

耐えた。

ひっそりと、ゆるやかに過ぎて行く時を、身動きせずに耐えた。

やがて透波は頷《うなず》き合うと、歩みを再開し、館の角を回って見えなくなった。それでも、勘兵衛は暫《しばら》く動かずに、刻《とき》が過ぎるのを待った。微かな音さえ、立てることは憚《はばか》られたからだった。

（堪《こら》えられるか）

泥目が汗の浮いた首を、小さく縦に振った。毒を吐かねば治りはしない。だが、館の敷地内では吐くことは出来なかった。

（直《す》ぐだ。直ぐに吐かせてやる）

勘兵衛は格子から滑り出ると、泥目を引き摺《ず》り出し、床下の柔らかな土に遺《のこ》していた足跡を丹念に消した。そして格子を戻すと、泥目を肩に担ぎ、再び杖を使って玉砂利を越えた。

（なぜ彼奴《あやつ》どもは、玉砂利の上を足音を立てずに歩けるのだ……）

勘兵衛は武田の透波の底力にうすら寒いものを覚える一方で、

（見回りを躱《かわ》せば、何とかなる……）

手応《てごた》えに近いものを感じ取っていた。

§

五日が経った。

霧雨が降っていた。時折霧雨は風に揺れ、白い幕のように棚引いた。

「泥目」

勘兵衛が、唇を動かさずに言った。

「運は、二度ない。今夜しくじれば、ともに死ぬぞ」

「心得ています」

毒針に倒れた泥目は、木灰を溶いた水を大量に飲み、吐き、下して、毒気を抜くと、熱に浮《う》かされながら昏々《こんこん》と眠り続け、目を覚ましたのは翌日の夕刻だった。

——不覚でした。

それが目覚めた時の第一声だった。

勘兵衛と泥目は、五日前に忍び込んだ順路を辿っていた。

西曲輪の館の軒下までは、難無く着いた。

細工が施されていた格子も、触られた跡はなかった。勘兵衛がどんぐりの殻斗《かくと》の破片を外せば落ちるように仕掛けておいたのだ。それが、そのまま挟まっていた。

床下に潜った。

泥目が、床板を調べながら、するすると進んだ。

暫《しばら》く行くと、杖の合図が勘兵衛に届いた。勘兵衛は懐から渋紙を取り出すと、それを被《かぶ》って這い進んだ。蚊針が渋紙の上を滑った。

この渋紙は、七ツ家の者ならどこへ行く時も持っているもので、山中での仮寝にしばしば使われた。

渋紙を敷き、その上に身を横たえれば、濡れた地面の上に寝ることが出来た。渋紙は水に強く、また四隅に重しを置けば、風に飛ばされる心配もなかった。仮寝するには、それで十分だった。

渋紙を懐に納めた勘兵衛に、また泥目から合図が送られて来た。

床板の外れる場所を見付けたのだった。

泥目が慎重に床板を外しては、土の上に置いている。

納戸であるらしい。蔓籠《つるかご》が雑然と置かれていると泥目が言った。

(よくやった)

勘兵衛は、渋紙に土の付いた衣類を脱ぎ捨てると、納戸に忍んだ。

待った。誰か館の者が廊下を歩み来るのを、凝《じ》っと待った。

やがて遠くで廊下が鳴り、裳裾《もすそ》の擦れる音が続いた。

(女子《おなご》か)

勘兵衛は腰に下げた革袋からどんぐりを摘《つま》み出し、身構えた。

侍女が廊下の角を曲がり、こちらに向かっている。一人だった。手燭《てしょく》の明かりを頼りに、規則正しい歩みを繰り返している。通り過ぎた。

(………)

勘兵衛の指先がどんぐりを弾《はじ》いた。乾いた音が廊下に響いた。

「………?」

侍女の足音が止まった。

手燭をかざしたのだろう。明かりが大仰《おおぎょう》に揺れ動き、壁面を流れた。

勘兵衛は革袋の内側に張り付けていた綿を毟《むし》り取ると、素早く縒《よ》りを掛け、吹き飛ばした。綿は蒲公英《たんぽぽ》の綿毛のように、ふわりと飛んだ。綿には燐《りん》が塗られている。宙を漂いながら、発火した。

「……………！」

息を呑《の》み、立ちすくんだ時には、侍女は勘兵衛の《蛍火の術》に掛かっていた。

「こちらに参れ」

侍女は、傀儡《くぐつ》のように従い、納戸に入った。

勘兵衛は、そっと戸を閉めると、聞いた。

「御屋形《おやかた》様の妹御・禰々御料人様は、この館におられるのか」

「……いいえ」

「では、いずこにおられる？」

「……御隠居曲輪にございます」

「寅王君も、御一緒か」

「……はい」

「御隠居曲輪の警備で、知っていることは、あるか」

「……見回りの者が、沢山配されているとか」

「その他には？」

「……存じませぬ」

「分かった」

勘兵衛は、侍女の目の前にどんぐりを差し出すと、

「そなたは御用に戻るがよい。このどんぐりの転がる音を聞いたら、術から覚めるのだぞ。よいな」

侍女が頷いた。

侍女は納戸を出ると、奥へと足を踏み出した。どんぐりの転がる音がした。侍女が、はっとしたように一瞬立ち止まった。しかし、何事もなかったかのように、歩き始めた。

二

静かな朝だった。

風が凪《な》いでいるのだろう、梢《こずえ》の触れ合う音が聞こえない。

（今日も山歩きか……）

風の強い日は、獣が近付いて来る気配が分からないので遠出を控えたが、風の無い日は、山を歩き回るのが喜久丸と市蔵の日課となっていた。

市蔵は何でもよく知っていた。

――怪我《けが》をした時、揉《も》んで傷口に当て、よく押さえておくと血が止まる。蓬《よもぎ》を見付ければ、
とか、

――實は生でも食べられるが、炒《い》るとうまい。

とか、橅《ぶな》や榧《かや》があれば、
とか、薬効があったり、食べられる木の実や野草の在《あ》り処《か》を、喜久丸に教えた。それはそのまま足腰の鍛練でもあった。

そうした日々を送るうちに喜久丸は、日数を数えるのを止《や》めていた。季節が分かっていればそれで足りる、と思うようになっていた。

市蔵の寝床を見た。いない。

（出掛けたのだろうか……）

草庵《そうあん》の中は青葉のにおいが籠《こ》もっていた。草庵を出た。

草庵の周りにも、市蔵の姿はなかった。

喜久丸は、石に腰を下ろした。その石が喜久丸の座る場所になっていた。

目の前にある平たい石は、砥石《といし》用に拾って来た石だった。

(研《と》ぐか……)

石に竹筒の水を滴らせ、脇差を抜いた。

草を刈り、小枝を払い、木を削る。毎日使うことで脇差は喜久丸の手に馴染むものになっていたが、汚れが染み付き、斬れ味は鈍ってしまっていた。

柄《つか》を握り、刀身を素手で握り、研ぐ。砥石と呼べるような石ではなかったが、研げば、次第に刃が力を取り戻してくる。研いだ。一心に研いだ。

額に汗が浮かんだ。汗と汗が繋がり、流れた。

まだ市蔵は戻って来ない。

夏草を刈った。刈った草を束ね、干した。

寝床に使っている草を換えなければならなかった。雨で湿ってしまったのだ。

草庵に入った。

草庵と言っても、屋根こそ青草の下に渋紙を敷いて雨を防いでいるが、木の枝で骨組みを作り、ぐるりは青草を二重三重に吊るしただけの、簡素なものだった。

それでもなかなか居心地はよかった。

一畳半ほどの床を三つに分け、右を市蔵の、左を喜久丸の寝床とし、真ん中に囲炉《い》裏《り》を切った。

蓬を燻《いぶ》せば蚊遣《かや》りとなった。

厠《かわや》は、雨の吹き掛からない離れた所に市蔵が作った。

──小水《ゆばり》はここでしろ。

深さ一間程の穴を掘り、青葉と土を交互に敷き詰めた小水だけの厠だった。

毎日この穴に尿をする。一年程経ったら土を被せ、上で火を焚《た》く。土を暖めてやるのだ。すると、塩硝土《えんしょうど》が出来る。

蔓で籠を編み、大きな葉を周囲と底に敷く。そこに塩硝土を入れ、水を掛ける。しみ出して来た液を集め、煮詰める。

──それで塩硝が取れるのだ。

塩硝に硫黄と炭を混ぜれば火薬が出来るのだから、忘れずにやれ、と市蔵は念を押した。

その市蔵が戻って来た。

里に降りていたのか、鍋《なべ》と塩と味噌を手にしている。

「これで、うまい煮物が食えるぞ」

更に市蔵は刺し子を取り出すと、

「それでは動きが悪かろう。これに着替えるがいい」

喜久丸は、追っ手から奪った着物をたくし上げて着ていたのだった。刺し子は身の丈に合っていた。

「これまでは山を歩いていたが、今日からは駆けることにする。苦しくなったら歩いてもいいが、秋口までには全力で駆け通せるようにな」

「………」

市蔵が先に立って走り始めた。

市蔵は暫く走ると木の腹に長鉈を打ち付けた。

文字のようなものを刻み付けている。

「それは……？」

「《木印《きじるし》》だ」

進む方向を知らせるための刻印だった。

「どうだ、息が切れたか」

「まだまだ、これしき」

「よし、付いて来い」

市蔵が地を蹴《け》った。

たちまち姿を見失ってしまった。

走りながら、木印を探した。

あった。北を指していた。

従った。

だが、ひどい上りだった。息が切れ、咽喉《のど》が渇き、足許が揺れた。

歩いた。たまらず、歩いた。

吐き気が襲って来た。堪えた。堪えて、歩いた。

気配を感じた。何か分からなかったが、切迫した気配だった。その場に身体を投げ出した。と同時に、枯れ枝が頭上を掠《かす》めて飛んで行った。

「どうして分かった？」

市蔵だった。

気配を感じたのだ、と喜久丸は正直に答えた。

「不思議な奴だな」

市蔵は喜久丸を助け起こすと、そこからは喜久丸に併せて走り、歩いた。

小高い山の頂に出た。

四方の山々を見回していた市蔵が、北東の山を指さした。山頂から棒状のものが打ち上げられていた。それは、夥《おびただ》しい量の白煙を吐き出しながら天に駆け上り、落下した。

「戦か、戦が始まるのか」

喜久丸が身を乗り出すようにして、白煙を見詰めた。

「いや、あれは《流星》と言うてな、七ツ家の者が身内に向けて打ち上げたものだ」

天地に節を残して太めの竹を伐り出し、強度を上げるために一方の節と胴に和紙を貼る。残る一方の節の中央部に穴を開け、そこから黒色火薬を詰め、最後に火縄と揺れずに飛ぶように細長い竹竿を付ける。それが《流星》と名付けられた七ツ家が作る一番大きな火矢だった。昼《ひる》打ちの場合はいつ、夜《よ》打ちの場合はいつと刻限を決めておき、昼打ちの時は煙の色で、夜打ちの時は尾を引いて流れる炎の色で決めごとを知らせたのである。白煙は集合を告げていた。時刻や落ち合う場所は、あらかじめ決めておく場合もあれば、《流星》の上がった地点から北にどれだけのところに何日後などという決め方の場合もあった。

「身内とは、市蔵がことか」

「俺も含まれている」

「何と言うておるのだ？」

「集まれ、と言っている」

「行くのか」

「七ツ家の者として、行かねばならん」

市蔵が喜久丸の肩に手を置いた。掌の中で、厚みのない肩が小さく顫《ふる》えた。

「……遠くまで、行くことになるのであろうか」

「……そうなるかもしれんし、ならぬかもしれん。どこまで行くことになるのかは、ここでは分からん」

（市蔵が行ってしまう……）

独りに、置き去りに、されてしまう。生まれてから、ただの一度も独りになったことのない喜久丸だった。俄《にわか》に心細くなっていくのを感じた。思い切って、言ってみた。

「一緒に行きたい……」

「……」

「連れて行け」

「……出来ん」

「……独りはいやだ」

「誰でも独りになる。それが早いか、遅いか、の違いに過ぎん」

「どうあっても、連れて行ってはくれぬのだな」

「……そうだ」

「……ならば、いつ、戻って来る？　何日待てばよいのだ？」

「……分からん」

「……………」

喜久丸の頰《ほお》を涙が伝った。

「出来る。独りでも、生きていける。薬草は教えた。食べられる木の実も草も教えた。たとえ、一日や二日食い物が見付からなくとも、水さえ飲んでいれば死にはせん。出来る。生きていける。それだけの強さを、喜久丸は持っている。自信を持て」

市蔵は続けた。

「鍛練するのだ。俺が留守の間に、ここまで駆け足で往復出来るようにしておけ。木印に従えば迷うことはない。この山や周りの山には俺の木印が刻まれている。俺が戻れない時は、七ツ家の誰かを来させる。その者に従え。心配するな。必ず仇《かたき》は討たせてやる」

「市蔵が戻れ」

「……そうする」

「必ずだ。必ず市蔵が戻れ。命令だぞ」

三

黒い影が足音も立てずに走って来る。七ツ家一の走り手・人影《ひとかげ》だった。

「相変わらず見事なものだな」と天鬼坊《てんきぼう》が、市蔵に言った。「刻限ぎりぎりという癖は直らんがな」

「あの走りを皆に見せたいのであろうよ」

横から口を挟んだのは、夜鴉《よがらす》だった。一貫《いっかん》と四斗《しと》と相助《そうすけ》が笑った。

人影が着き、これで甲斐に散っていたほぼ全員の七ツ家の者が、呼び集められたことになる。

一同の前に、小頭《こがしら》の源三《げんぞう》が進み出た。

「よう来てくれた」

源三は、躑躅ヶ崎館から寅王を駿河に護送する務めについて話した。

「東光寺に潜んでいた土蜘蛛《つちぐも》から、諏訪頼重様御切腹の知らせが束ねと俺の許に届いた。これにより、束ねと泥目と土蜘蛛、そして楓《かえで》の四人が明後日躑躅ヶ崎館に忍び込むことになった。我らの務めは、追っ手から束ねらを守ることにある」

「そのような務めに、まだ楓は使えぬのでは？」

楓は四か月前に生んだ赤子を半月前に亡くしたばかりだった。赤子だけでなく、赤子を亡くして五日目には、赤子の父親も亡くしていた。

「束ねの注文なのだ」

まだ生後三か月と幼い寅王を甲斐から駿河に運ぶのである。女の助けがなければ、勘兵衛たちの手に余った。

年若く、乳の出る娘を送れ、という勘兵衛の注文にぴったり当て嵌まったのは、十七歳の楓だけだった。

「ならば、仕方ないか」

「楓のことは分かったが、心配なのは、首も据わっておらん赤子だな……」

「泣きよるの」

「隠れることも、ままならんぞ」

口々に話す者たちを抑え、市蔵が訊いた。

「追っ手とは、《かまきり》でしょうか」

「だから、皆を呼んだのだ」

「何をすれば？」と、一貫が訊いた。

「一貫は、四斗と相助とともに、助けに回ってくれ」

源三が、何をするかを話した。

§

勘兵衛は、御隠居曲輪と堀を隔てた藪の中にいた。泥目と土蜘蛛と楓が、脇に控えている。

「これまでは、忍び込んだ形跡《あと》を遺すことすら許されなかった」

勘兵衛が、言った。

「しかし、今夜は違う。いずれ寅王君が躑躅ヶ崎館から連れ出されたことは露見し、追っ手が掛かる。それが早いか、遅いかだ。必要とあらば、戦って血路を開く。その時だが、楓は何が起ころうと走れ。振り返らずに、走れ。そして、寅王君を駿河にお連れするのだ。いいな」

「分かりました」

楓の声が微かに顫えた。

「案ずることはない。我らは《落としの七ツ》。しくじりはせん」

「束ね」

土蜘蛛が楓の胸を顎《あご》で指した。

「においますな」

風がないだけに、動かずにいると、乳のにおいが立ち込めた。勘兵衛は楓に命じた。

「乳を絞っておけ」

「……はい」

楓は勘兵衛たちに背を向けると、晒《さら》しを解いて胸を開き、乳を絞った。闇の中に白い線が奔《はし》り、乳が濃厚ににおった。乳房を拭《ぬぐ》い終えた楓が、晒しを巻き直し、胸許を合わせている。

「いいか」

楓が顎を喉許に引くようにして頷いた。

「では、行くぞ」

勘兵衛が言い置いて、駆け出した。

泥目と楓が、影のように続いた。土蜘蛛は走ると見せて藪に入ると、楓の乳を受けた葉を嘗《な》め、改めて三人の後を追った。

(俺は死なんぞ)

土蜘蛛は綱を腰に結わえて堀を泳ぎ渡ると、土塁の高みに杖を刺し込み、綱を結んだ。堀に綱が渡った。赤子を胸に抱くことになる楓と、館に上がる勘兵衛が綱を使い、床下で控える泥目は綱を解いて、堀を泳いだ。

勘兵衛と泥目は、既にこの日までに御隠居曲輪に忍び込み、諏訪頼重が切腹して果てた場合、その何日後のどの刻限に寅王を〝落とし〟に来るかを、爾々と決めていた。

これまでに遺漏はない筈だった。

館の下調べは済ませ、寅王には楓を手配し、駿河までの道程には、源三以下の者を配した。

「命が惜しくば、油断するな」

勘兵衛は皆の気を引き締めると、泥目を先に立て、御隠居曲輪の庭を進んだ。

泥目の歩みが止まった。

「仕掛けの場所が変わっております」

楓と土蜘蛛の目では、闇夜の藪陰まで見透せない。

「蚊針が、そこに」

泥目は、頭上の枝を指すと、次いで足許に指先を向けた。

「髪の毛が張られている。切るなよ、鳴子に繋がっているからの」

植え込みを抜け、玉砂利を越えた。

床下の格子には誰かが触れた形跡はなかった。

四人は、床下に潜り込んだ。

目の前に広げた掌さえ見えない漆黒の闇である。

泥目に任せるしかなかった。泥目は、何かを感じ取ったのか、杖で、

(ここで待て)

と言い残すと、独りで這い進んで行った。

数瞬の後、突然闇が動いた。重い音が微かに立ち、血のにおいが漂って来た。

咄嗟《とっさ》に勘兵衛たちは身構えた。

気配が近付いて来た。泥目だった。

「透波が一人、忍んでおりました」

「殺ったのか」

「……申し訳ありません」

「いや、それでいい。だが、これで、遣り直しは利かんぞ」

§

寅王はぐっすりと眠っていた。

「不憫《ふびん》な……」

寅王に被さるようにして寝顔を見ていた禰々が、唇を顫わせた。

「次郎の兄様が国主になられたら、惣領家《そうりようけ》も安泰であったろうに。何としても、口惜しいわえ」

頬擦りをしようとする禰々を、久保坂内記が膝《ひざ》で擦り寄って、止めた。

「御料人様、和子様が目を覚まされます。ここは御辛抱下さりませ。御屋形様が和子様に危害を加えることがないと分かれば、直ぐにまたお連れ申せばよろしゅうございます」

久保坂内記は、改めて勘兵衛に膝を向けると、脇に寄せていた三方《さんぼう》に手を伸ばした。

三方は二つあった。一つには、諏訪惣領家に伝わる小刀と寅王出生の書付、及び経緯《いきさつ》をしたためた信虎への書状がのっており、他方には金の粒の入った革袋が置かれていた。

「諏訪家再興の夢が、和子様御一人に掛かっておる。そのこと、決してお忘れなく、駿河までよろしくお願い致す」

「心得まして、ございます」

勘兵衛に続いて楓が頭を下げた。

「されば、楓」

「はっ」

楓が背に負っていた藁苞《わらづと》を下ろした。藁が直《じか》に寅王に触れぬよう、中に刺し子が敷かれていた。

「若君様を、これに」

勘兵衛に促され、内記が不器用な手つきで繭々から寅王を取り上げ、藁苞に横たえた。肩から袈裟《けさ》に下げると、藁苞が撓《しな》り、寅王の身体がすっぽりと嵌《はま》った。

「常に楓がお抱え致します。また雨の時は、胸許を水を通さぬ渋紙で覆いますので、若君様には一滴の雨も掛かりません」

「乳の手配は？」

内記が楓の胸に目を遣った。

「恐れ多いことでございまするが、この者の乳をお飲みいただきます」

「それで、乳の出る女子《おなご》なのか」

内記は改めて楓を見詰めると、

「頼むぞ」

「命に換えても、お守り致します」

この瞬間から楓は、寅王を我が子と思うことにした。

「うむ」

内記は大きく頷くと、禰々を見た。

内記の目に映ったのは、唇を顫わせていた幼子の母ではなかった。諏訪惣領家御継嗣の生母として、気丈に振舞おうとする禰々の姿だった。

「ここに至りて、申すことは何もない」

凛《りん》とした声で言った。

「七ツ家を買《こ》うたは、わらわじゃ」

勘兵衛と楓が、吸い込まれるように床下に消えた。

第四章　追跡

一

血がにおっていた。

気付いたのは、透波の犬房《いぬぶさ》だった。

犬房の吹き鳴らす指笛が、御隠居曲輪《くるわ》に響いた。

「内記、何事じゃ？」

禰々が、叫ぶようにして訊《き》いた。

「忍び込んだのが、露見したのでござりましょう」

「では、追っ手が掛かるのであろうか」

「まだ和子様には気付いておりませぬ。ご案じなされまするな……」

「七ツ家が去って、どれくらいになろうか」

「およそ、一刻《いっとき》（二時間）かと」

「……それで、逃げ切れるかの？」

「……………」

ただ駆けるだけなら、七ツ家に追い付ける筈《はず》はなかった。だが、一行には寅王がいた。無理な早駆けは出来ない。

（それに……）

府中を出るまでは平地だった。追っ手が掛かれば一溜《ひとたま》りもないことは、目に見えていた。

（やはり、七ツ家では心許《こころもとな》無かったか……）

内記の表情を読んだのか、禰々が不安げに膝《ひざ》をにじり寄せた時、床下から人の気配が伝わって来た。

何者かが、動き回っている。

透波のものらしい声が聞こえた。

「引き摺《ず》り出せ」

§

床下の死骸《しがい》は、《曲輪番所》に運ばれた。曲輪番所は見回り番の詰所であり、それぞれの曲輪に設けられていた。

運ばれた死骸が忍び装束を着けていたことから、透波頭が板垣信方と《かまきり》の棟梁《とうりよう》である暁斎に急報した。

「此奴《こやつ》は、どこの忍びだ？」

駆け付けた板垣信方が暁斎に問うた。

武田の周囲は敵だらけだった。中には今川氏のように、婚姻政策が功を奏し、同盟を結んでいる者もいたが、腹の中では何を考えているのか分かったものではなかった。

「裸に剝《む》け」

《かまきり》の手によって、胴締め（帯）、胴衣、手っ甲、袴《はかま》、脚絆《きやはん》、足袋《たび》、草鞋《わらじ》など身に着けていたものが剝《は》がされ、調べられた。しかし、不覚を取った時のことを考え、どこの忍びか分からないもので身を固めていた。忍び袋を開いても、それぞれの流派の手裏剣や苦無《くない》、目潰《めつぶ》しなどが出て来る始末だった。

「絞《しぼ》れぬか」

信方が溜め息を吐《つ》いた。暁斎は信方に答える代わりに、

「足袋を見せい」

袖口《そでぐち》に指先を入れながら、《かまきり》に言った。暁斎の左腕には、肘《ひじ》の部分を除いて前腕部と上腕部の二か所に革の帯が巻かれていた。その帯には革拵《かわごしら》えの鞘《さや》がびっしりと並んでおり、その一つひとつに棒手裏剣が納められていた。暁斎は棒手裏剣を引き抜くと、足袋の足裏を裂いた。綿が出て来た。暁斎はほじくり出した綿を指先で丸め、手触りを確かめていたが、やがて、

「風魔でござります」

と、信方に言った。

綿は蒲《がま》や蓬《よもぎ》から採る。蒲の綿は沢山採れるので夜具に使われる程だが、比べて蓬から綿を採るには、蒸す、干す、叩《たた》くと手間が掛かる上、量的にも少ない。しかも、蓬のにおいを抜く作業が必要になる。

「にもかかわらず、風魔は蓬を使うのでござります」

「何ゆえだ？」

「確《しか》とは分かりませぬが、練り固めて火を点《つ》け、その香で催眠の術を掛けるとか、蓬を扱うことを好むようでござります」

「風魔に相違ないのだな？」

「足固めは使い慣れたものを、と考えれば、間違いはないか、と」

「風魔とすれば、北条か」

北条氏は、前年の天文十年（一五四一）に、二十七歳の氏康《うじやす》が代を継いでいた。その北条氏が敵対しているのは、関東管領《かんれい》の上杉憲政《のりまさ》であり、駿河の今川義元だった。

「分からぬ。どうして北条が武田に忍びを送り込む必要があるのだ？」

「御支配」

曉斎が死骸を指さした。

「それよりも、風魔を殺《あや》めたのが誰か、でござります」

床下に争った跡はなかった。抵抗する間も与えずに、風魔の咽喉《のど》を斬《き》り裂いたのだ。

「恐らく」と曉斎が、棒手裏剣を革の鞘に納めながら言った。「風魔の者は、敵が近付くまで気付かなかったに相違ありませぬ。床下は真の闇《やみ》なれば、余程闇に強い者の仕業でござりましょう」

「床下は隈《くま》無く調べたであろうな？」

信方が透波頭に聞いた。

「何もござりませんでした」

「何か、それらしき物音に気付いた者は、おらぬのか」

「申し訳もございませぬ」

透波頭が低く頭を垂れた。

「手掛かりはなしか」

「そうとは限りませぬ」

暁斎は曲輪に目を遣《や》ると、

「風魔の屍《しかばね》があった上には、どなた様がおられるのだ？」

透波頭が答えた。

「御屋形《おやかた》様の御妹君様にござります」

「禰々御料人様か……」

東光寺に出向き、頼重に切腹の沙汰《さた》を伝えたのは、信方自身だった。

――寅王は、どうなるのだ？

――十六歳の御年まで屋形の許でお育てし、諏訪惣領家《そうりようけ》をお継がせになる由にござります。

――実《まこと》か。

――屋形の意向故、相違ござりませぬ。

我が子の行く末に安堵《あんど》して腹を切った頼重だったが、信方の話したことは嘘《うそ》だった。また、諏訪惣領家の地位を狙《ねら》い、頼重攻めを申し出て来た高遠頼継らに対しても、晴信はそのままにしておく気はなかった。

(彼奴《あやつ》らを滅ぼさねば、諏訪を掌中に納めることは出来ぬ)

その時の戦に、寅王は使えた。父の仇《かたき》を討つために寅王が立ち、晴信が加勢するとなれば、戦の大義名分が立つばかりか、諏訪の残党を集めて戦わせることも出来た。

だが、寅王が役に立つのはそこまでで、諏訪を手に入れてしまえば、邪魔な存在になるだけだった。寅王にしてみれば、晴信は父の仇の片割れである。晴信に反旗を翻すた旗頭に担ぎ上げられるやもしれぬ。諏訪の残党を手懐《てなず》けるには、寅王の腹違いの姉・小夜姫で十分だった。況《ま》してや小夜姫が晴信との間に男子を儲《もう》け、その子が諏訪を治めるとなれば、甲斐にとっても諏訪にとっても最良の結果となることは間違いのないところであった。

――御屋形様にお仕えせよとの仰《おお》せでござりまするが、その前にお願いの儀がござります。

後に諏訪御料人と呼ばれる小夜姫は、甲斐が求めるものを冷静に見据《みす》えていた。

――寅王は要らぬ。赤子の顔など母親以外の誰にも分からぬ故、必要とあらば替え玉を使えばよいわ。時期を見て、毒を盛り、病に見せかけて殺せ。

それが、願いを聞き入れた晴信の命令であった。

（御屋形様を毛嫌いしている禰々様のことだ。もしかすると、御屋形様の腹を読まれたのかもしれぬ。とすると……）

信方の額に青筋が立った。

「御隠居曲輪の総奉行を至急これへ」

透波頭が自ら駆けた。総奉行は曲輪を取り仕切っている。

「寅王君でござりまするか」

暁斎が、信方の背後から小声で訊いた。

「そうだ。落としたのかもしれぬ」

「………」

「ここの総奉行は、誰であった？」

「小出作左衛門《こいでさくざえもん》様にござります」

犬房が答えた。

「作左か」

信方が小さく舌打ちをした。晴信が追った父・信虎子飼いの老臣だった。当然のように信方には反感を抱いている。

（たとえ知らせがなくとも、この騒ぎだ。駆け付けるべきであるにもかかわらず、儂《わし》が出向いているからと、姿を現わさないでいるのだろう。先の見えぬ、腐り果てた奴だ）

信方が握った拳《こぶし》を掌に打ち付けた時、篝火《かがりび》の脇を擦り抜けるようにして透波頭と作左衛門が来た。信方は直《す》ぐに切り出した。

「夜分ながら、禰々御料人様にお取り次ぎを願いたい」

「何用でござりましょうや」

「申す必要はない。そなたの御役目から外れておる」

「たとえ《職》の地位におられる駿河守様（板垣信方）の御下命でござりましょうと、御屋形様の御妹君様に対し、礼を失しているとは思われませぬか」

「後で幾重にも詫《わ》びる故、至急取り次いで貰《もら》いたい。事は急を要するのだ」

「とは言え、ここは御料人様の御意向を伺うのが順序でござろう。暫時お待ち下され」

作左衛門は踵《きびす》を返すと、ゆったりと歩き出した。

「暁斎」

信方の目許が膨らんだ。

「はっ」

「奴は取り次がぬ」

「……………」

「構わぬ。殺《や》れ」

「しかし……」

「生きておっても、武田の益にはならぬ」

「……心得ました」

暁斎は棒手裏剣を引き抜くと、ためらいもなく投げた。棒手裏剣は真っ直ぐに飛び、作左衛門の盆の窪《くぼ》に深々と突き刺さった。

二

十人の《かまきり》が、館の天井裏に散った。

——寅王君を探せ。

彼らに下された命令は、ただ一つ。寅王が館内にいるのかいないのか、調べることだった。いなければ追っ手を掛けなければならない。

「我らも参るか」

館に向かおうとした信方と暁斎の前に回り込み、透波頭が両手を突いて伏した。

「弁解は致しませぬ。風魔がこと、その風魔を殺めた者がおったこと、館の見回りを預かる我らの落度にござります。御処分は覚悟致しております。しかし、何卒《なにとぞ》汚名を雪《そそ》ぐ機会をお与え下さいますようお願いを申し上げます」

「手を上げよ」

信方が、掌を上に向けてふわりと振った。

「そなたらの処分など考えておらぬ。ただ見回りの仕方は、見直す必要があるであろうがな」

「寛大な御処置、ありがとう存じまする」

透波頭の顔に安堵の色が奔《はし》ったのを、信方は見逃さなかった。

「とは申せ、これで躑躅ヶ崎館が万全ではないと知られてしもうた。これからは何が起こるか分からぬぞ」

「はっ……」

透波頭の額に脂汗がにじんだ。

「分かっておろうが、二度は利かぬからの」

「重々承知しておりまする」

「うむ」

信方は頷《うなず》いて見せると、

「さすれば、そなたらに館の周囲を探って貰おうか。誰ぞ侵入した者がおらぬか、形跡《あと》が残っておるやもしれぬ。些細なことも見逃がすでないぞ」

「承知仕《つかまつ》りました」

透波頭は低頭すると、爪先《つまさき》歩きをして後方に下がり、犬房らを各所に散らした。

「では、参るか」

信方は曉斎と館に向かった。

§

「御料人様も若君様も既に休んでおられます故、お取り次ぎは致し兼ねる」

久保坂内記が頑強に拒んだ。

「それでは通らぬのだ」

と信方が言った。

「万一にも若君様の御姿が見えなくなったとあらば、禰々御料人様にも責めを負っていただくことになりまするが、よろしいか」

「御屋形様の御妹君を問い質《ただ》すことなど、出来ますかな」

「出来ぬ屋形ではなく、儂でもないわ」

「…………」

その時、襖《ふすま》の向こうから暁斎へ知らせが入った。唇と耳を寄せ合っている。信方の耳にも、内記の耳にも、声は届いて来ない。

やがて襖が閉まり、暁斎は膝の向きを変えると、

「久保坂殿」と、冷ややかな声を発した。「館の中を、隈無く調べさせていただいた」

「無礼な。それが、武田のすることか」

「諏訪はなさらぬとでも言われるか」

「何?」

「御料人様は起きておいでになられるではないか。だが、それはよい。肝心なのは寅王君でござる。御姿が見えぬが、いかがなされた?」

「……そのようなことは、あり得ぬ」

「おられると言われるか」

「勿論《もちろん》でござる。それとも、他においでと思われるのか」

「それを伺いたいのでござるよ」

信方が言った。

「…………」

信方と内記の目が絡んだ。

「御支配」と、曉斎が信方に言った。「某《それがし》、催眠の術は不得手故、少々荒っぽうござりまするが、お許しいただけましょうか」

「許す」

「久保坂殿、お聞きの通り、お許しが出ましたぞ」

言い終えた時には、曉斎の身体《からだ》は空中にあった。跳躍し、内記の膝許に舞い降りると、棒手裏剣を咽喉と両肩に打ち込んだ。

咽喉の棒手裏剣は言葉を奪い、両肩の棒手裏剣はそれぞれの腕を痺《しび》れさせた。

「…………」

内記は張り裂けんばかりに目を開き、曉斎を見ている。

「久保坂殿、人の身体とは面白いものでな、刺しても痛みを感じないところもあれば、激痛に泣くところもあり、かと思うと、身動きが適《かな》わなくなるところもあるのでござるよ。例えば」

新たな棒手裏剣を腰と背に打った。

「うっ」

内記の目の縁が攣《つ》り、咽喉が鳴った。

「これは、御無礼を。ここは痛いですな。習練を積んだ忍びでさえ脂汗を流しますからな」

半ば開いた唇から血が溢《あふ》れ、糸を引いて垂れた。

暁斎は指を内記の胸に這《は》わせながら、

「次はもそっと痛いところを刺しますが、堪《こら》えてみられますかな？」

「暁斎、見るに堪えぬわ。話せるようにしてやれ」

「……御指図とあらば」

暁斎が咽喉に刺していた棒手裏剣を引き抜いた。

内記の咽喉がヒューと鳴り、血の塊が口から飛び出した。

暁斎が、内記の耳許に口を寄せ、

「寅王君を」と訊いた。「いかがなされた？」

「……知らぬ」

「床下で忍びが殺されておったが、ご存じかな？」

内記の五体が瞬間顫《ふる》え、目が宙を泳いだ。

「存じておられるようですな」

「……知らぬと申しておる」

「風魔でござった」

「風魔が……」内記の目が再び虚空を漂った。「何ゆえ？」

「何ゆえかは分からぬが、殺されて二刻近い時が過ぎておる。血の固まり具合で間違いない。どうだ、二刻前に何があったのか、教えてはくれぬか」

（……七ツ家が仕業か）

風魔がどのように七ツ家に絡んでいるのかは分からなかったが、無事に寅王を落としたことは分かった。内記の心の内側を安堵の思いが奔った。

「その刻限に寅王君を落としたのなら、それ相応のところに達している筈だが、落としたは実《まこと》か」

「無駄なことだ。たとえ知っていても、何も言わぬ」

「……仕方ないの」

言いながら暁斎が、懐から革袋を取り出した。中には油の染みた紐《ひも》が入っていた。それを両肩に刺している棒手裏剣に巻き付けると、火を点けた。

「熱いであろう？」

棒手裏剣に熱が伝わるに従い、内記の額に脂汗がにじみ、流れた。

「無理に堪えると、二度と腕は動かなくなるが、よろしいか」

「……殺せ」

「急ぐことはあるまいて。もそっと話をしようではないか」

「………！」

意を決したのだろう、内記の顔色が変わった。唇が大きく開かれた。その瞬間を見透かしたように、再び棒手裏剣が咽喉に打たれた。内記の口が開いたまま固まった。

「節操を持たれよ。舌を嚙《か》み切るは、武人のなされることではござりませぬぞ」

棒手裏剣に触れている布が焦げ、肉の焼けるにおいが漂い始めた。苦痛は極限に達している筈だった。

「落としたのだな？」

内記が唸《うな》った。唸ることで堪えた。

「落としたのならば、瞬《まばた》きをせい」

暁斎の責めを肩越しに見詰めながら、信方は言葉に出して考えた。

「我らの目を掠《かす》め、風魔をも倒したとなると……」

誰なのだ。信方の思いに行き当たるものがあった。《落とし》か。

「まさか、七ツ家ではあるまいの？」

内記の咽喉が微《かす》かに動いたのを、暁斎は見逃さなかった。

「図星のようでござりまするな」

「しかし」と、信方が言った。「七ツ家に風魔が倒せるのか」

「分かりませぬが、風魔だとて手練《てだれ》ばかりとは限らぬかと」

「よし、七ツ家として、どこだ？　どこに落としたのだ？」

責めい。信方の唇の端から泡が飛んだ。

暁斎が内記の両肩に刺さっている棒手裏剣を、ぐいと押した。棒手裏剣に触れている布から、小さな炎が立った。内記の身体が瘧《おこり》のように顫えた。

「……今川か？」と暁斎が、耳許で叫び、問い詰めた。「今川には信虎様もおられれば、御屋形様の姉君も嫁がれておられるからの」

唸った。内記は目を見開いたまま何度も唸りを発した。

「もうよい、吐かぬわ」

「大した者にござります」

「七ツ家と分かれば十分であろう。落とした先を此奴から聞き出したかったが、儂の思うところもそなたと同じだ」

「では、楽にしてやりまするか」

「そうだの」

暁斎は、肩口の炎を吹き消すと、内記の脇差を抜き、腹に突き立て、横に引いた。内記の目が暁斎の手を追った。血が溢れ、腰を膝を濡《ぬ》らし、床板に溜った。内記は血溜りの中に端座し続けている。

十分に血が流れた。

やがて、暁斎が全ての棒手裏剣を抜き取った。それを待っていたかのように、内記の身体が血溜りの中に頽《くずお》れた。

「見事、御自害なされました」

「うむ」

頷いた信方が、追え、と言った。

「追って、寅王諸共《もろとも》皆殺しに致せ」

三

暁斎が館を出、曲輪内に姿を現わすと、《かまきり》の一人・ヌメリが走り寄って来た。

「何ぞ見付かったか」

「忍び込んだ者の中には、女子《おなご》がおります」

「ほう」

幾ら七ツ家に早駆けの心得があろうとも、女子の走りには限りがある。暁斎は光明を見た気がした。

「しかも、その女子が寅王君を抱いております」

「どうして、そこ迄《まで》分かるのだ？」

「あの者でございます」

ヌメリが指さした先に、犬房がいた。

「あの者が足跡を嗅《か》ぎ当てたのでございます」

「嗅いだ？」

土塁の周辺を嗅ぎ回っていた犬房が、葉陰に足跡を見付けた。

――大きさから言って、女子と思われます。また、爪先に重みが掛かっているところから見るに、その者は赤子を抱いておりまするな。

「そのように申したのか」

「驚きました」

「使えるな」

「そのように心得ます」

「ヌメリ」

「はっ？」

「相手は七ツ家だ。十中八九、間違いない」

「《落とし》の？」

「そうだ」

その七ツ家の足が赤子に奪われているのである。暁斎にしてみれば、敵ではなくなった。

「儂は諏訪の動きに気を配らねばならぬ故、寅王君はそなたに任せる。《かまきり》五人と透波を十人程連れて行き、始末して参れ」

「承知致しました。しかし、万一の場合もございます。今川館まで逃げられた時は、いかが致しましょうか」

「構わぬ。儂からの指図がなくば、命ある限り追え」

「心得ました」

「案ずるな。直ぐに片は付く」

「そう思うております。透波どもにも、よい鍛練となりましょう」

「頼むぞ」

暁斎は透波頭を呼ぶと、透波を選び、ヌメリの供とするよう命じた。

「この時を、待っておりました。汚名返上の機会に致したいと存じます」

透波頭が、暁斎とヌメリに低頭して答えた。

「ところで」と暁斎が、顔を起こし掛けた透波頭に言った。「犬房と申す者がおるそうだな？」

「はっ……」

「その者を貰い受けるぞ」

「では？」

暁斎が頷いて見せた。

「犬房が働きは、そなたの手柄だ。本日の失態と相殺《そうさい》しても余りある故、御支配にもそのように申し上げておくからの」

透波頭は相好《そうごう》を崩して礼を言うと、犬房を呼び寄せ、

「喜べ」と言った。「そなたは、ただ今より《かまきり》だ」

犬房が、慌てて暁斎を見た。

「その命、儂が貰った。追っ手に加わり、存分に手柄を立てるがよい」

選ばれた集団に入れたのである。犬房の頰《ほお》が笑み割れた。

§

甲府から駿河に至る道筋は、幾つかあった。

御坂峠《みさか》、籠坂峠《かごさか》を越え、須走《すばしり》、御殿場《ごてんば》を通り、沼津に抜ける東往還、別名甲州沼津往還。右左口峠《うばぐち》を越え、古関、本栖《もとす》、上井出《かみいで》を通り吉原に出る中道往還。また、身延《みのぶ》を抜け、南部、万沢、宍原《ししはら》を通り、奥津《おきつ》（興津のこと）に出る西往還、別名駿甲《すんこう》脇往還、などが主なものであった。

――七ツ家は、どの道筋を採るのか。

赤子を連れての走りを考えると、沼津と吉原を通る道は遠回りである。

暁斎とヌメリは、西往還と断じた。

甲府から奥津に至る西往還は、駿甲脇往還とも身延《みのぶ》道とも言われ、江戸時代には道中奉行の監督下に置かれる程の賑《にぎ》わいを見せるようになるのだが、この当時は万沢から奥津ではなく由比《ゆい》に出る道筋の方が知られていた。

つまり、甲府から来た道筋は万沢で、奥津方向に向かうか由比方向に向かうかに分かれるのである。これは、山道と四十八瀬越えと言われる川道を通るか、山道のみを通るかの違いだった。川は僅《わず》かの増水で歩行は困難になる。

道筋が分かれるのは、万沢だけではなかった。溯《さかのぼ》った身延からは、安倍峠を越えて梅ヶ島に抜け、駿河に出る道と、田代峠か徳間峠か樽《たる》峠か、いずれかの峠を越えて江尻《えじり》に抜ける道などがあった。

山の民である七ツ家ならば山道を歩くかとも思うが、赤子連れであることが、追っ手の判断を迷わせた。

――とにかく、身延までは真っ直ぐ行く筈だ。身延までに捕まえい。

暁斎が胸騒ぎを覚えたのは、ヌメリたちを送り出して間もなくだった。

(彼奴らは、一対一で熊を倒すと言うが……、どうやって?)

そこに至り、床下に潜んでいた風魔を、見張りの透波に気付かれもせずに殺した腕を思い出した。

(儂は、とんでもない過ちを犯したやもしれぬ)

胸騒ぎの始末をどう付けるか迷っていた暁斎に、晴信から火急のお召しが掛かった。

　中曲輪の御対面所には、信方が既に着座していた。

「信方より、聞いた」

　晴信が、不機嫌な声で言った。

「躑躅ヶ崎館が、何と呼ばれておるか、言ってみよ」

「忍び殺しの館、と」

「そうだ。忍び殺しだ。それが、風魔と七ツ家に入り込まれていたと言うではないか。しかも、寅王を落とされたとは、どうしたことだ？」

「申し訳もございませぬ。油断でございました」

「城と命は、油断で落ちるのだ。以後、油断の二文字を二度と儂に言わせるな。よいな」

「肝に銘じまする」

　暁斎は、板床に突いた両手指の間に顔を埋《うず》めた。

「追っ手を掛けた旨、聞いたが、追い付けるのであろうな？」

「馬で追わせました故、身延までには追い付けるかと思うておりまする」

　しかも、と暁斎は、逃げる七ツ家のにおいを嗅ぎ分ける者が《かまきり》にいることを話した。

　晴信が唸った。

「とは申せ、御屋形様も御存知の足速の者ども、ないとは存じまするが、今川館に入られた時は、いかが致しましょうや」

「指示はしたのか」

　信方が訊いた。

「独断にて、構わぬ、と」

「何！」

　信方が、眉を上げた。

「《かまきり》と分かれば、赤子一人の命と引き換えに、今川と手切れになるのが分からぬ其《そ》の方《ほう》ではあるまい」

「いや、曉斎の指示でよい」

「それでは、今川と……」

「手切れを望まぬは、今川も同じことだ。それに《かまきり》が忍び込むのは、今川館とは言え、親父殿の隠居館であろう？」

「恐らくは」信方が答えた。

「義元の器量を試すによい機会とは思わぬか。見て見ぬ振りをするに相違ないわ。そこで、甲斐に噛み付くようであらば、駿河は栄えるであろうな。そして、親父殿だが、どう出ると思うか、信方、申してみよ」

「甲斐を取り上げ、更に孫まで取り上げるのか、と騒ぎ立てるかと」

「違うな。親というものは、いかに逆らおうとも、子が可愛《かわい》いものなのだ。況《ま》してや親父殿にとって甲斐の国は、尚《なお》可愛いのだ。何もせぬ。見ておれ、と言いたいところだが、寅王が今川館に着くことはないのであろう？」

「身延までの命かと」

「人を殺めることにかけては、敵ではない。暁斎、確かにそう言っておったな」

「恐れ入りましてございます」

（しくじりは許されぬ）

御前から下がった暁斎は、中曲輪の警護に当たっている雨飾《あまかざり》を呼び、後を追うように命じた。

「ヌメリに加勢致せ」

雨飾は、まだ明けようとしない暗い空を見上げると、

「儂が行けば、血の雨が降りましょう」

と言って笑った。殺した相手の腹を裂き、両の腕をその温《ぬく》もりに浸して眠ったことのある男だった。

四

夜明け前の闇が、草庵《そうあん》を覆っていた。

干し草の香りに包まれて目を覚ました喜久丸は、耳を澄ました。

絶えず気配を探る。それが慣いになり始めていた。

草もそよがず、枝も騒がず、山はまだ眠りの中にあった。

(変わった)

と思った。一人になった最初の夜は、闇の深さに顫え、物音に脅《おび》え、泣いたものだった。その次の日も、闇と木立のざわめきに顫えた。だが、三日目には、風が凪《な》いでいたためもあり、物音に脅えずに眠ることが出来た。

そうなると、闇も漆黒ではなく、なにがしかの色を含んでいることに気が付いた。

闇は怖いものではなくなった。

その頃から、昼も夜も身体が思うように動くようになった。

（山に慣れたのだろうか）

分からなかった。分かる必要もなかった。闇を克服しただけの話だった。

眠気は去っていた。喜久丸は火吹き竹を口にあて、そっと囲炉裏《いろり》の火を熾《おこ》し、枝を削って作った鉤《かぎ》に鍋《なべ》を掛けた。

鳴子百合《なるこゆり》の根を日に干し、煎《せん》じて、寝起きに飲む。市蔵に言われていたことだった。時には昼顔《ひるがお》の葉を煎じたものも飲んだが、鳴子に似た花を付ける鳴子百合の方が、味よりも可愛さの点で昼顔に勝っていた。

――疲れが取れる。

と市蔵はいっていたが、効いているのか、喜久丸には分からなかった。

ただ、煎じ薬を作る刻《とき》がたっぷりあったので、作り、飲んでいるに過ぎなかった。

しかし、目覚ましにはなった。

目を覚まし、起きれば、遣ることはあった。木の実を集めるか、野草を探しに行かなければならなかった。僅かの間に、市蔵から教わった木の実と野草しか知らないので、探すのに手間が掛かった。それでも種類は増えていた。どう見ても食べられそうなものは、少しずつ口にしてみたのだ。

山の獣と同じ物を食べているのかと思うと、自身が獣になっていくような気がした。

確実に身体が動くようになっている自分にも気付いていた。

龍神岳城のことが、時折思い返された。

父も母も姉も殺された、と市蔵が調べて来てくれた時は、一晩涙に暮れたが、今はそれが自分の身に起こったこととは思えぬ程遠い話のように思えた。だからと言って、復讐《ふくしゆう》を忘れた訳ではない。今思っても為《な》す術《すべ》がないから、心を閉ざしているに過ぎない。

それでも気が昂《たかぶ》った時は、脇差を振い、丸太を棒のように振り回した。

――背の筋を鍛えるためだ。暇があれば、丸太の端を握り締め、頭上で回せ。

市蔵の教えだった。

それがどれ程の役に立つのか、という疑問は持たなかった。そこに丸太があり、振り回せば汗が出、疲れ、それで落ち着くから振り回しているのだ。

湯が沸いた。

干した鳴子百合の根を入れる。

鍋の中で鳴子百合の根が踊っている。

生木を削って作った杓子《しやくし》で掬《すく》う。長鉈《ながなた》と山刀で作ったため、掬うにも湯分を汲《く》み取る深さがない。幾らも掬い上げることは出来なかったが、掬って飲む。木肌が薬湯で柔らかくなったところを、市蔵から貰っていた苦無の先でえぐるように削る。削り、掬い、また飲む。それを繰り返して、一滴残さず飲み干す。

もう一刻もすれば、山の稜線《りょうせん》が赤く燃え立って来るだろう。そうしたら、草庵を出、駆け出そう。

喜久丸は木の実を火にくべ、腹に収めた。

五

躑躅ヶ崎館を後にして、下石田、西条、押越《おしこし》を通り、布施を駆け抜けようとしていた雨飾は、城山近くの山陰から一貫らが打ち上げた飛火炬《とびひこ》を見留めた。飛火炬は火薬を噴射させて飛ぶ大型の火矢のことである。それは高みに達すると炸裂《さくれつ》し、黄色い火の玉となって消えた。

(逃げている仲間に、追っ手の動きを知らせておるに相違ないの)

雨飾は、先を急いだ。府中方向から身延への道筋は、市川で漏斗《じょうご》の先のようにすぼんでいる。もし飛火炬を打ち上げた者が、仲間の後を追うならば、市川へは自分の方が近い。

（その者を追えば、七ツ家に追い付ける――）

雨飾は唇の隙間《すきま》から舌を覗《のぞ》かせると、街道沿いの木に飛び移った。

§

勘兵衛、泥目、土蜘蛛に寅王を抱いた楓の四人は、夜明け前の西往還、すなわち身延道を直走《ひたはし》っていた。

追っ手の気配は、まだない。

「寅王君は、いかがしておられる？」

勘兵衛が走りながら楓に聞いた。

「目を覚ましておいでです」

「そろそろ乳の頃合か」

「それもありますが、身体を揺らし続けておりますので、休ませたいのでございますが」

「そうだな……」

勘兵衛は前方を透かし見た。大きな椎《しい》の木の下に、六地蔵が並んでいた。

た。


「あの木の下で休むぞ」

木の根方に渋紙を敷き、楓が座った。

勘兵衛たちは囲むようにして立ち、辺りに目を配った。

楓が胸を開いた。白くふっくらとした乳房が零《こぼ》れた。楓は素早く汗を拭《ふ》くと、寅王の口に乳首を押し付けた。乳のにおいを嗅ぎ付けた寅王が、歯の無い口で吸い付いた。

勘兵衛も泥目も土蜘蛛も、汗一つ掻《か》いていない。

(遅い……)

三人には、微かな苛立《いらだ》ちがあった。

男衆だけならば、疾《と》うに身延を越えている頃だった。それがまだ、身延の手前一里程のところにいる。

勘兵衛は、寅王が乳を飲み終えるのを待ち、懐から竹を球状に編んだものを取り出して、中空に投げ上げた。竹球の中に仕込まれた笛が鳥の啼《な》き声を発した。

「源三にございます」

近くの草むらから声がした。

「追っ手は掛けられたのか」

「飛火炬によると、既にこちらに向かっているようです」

飛火炬が炸裂した時の色で、追っ手が東西南北のいずれに向けて発せられたのかが伝えられていたのである。

「今は、どの辺りにいるのだ？」

「恐らくは、鰍沢《かじかざわ》を過ぎ、切石《きりいし》に達するかと思われます」

切石とは二里十八町しか離れていない。追い付かれたと言ってよい距離だった。

「馬か……」

甲斐は駿馬《しゅんめ》の産地である。それを忍びが飼い慣らしたのだ。その速さと耐久力は、並の馬とは違う。

「ここで待ち伏せしますか」

源三が言った。勘兵衛は風向きを調べた。

「市蔵の風向きだな」

「《風泣《かざな》き》の見せどころでしょう」

「よし、それから先は取り決め通りにするぞ」

「心得ました」

取り決めとは――。

身延で囮《おとり》の者と入れ替わり、勘兵衛たちは万沢方向に走る。囮たちは安倍峠に走り、追っ手を梅ヶ島方向に誘い込む、というものだった。幼い寅王を起伏の激しい山道で揺らさぬためには、極力平坦《へいたん》な道を選ばざるを得なかったのである。

寅王の背をさすり、噯気《おくび》を出させていた楓が、身仕度を終えた。

四人が遠ざかるのを待って、椎の木の下に源三と市蔵が姿を現わした。

「そなたがたっぷりと泣かせたところで、長鉈を見舞うぞ」

「風向きが変わらぬとよいのですが」

「その時は、その時よ」

源三は、そう言うと、市蔵を残して椎の木陰に隠れた。

夜明けが間近に迫っていた。

六

忍びとして長生き出来るか否かは、勘の鋭さによる。

馬の背に跨《また》がり、先頭を切って走っていたヌメリは、道の彼方《かなた》に六地蔵と思《おぼ》しい影を見た時に、不意に嫌なものを覚えた。

「先に行け」

速度を落とし、手柄を焦る透波に先頭を譲った。

惨劇は、それから直ぐに起きた。

何か前方が霞《かす》んで見えたかと思った瞬間、追っ手の八人が目を押さえて馬から転げ落ちたのだ。馬もまた、数頭が倒れ込んだ。

即座に馬を捨て、木立に飛び移ったのは、ヌメリと透波から昇格したばかりの犬房を含む《かまきり》六人と透波三人の計九人だけだった。先頭を競い合っていた七人の透波と彼らに気を取られていた《かまきり》一人が、街道に取り残されていた。

(殺られる)

飛び出そうとした犬房の腕をヌメリが摑《つか》んだ。

「遅いわ」

光った。

刃が光った。刀剣の刃ではない。幅がある。

(鉈だ。鉈を投げているのだ……)

投げられた長鉈は、標的の腕を刎《は》ね、足首を斬り飛ばすと、対面する味方の手に落ち、即座に投げ返され、再び標的をなぶった。長鉈は生き物のように右から左、左から右と行き交い、その間刃に触れた物をことごとく斬り裂いたのである。

刀剣や手裏剣ではなく、長鉈だからこそ出来る技だった。

「走れ」

ヌメリが透波の一人の肩を押した。

「走って、逃げい」

透波を逃がそうとしたのでも、自身に逃げ延びる機会があるかを窺《うかが》うためでもなかった。七ツ家に、他に何か武器がないか調べるためだった。

透波に命の重さはなかった。そこから抜け出すためには、他の及ばぬ技を身に付けるしかない。

肩を押された透波に、選ぶ道はなかった。留《とど》まれば、死が待っているだけだった。飛び出した。道の先には仲間が血を噴き上げていた。におった。血潮がにおった。においに背を向けて走った。一目散に走った。

何かが首に当たった。生臭いものが鼻に溢れた。地面に叩き付けられた。しかし、痛みはなかった。ただ、やたらに転がる自分が妙だった。

（どうしたのだろう……）

転がるのが止まった。

透波は自分が首だけになっていることに気付いた時、果てた。

§

(何だ、今のは……?)

七ツ家の一人の手から放たれたのは、鉈ではなく、細身の刀だった。刀は弧を描いて空を飛ぶと、透波の首を刎ね、また投げた者の掌中に戻って行った。

七ツ家の一人・天鬼坊の工夫による、三日月型をした山刀だった。

(………!)

ヌメリたちは、気配を消し、凝《じ》っと木立の陰に身を潜ませた。

やがて七ツ家は、ヌメリたちが潜む闇に背を向け、ゆっくりと去って行った。

二人の透波と犬房が逸早《いちはや》く飛び出し、血溜りの中でもがき苦しんでいる透波らに駆け寄り、斬り飛ばされ、血を噴き出している手首や足首を縛っている。

無駄な手当は止《や》めい、追うぞ。そう命じられると覚悟している動きだった。だが、ヌメリの口から出た言葉は違った。

「犬房のみ許す。急ぎ手当をせい」

驚いた犬房が、瞬時手を止めたが、直ぐに我に返って手当を続けた。

助かる傷ではなかった。だが、ヌメリは犬房に手当を命じた。温情ではなかった。そのような心はヌメリにはなかった。一体何が起こり、このような仕儀になったのかを考える刻《とき》を作り出すためだった。手当はその方便《ほうべん》に過ぎなかった。

「他の者は……」

逃げた馬は捨て、負傷した者のために藪《やぶ》の中に雨露を凌《しの》げる場所を作るよう命ずると、自身は七ツ家が攻撃を仕掛けて来た場所と飛び散っている手足を見て回った。その間も、傷を負った者たちの目は閉ざされたままだった。

(目か……)

ヌメリは、逃げ遅れ、長鉈の餌食《えじき》になった者たちが、目を押さえていたことに気が付いた。

「誰ぞ火を灯《とも》せ」

命じたが、近くにいたのは犬房一人だけだった。その犬房の手は血に濡れて役に立たない。ちっ、と舌打ちをした時、

「火なら儂に任せろ」

火術を得意とする鉄幹《てつかん》が駆け戻り、小枝の先に練った油を塗って火を灯した。

「目許を照らしてくれ」

目の縁に何かが付いていた。ヌメリは指先で拭《ぬぐ》い取ると、火に近付けた。

「竹か……」

寒の時期に採った竹を細かく割り、石で一定方向に挽《ひ》く。重さをなくす程に挽いた竹を風に乗せ、目潰しにする。それが市蔵の《風泣きの術》だった。

「霞んで見えたは、竹だったのか……」

「所詮《しょせん》はそれだけの技よ。風上に回さねば、恐れることはないわ」

それに、と言って鉄幹が、鼻の脇に笑い皺《じわ》を作って続けた。

「竹の滓《かす》ならば、儂の火炎の術で燃やし尽くしてくれるわ」

「その時は任せるぞ」

と言ってヌメリは、鉄幹が背に負っている袋に目を遣った。中には抛火炬《ほうりひこ》が入っていた。抛火炬は、素焼きの土器の中に火薬を仕込んだ手榴弾《しゆりゆうだん》のようなものだった。

鉈にしても、とヌメリが、散乱する手首や腕や足首を見下ろしながら言った。相手を囲んだ時には投げられようが、相対勝負では投げられぬからの。

ヌメリの表情に、余裕が生まれた。

「手当はそこまでにし、藪に運べ」

犬房と手伝いに走った透波が始末を終えるのを待ち、ヌメリが勝ち誇ったかのような声を発した。

「七ツ家の手の内は読めた。追い詰めるぞ」

第五章　激突

一

身延と安倍峠との追分《おいわけ》に出た。

《かまきり》を安倍峠から梅ヶ島方向に誘う囮《おとり》の四人が、路肩の石に座って待ち受けていた。

勘兵衛が、楓が、泥目が、土蜘蛛が、囮のいる石に移り、代わって囮たちが街道に残されている足跡の上にそっと降りた。

「頼むぞ」

勘兵衛は、囮たちが引き継いだ足跡を見届けてから、

「我らも行くか」

石から石へと飛び移った。策が成功しようが失敗しようが、身延道を万沢へと急いでおくに越したことはなかった。

「罠《わな》に掛かってくれるでしょうか」

楓が、寅王の襟許《えりもと》を引き寄せながら言った。

「掛かってくれないと、面倒なことになるからな。そう願おうか」

「………」

「ここまで来れば、もうよいのでは？」

泥目が街道を見た。

策が見破られない限り、追分から二町近い先までは調べないだろう。

「そうだな」

勘兵衛が土に降りた。楓、泥目、土蜘蛛が続いた。と、寅王が、火の付いたように泣き出した。楓が懸命にあやすのだが、泣き止《や》もうとしない。

「どうした？」

「熱もなく、下も濡《ぬ》れてはおりませんし、乳がほしいのでもないようなのですが」

「ならば、何なのだ？」

勘兵衛が、重ねて聞いた。

「多分、疲れたのだと思います」

「……そうか」

相手は赤子だった。無理は出来ない。勘兵衛は少し考えた後、

「歩くぞ」

歩調を改めた。

「済まんが、抱かせてくれんか」

泥目が、藁苞《わらづと》の中の寅王を覗《のぞ》き込んだ。寅王は、泣き止みはしたが、まだぐずついていた。

「子供二人を育て上げた証《あかし》を見せてくれるわ」

泥目の子供は、上が男で十二歳、下が女で十歳になる。ともに七ツ家の隠れ里で暮らしている。

楓が藁苞ごと泥目に渡した。

泥目は押しいただくような格好をしたまま、小さく左右に揺すった。寅王の口から笑い声が漏れ、やがてそれが寝息に変わった。

「ほっほっ」

泥目は掛け声とともに、早足になり、やがて走り始めた。腕の揺れ具合は、変わらない。

「上手いものだな」

勘兵衛がからかうような物言いをした。

「ほっほっ」

泥目は掛け声で応《こた》えた。

§

勘兵衛たちが船山川《ふなやま》を越え、身延から三里の南部に達した頃、ヌメリたちは七ツ家の仕掛けた罠に嵌《は》まり、安倍峠への道を急いでいるところだった。府中から走らせて来た馬は、《風泣きの術》で目を潰《つぶ》されたため、六地蔵で乗り捨てている。足による追跡が、ヌメリにはひどくもどかしく感じられた。

山に入れば七ツ家が有利になる。

(その前に追い付かねば)

走る速度を上げようと、ヌメリが右手を上げた。

その時だった――。

最後尾を駆けていた犬房が、

「お待ち下さい」と叫んだ。「これは罠でございます」

犬房の声に、皆が足を止め、振り向いた。

「どういうことだ？」

ヌメリが厳しい声で言った。

「罠とは、何だ？」

「これは、我らが追っている者どもの足跡ではございません」

地に刻まれた足跡を、犬房が指した。

「何……」

ヌメリたちにも足跡は読めた。だがそれは、人数や方角のみのことだった。

「この中には、女子《おなご》の足跡はございません。また、赤子を抱いている者もおりません」

それに、と犬房が言い足した。

「この足跡からは、乳のにおいが感じられぬのでございます」

「身延までは？」

「乳がにおっておりました。申し訳ございません。確信が持てずに、ここまで無駄足させてしまいましたこと、お詫《わ》び致します」

「何の、でかしたぞ」

ヌメリは、両の掌を打ち合わせると、

「昨夜の者どもが、この先で罠を張っているとすれば、戻る先には寅王を抱いて逃げる奴どももしかおらぬということだ。相手は四人。うち一人は、寅王を抱えた女子だ。戻るぞ」

ヌメリに続いて鉄幹が地を蹴《け》った。《かまきり》が、透波が、それに倣った。

（気付かれたか……）

野に伏して追っ手の動きを見張っていた七ツ家の一貫《いっかん》は、四斗と相助を先に行かせると、懐から竹筒を取り出し、火縄に火を点《つ》けた。竹筒から発せられた花火玉は中空に達すると音もなく炸裂《さくれつ》し、赤い煙を流した。

囮作戦が見破られた、と小頭の源三に知らせる合図だった。

（こうなれば、四斗と相助と謀《はか》り、後ろから一人ずつ片付けてくれようか。腕が鳴るわ）

四斗らの後を追い、一貫は藪《やぶ》の中を駆けた。走りながら、背帯に差した長鉈《ながなた》を抜いた。朝の光を斜めに受けて、刃が光った。草を薙《な》ぐようにして腕を回した。一貫の腕に激痛が奔《はし》った。

（……？）

訳が分からなかった。腕を見た。肩口に深々と鉄の串のようなものが刺さっていた。

「七ツ家、そこまでだ」

《かまきり》の一人、雨飾が、赤い口を開けて笑った。

二

万沢から宍原までは、水場のない尾根道で、長峰三里と言われていた。

勘兵衛たちは、竹筒に水を満たすと、短い休みを取った後、尾根道に上った。

ここで追い付かれたら、逃げ場がない。力勝負で決着を付けるしかなかった。

(安倍峠に誘う策はどうなったのか)

源三からの知らせは、未《いま》だにない。追っ手を討ち取ったのならば、その足で勘兵衛たちを追い、目の届くところから合図の飛火炬《とびひこ》を打ち上げる手筈《てはず》だった。

(それがないとすると……)

策が見破られたか、策自体は成功したが、待ち伏せに失敗し、源三たちが返り討ちに遭ったか、のいずれかだった。

「土蜘蛛」

勘兵衛は土蜘蛛を尾根に残すことにした。

僅《わず》か三人の戦力を、二と一に分ける。好ましい策ではないことは、兵法など学んだことのない勘兵衛にしても分かっていた。にもかかわらず敢《あ》えて戦力を分散する策に出たのは、追っ手の背後に手勢を回し、万一の備えにしたいがためだった。だが、危《き》惧《ぐ》もあった。

「身延の策が失敗したとすると、忍犬《にんけん》を連れて来たとも考えられる」

忍者が特別に嗅覚《きゆうかく》を鍛えた犬を、忍犬と言った。厳しい訓練を受けた忍犬は、水に潜れば、木にも登った。

「忍犬の鼻を誤魔化すは至難の業だが、出来るか」

「お任せを」

土蜘蛛には、山中で群れをなして行動する山犬の鼻から逃げ延びた経験《こと》があった。

「見通しのよい尾根道は、却《かえ》って隠れ易《やす》いところかもしれません」

追っ手にしても、まさか土蜘蛛が尾根道に潜んでいようとは思わないだろう。勘兵衛と土蜘蛛が見出《みいだ》した勝機は、そこにあった。

「とは言え、勝ち味は薄い。逃げる算段を忘れるなよ」

「抜かりはありません」

土蜘蛛が答えた。

「におい消しを」と勘兵衛は、泥目に言い置いた。「任せたぞ」

二人を残し、勘兵衛は楓と先を急いだ。

土蜘蛛は尾根道を横に降り、崖縁《がけふち》の岩に髪の毛を編んで作った紐《ひも》を垂らすと、

「待たせたな」

自身が入れる程の穴を掘り、渋紙を頭からすっぽりと被《かぶ》って土中に潜った。

最小限の息継ぎをして、これで一昼夜は潜んでいられる。

泥目は掘り起こした土をならし、小石などを配して、土蜘蛛が隠れている穴の痕跡《こんせき》を消した。その後、穴の脇で大便をし、小便を撒《ま》き散らすと、勘兵衛らの後を追った。

§

小頭の源三は焦っていた。

追っ手を安倍峠に誘う策が脆《もろ》くも失敗したばかりか、助けに付けていた一貫らからの知らせも絶えてしまっていたのだ。

「束ねらが心配だ。急ぐぞ」

だが、身延道を駆け抜けようとする源三たちを待っている者がいた。

雨飾だった。

雨飾は一貫のみならず、四斗と相助もその手に掛け、葬り去っていたのである。

雨飾は血を見るのが好きだった。血飛沫《ちしぶき》を上げて、殺した相手が倒れる。返り血を浴びる。額を頬《ほお》を、相手の血が流れる。それが、生きていると感じる瞬間だった。

埋火を仕掛けた。

踏むと爆発する仕掛けのものではなく、火縄で着火するように作り替えた埋火を、櫨《はぜ》から採った蠟《ろう》で塗り固め、道沿いの水路の中に並べて沈めたのだ。爆発すれば、水《みず》飛沫《しぶき》が雨のように降り注ぐ。その時が、勝負の時だった。

両腰に提げた竹筒から得物《えもの》を取り出した。

畳針を長くしたような形をしており、棒手裏剣と言われている細身の手裏剣よりも更に細く、二寸程長いものだった。雨飾は、この得物を、串《くし》をもじって《人苦死《ひとくし》》と名付けた。人苦死を水飛沫の中で投げ付けると、飛沫に隠れて見えなくなる。況《ま》してや、木立の上から下方に向けて投げ付けたならば、水滴との見分けは困難だった。

待った。木立に隠れ、微塵《みじん》も動かずに待った。

(頃合か……)

雨飾は、火種を仕込んだ胴火《どうび》を取り出すと、人苦死を挿し入れた。

来た。五つの影が一塊になって走って来た。

速い。

速ければ速いだけ、即座の対応は難しくなる。

（勝った……）

雨飾の手が胴火に伸びた。

尖端を焼いた人苦死を抜き取り、樟脳《しょうのう》と松脂《まつやに》と椿油《つばきあぶら》で塗り固めた水火縄に打ち込んだ。火が点いた。火は水中に潜り、走った。

七ツ家が来る。

火が走る。

（今だ！）

轟音《ごうおん》とともに水飛沫が上がり、幕のように広がって街道に降り注いだ。

人苦死が飛んだ。

水の幕を裂いて、飛んだ。

二つの影が、人苦死を受けて地に這《は》った。

（二人……！　二人だけか）

他の三つの影は、爆発と同時に跳び退《の》いていた。

(どこだ?)

三つの影を探した。ここで身を移さずに、七ツ家を探したことが、雨飾のしくじりだった。

人苦死が飛び来た方向から、雨飾のいる場所は、七ツ家に割れていた。

長鉈が飛来した。長鉈の柄に紐が結んであった。雨飾を掠《かす》めて飛んだ長鉈が、紐を引かれて戻り、樹皮を斬《き》り裂いた。

木肌を滑るようにして地に降りた雨飾を、再び長鉈が襲った。

手首が飛んだ。血飛沫が顔に掛かった。

自分の血からは、生きているという思いは引き出せなかった。

(これまでか)

道に跳び出した。雨飾が覚えているのは、そこまでだった。円弧を描いて飛んで来た長鉈が、雨飾の脳天を叩《たた》き割った。

人苦死を腕と足に受けた人影と夜鴉が、危ないところだった、と言いながら立ち上がった。二人とも咄嗟《とっさ》に身を捻り、急所を外していたのだった。

§

尾根が続いていた。

三里に及ぶ尾根である。襲えば、相手に逃げ場はない。

「におうか」

ヌメリが犬房に訊《き》いた。

「まだ、通って間もないと思われます」

「いよいよ追い詰めたの」

ヌメリに鉄幹が答えた。

「こちらは八人、向こうは三人と女子が一人。焦らずに戦えば、こちらのものだの」

「とは思うが、油断は禁物だぞ」

「分かっておるわさ」

鉄幹が左手首に括《くく》り付けた小箱の中を覗いた。火種が小さく熾《おこ》っている。小箱は鉄幹の胴火であった。

更に駆けた。

尾根を渡る風が強くなって来た。

「お止まり下さい」

犬房が立ち止まって、足許一帯の土を見ている。

「ここで、何やら行なっております」

「何やらとは、何だ？」

（ン……）

犬房は顔を顰《しか》めると、

「大小便をしておりますな」

岩陰に転がっている大便を指さした。

「何と、糞《くそ》を垂れたか」

八人の間に忍び笑いが起こった。

「いや、お待ち下さい……」

犬房は地面に鼻を押し付けるようにして、尾根道の端へと這い進んだ。

「何かにおうのか」

「ここに」

と言い掛けたところで、地中から山刀がすっくと伸び、犬房の咽喉《のど》を刺し貫いた。

倒れ込もうとする犬房の身体《からだ》を押し退《の》け、土煙を上げて土蜘蛛が身を起こした。

「よう見破った。褒美だ」

叫びながら長鉈を振った。

犬房の傍らにいた二人の透波の足首が飛んだ。透波が、のたうち回った。

「おのれ」

ヌメリと鉄幹の刀が鞘《さや》を滑り出た。二人の刀が、土蜘蛛の身体《からだ》を捕えたかに見えた。だが、土蜘蛛は、もうそこにはいなかった。穴から飛び出すや、

「地獄で会おうぞ」

吐き捨てて、尾根から転げ落ちて行った。

（………！）

土蜘蛛の姿が崖の向こうに消え、続いて岩の崩れ落ちる音がした。

三

ヌメリは啞然《あぜん》とした。

躑躅ヶ崎館を出た時には十七人いた追っ手が、今また犬房と二人の透波を失い、五人になってしまったのだ。

（七ツ家め、見ておれ）

足首を失った透波二人を尾根に残し、ヌメリは《かまきり》と先を急いだ。

残っているのは、鉄幹と黒鉄《くろがね》三兄弟の小一郎《こいちろう》、小次郎《こじろう》、小三郎《こさぶろう》と自身の五人だった。

相手は一人減って三人。しかも、中の一人は赤子を抱いた女子である。まだまだ己らの優位は変わらない。

（ここで勝負を付けてくれるわ……）

ヌメリは駆けた。自らにも、鉄幹らにも、休まずに駆けることを強いた。それが《かまきり》の限界を超えた走りであることは分かっていたが、七ツ家に追い付くためだった。目を閉じた。既に全力で走り始めて四半刻《しはんとき》（三十分）以上になるだろう。

息が上がりそうになった。

（少し休まねば……）

思い始めたところで、幾重にも起伏を重ねた尾根道の先に、七ツ家の姿が見えた。追い掛け始めて、初めて目にした七ツ家の後ろ姿だった。

「おったぞ」

ヌメリが指さした。鉄幹たちが呻《うめ》くようにして応じた。

「追い付いたも同然だ。逃がすまいぞ」

休もうとしたヌメリだったが、七ツ家の後ろ姿を見たことで、頭に血が上ってしまった。更に速度を上げたヌメリに、四人が続いた。ヌメリの決断をよしとするかのように、七ツ家の後ろ姿が徐々に大きくなって来た。

だがこの時ヌメリたちは、疑念を抱くべきであった。尾根道を走る七ツ家の中には、赤子を抱いた女子の姿はなかった。男が二人、駆けているだけだった。なのに距離が縮まっているのだ。

相手にわざと姿を見せて、無理な走りをするよう仕向け、戦いに誘う。七ツ家の仕掛けた罠に、ヌメリらはまんまと嵌まっていたのである。

ヌメリだけではなかった。黒鉄三兄弟も熱くなっていた。

「我らに任せい」

黒鉄三兄弟が、鉄幹を押し退けるようにして、先に立った。

「抛火炬《ほうりひこ》で痛め付けてやる。後にしろ」鉄幹が言った。

「ここは狭い。何も言わずに見ておれ」

黒鉄三兄弟が、抜き身を肩に担ぎ、縦に一列になった。

尾根道のように狭いところで戦う時には、刀を横に振るうと味方を傷付けてしまう。縦の攻撃が勝敗の鍵《かぎ》となる。縦の攻撃は、三兄弟の得意とするところだった。

尾根道の先に、二人の男が肩を並べて立っていた。

二人の男は、それぞれ手槍《てやり》を手にしている。

「観念したか」

小次郎が走りながら叫んだ。

「斬り刻んでくれるわ」

小三郎が、小次郎の背後から怒鳴った。

「……女子がおらぬぞ。寅王はどこだ？」

先頭を走っていた小一郎が、尾根道の先に目を遣《や》った。だが、その時には男たちとの距離は消えていた。

小一郎の肩を、小次郎の足が蹴った。小次郎の身体が宙に跳ね上がった時、続いて小三郎の足が小一郎の肩を蹴り、宙に舞った。兄の肩を使って跳躍した小次郎と小三郎が、男たちの頭部目掛けて刀を振り下ろした。刹那《せつな》、男たちの身体が、背から後ろに跳ぶようにして沈んだ。刀が空を斬った。

（貰《もら》った）

男たちは倒れ込みながら手槍を地に突き立てると、小次郎と小三郎が落ちて来るのを待ち受けた。

常ならば、兄弟の技量をもってすれば、空中で自らの身体を回転させるなどして、容易に逃げられる状況だった。だが、息せき切って走り続けたままの跳躍である。躱《かわ》す余裕など、小次郎と小三郎には残っていなかった。手槍の上に落ち、腹を、胸を刺し貫かれて、小次郎と小三郎が果てた。

一瞬の出来事だった。

弟二人の死を目前に見た小一郎が憤怒の形相で、一方の男に飛び掛かった。

勘兵衛が長鉈で刀を受けている間に、泥目が小次郎と小三郎を刺し貫いた手槍の先から山刀を取った。

「束ね」

泥目が、勘兵衛に山刀を投げて渡した。

その時に、ヌメリと鉄幹が追い付いた。

「待て」

小一郎が二人を遮り、勘兵衛を指した。

「此奴《こやつ》とやらせろ」

「望みとあらば」

勘兵衛は山刀を鞘に納めながら言った。

ヌメリと鉄幹が息を整えながら数歩下がった。泥目も、二人を油断なく見張りながら下がった。

小一郎が腰を深く割り、地に這うようにして構えた。勘兵衛も右手に長鉈を持ち、低く身構えた。

小一郎の剣が勘兵衛の膝下《しっか》を薙いだ。剣を躱して、勘兵衛が宙に躍った。小一郎の目に光が宿った。勘兵衛の足を薙いだ刃を返し、垂直に斬り上げた。膂力《りょりょく》の強い小一郎が習練の果てに会得した、必殺の一撃だった。刀は確実に勘兵衛の足を捕えていた。脚絆《きゃはん》の中程に刀は当たった。

（………！）

小一郎の刀が折れた。脚絆に鉄が仕込まれていたのだった。

そうと気付いた時には、小一郎の額に長鉈がめり込んでいた。

二対二となった。

勘兵衛が数歩足を引き、泥目と並んだ。

（こうなれば、抛火炬を使うぞ）

鉄幹がヌメリを促すようにして間合を空けた。

刃《やいば》を交えるにしては、間合を取り過ぎている。

(何だ？　何をしようと言うのだ？)

勘兵衛が思った、その時だった。尾根の下で破裂音がし、白煙が沸き起こって来た。白煙は尾根のところで地に沿って流れた。勘兵衛たちの足を隠し、腰を隠し、胸を隠し、やがて姿を隠した。

四

走った。勘兵衛と泥目は、能《あた》う限りの速さで尾根を走り抜けた。

尾根が尽きた。

二人は宍原の集落に下り、通り抜け、富士見峠を上り、関屋峠に至ったところで、楓の後ろ姿を木立の中に見出した。

「速いの」

「なかなか」

泥目が指笛を吹いた。

振り返った楓の頬が笑み割れた。

藁苞の中から小さな腕が伸び、楓の胸を探っている。

こんな光景を見たことがある、と勘兵衛は、ふと懐かしさに打たれた。

既に二十年の昔になる――。

務めを終え、七ツ家に戻った勘兵衛を幼い長男を抱いた妻が迎えてくれた。

その妻も長男も、没している。妻は病で没し、長男は十六の年に、務めの途中、敵に取り囲まれ、串刺しになって果てている。残る家族と言えば、爆風を浴び、右半身が不随となった次男の勘伍《かんご》が七ツ家にいるだけだった。

「束ね」

泥目に呼ばれ、勘兵衛は我に返った。

「………？」

「あの白煙ですが、誰の仕業でしょうか」

勘兵衛にも見当が付かなかった。七ツ家の調合《もの》とはまったく違う、色とにおいをしていた。

「もしかすると、土蜘蛛が《かまきり》のを奪ったとか」

「……そうではあるまい」

尾根に潜んだ土蜘蛛がどうなったのか。上手く背後に回れたのか。それとも潜んでいるのを見破られたのか。見破られたとしたら、逃げられたのか、殺されたのか。勘兵衛に知る術《すべ》はなかった。だが、上手く背後に回れたとしても、勘兵衛が見た限りでは、《かまきり》の背後に土蜘蛛の気配はなかった。

「では……」

「あの尾根に、我らと《かまきり》の他に、誰かがいたことになるな」

「しかし、我らの敵ではなさそうですな」

敵ならば、楓と寅王が無傷でいられる筈がなかった。

「向こうに現われる気があるならば、今川に着くまでに、出て来るだろうよ」

泥目が頷《うなず》いた。

「このこと、楓には言うな。足が鈍ると困るでな」

「心得ています」

楓は立ち止まらずに、早足を重ねながら待っていた。

「よう御無事で」

「追っ手は二人を残すのみとなったぞ」

「目処《めど》が立ったわ」泥目が言った。

「だが、油断はするな。今の我らの走りでは、必ず追い付かれるからの」

勘兵衛が締《し》めくくった。

三人は勘兵衛、楓、泥目の順で、坂本を過ぎ、四十八瀬と呼ばれる川沿いの道に出た。川沿いとは言え、十数か所で川越えをしなければならなかった。だが、ここを抜ければ、奥津まで残り僅かだった。

蛇行する小河内《こごうち》川を西に東にと越えた。

広い川原に出た。

川幅も広かった。

先《ま》ず泥目が、川に足を踏み入れた。膝《ひざ》の上にまで水が達した。

赤子を抱えて一人で渡るには、流れに勢いがあり過ぎた。泥目が引き返し、楓の手を取った。二人が水の中を進んだ。

上空で、鋭い音がした。

（風……？）

振り仰いだ勘兵衛の耳に、何かが風を切って飛んで来る音が聞こえた。勘兵衛は辺りを見回した。川原に人影はなかった。再び空を見た。黒い点が見えた。黒い点は落下して来ると、轟音を上げて水柱を立てた。

楓を見た。寅王を抱え、川の中程で立ち竦《すく》んでいる。泥目が楓の手を懸命に引いている。

また、鋭い音がして、黒い点が次々に生まれた。それらは、徐々に勘兵衛らに近付いている。

「あそこか……」

二人の男が、川原の尽きる辺りから力の限りに抛火炬《ほうりひこ》を放っていた。男たちの手許で布が翻《ひるがえ》った。

「《持《も》っ籠《こ》》か」

持っ籠――。

武田軍が戦闘の火蓋《ひぶた》を切る時、先鋒《せんぽう》を預かる小山田《おやまだ》隊の投石から始まるのが常だった。その小山田隊に伝わる投石法が持っ籠だった。布に投擲《とうてき》する物を入れ、大きく振り回し、放つ。鉄砲の射程距離が十六、七間（約三十メートル）程度であった当時、習練を積んだ持っ籠投げの者は百十間（約二百メートル）先の標的に当てた、と記録にある。《かまきり》は、小山田隊に伝わる投石法に改良を加えていた。

風の音が突然高くなった。抛火炬に笛を仕込んでいたのだ。かと思うと、笛を仕込んでいないものも飛んで来た。音で聞き分けるのは難しかった。

光った。勘兵衛の斜め上空で何かが光った。油を入れた抛火炬が地上五間（約九メートル）のところで爆発したのだ。火の付いた油が降り注いでいる。楓を庇《かば》った泥目が、炎に包まれた。楓が棒立ちになった。

泥目が水に潜った。抛火炬は更に続いた。

黒い点は生まれ続けている。

勘兵衛が川に走り込んだ。

楓に近付いた時、泥目が水中から顔を覗かせた。

「彼奴《あやつ》らは」と、勘兵衛が言った。「寅王君を殺しに掛かっておるぞ」

「そのようですな」

「大事ないか」

「何の、これしき」

叫んだ泥目が空を指さした。抛火炬が頭上にあった。二人で楓を庇った。

頭上で抛火炬が炸裂した。油玉ではなかった。針だった。寸を詰めた畳針が降り注いだのだ。

刺さった。腕に、肩に、背に、幾本もの針が刺さった。泥目は針鼠《はりねずみ》のようになっている。

（毒針か……？）

勘兵衛は腕に刺さった針を抜き、舌に乗せた。微《かす》かに苦みが奔った後、痺《しび》れた。水を含んでは吐き、口を漱《すす》いだ。虫の幼虫から採った毒ではなく、草の根から採った毒だった。

「抜け」

楓に命じながら、懐から毒消しを取り出し、自身の口と泥目の口に押し込んだ。泥目が川に首を突っ込み、毒消しを飲み込んだ。

足音がした。川原を尾根で対峙《たいじ》した男たちが走って来た。近付いて来る。ぐんぐんと近付いて来る。

「楓、そなたは逃げろ」

勘兵衛は叫んで、岸辺へと走った。泥目が続いた。

「束ねらが殺《や》られれば、寅王君の命もありませぬ。ともに戦います」

「それでこそ」

と泥目が走りながら、背後の楓に言った。

「七ツ家の女子《おなご》よ。来い」

楓も山刀を抜いて岸辺に駆けた。

ヌメリと勘兵衛が、鉄幹と泥目が刃を交えた。長鉈に、刃に日が当たり、キラキラと輝いた。

ヌメリと勘兵衛が水に入った。遅れて泥目と鉄幹が水飛沫を上げた。

（駄目だ……）

楓の目にも、泥目の動きが鈍って見えた。受け身になり続けている。

（毒だ。毒が回って来ているのだ……）

楓は勘兵衛の動きを見た。どこか、精彩を欠いているような気がした。

（負ける。このままでは、負けてしまう……）

敵《かな》わぬまでも、水に潜り、足を取るなどしてみよう。意を決し、寅王を容《い》れた藁苞を川原に置こうとした、まさにその時だった。

（………！）

血飛沫が飛んだ。

ヌメリの手首が断ち斬られ、虚空に撥《は》ねたのだ。

腕の先から夥《おびただ》しい血を噴き出しながら、ヌメリが早瀬の中に倒れた。

勘兵衛は流れに呑《の》まれて行くヌメリを打ち捨て、泥目を探した。

鉄幹の刃を受け損ね、泥目は血達磨《ちだるま》になっていた。

「加勢するぞ」

　勘兵衛が水を蹴立てて走った。

　勘兵衛に気付いた鉄幹は、ヌメリが敗れたことを即座に悟った。

（これまでか……）

　かつて身に受けた覚えのない敗北感だった。《かまきり》が名もない七ツ家ごときに敗れるのか。

（かくなる上は、せめて……）

　楓を見た。藁苞を抱え上げている。

（寅王君の御命を）

　鉄幹は泥目を打ち捨てると、自身を楓と勘兵衛の間に置いて走った。もし、長鉈を投げ付けられても、躱せば楓に当たる。

（投げられるものならば、投げるがよいわ）

　投げ鉈を封じた鉄幹の足が、速度を増した。

「逃げろ。《熊落《くまお》とし》だ」

　勘兵衛が、逃げる方向を指さしながら叫んだ。

　勘兵衛が指さした先に、腰程の高さの大岩が転がっていた。

（あれか）

楓は話を聞いていただけで、熊落としの遣り方など、習ったこともなかった。しかし、遣るしかなかった。衝《つ》き上げて来る不安を振り捨て、大岩目指して走った。大岩が迫って来た。

跳んだ。

大岩を蹴り、身体を宙に跳ね上げた。

浮いた。

身体がふわりと浮くのが分かった。分かった時には、鉄幹の頭上を飛び越えていた。

鉄幹と楓と勘兵衛が直線に並んだ。

引き返した鉄幹が楓に追い付いた。振り上げた刀を、渾身《こんしん》の力を込めて、振り下ろした。と、同時に、楓の身体が川原に沈んだ。

(……………?)

黒い物が目の前にあった。楓の身体に隠れて、鉄幹からは、飛んで来るのが見えなかったのだ。避ける余裕は、なかった。

(ぶつかる……)

それが長鉈だと分かった時には、重い衝撃が鉄幹の咽喉を打っていた。鉄幹の首が飛んだ。

「終わった」

勘兵衛が泥目を川から引き上げた。

楓が長鉈と山刀を拾い集めて来た。

「それだけ血が流れれば、毒も抜けたであろう」

勘兵衛は泥目に言うと、寅王君は御無事か、と楓に訊いた。

「何やら笑《わろ》うておられます」

楓が涙声で答えた。

「熊落としの呼吸、見事だったぞ」

物や人の陰を巧みに用いて、長鉈を打ち込む技だった。熊が獲物を追って走る。その獲物の陰から長鉈を打ち込んだことから、熊落としの名が付いていた。

小石が鳴った。乾いた音が小さく立った。

川原に、網代笠《あじろがさ》を目深に被った黒装束の者たちが、居並んでいた。

気付かなかった。

揃いの網代笠ながら、黒装束ではなく、袖無《そでな》し羽織に裁着袴《たっつけばかま》の武家が、その者らの後ろから姿を現わした。武家は笠を取ると、

「七ツ家の衆」と言った。「よう《かまきり》から逃げ遂《おお》せた」

五

(敵か、味方か)

勘兵衛は身構えながら、立ちはだかる網代笠の一群の正体を探った。

武家の袖無羽織の紋所が見えた。

(三鱗紋《みつうろこもん》……)

北条氏の紋所だった。

(北条氏に仕える忍びと言えば、風魔……)

風魔小太郎が率いる風魔を手足のように使い、北条氏の諜報《ちょうほう》活動を一手に仕切っている者がいた。北条氏初代・早雲《そううん》の四男として生まれたが僧侶《そうりょ》となり、数年前まで箱根権現の別当であった北条幻庵《げんあん》だった。

「幻庵様にございますな?」

「遅い。《落としの七ツ》を名乗る程の者どもなら、儂《わし》の面体《めんてい》を知らぬでは通らぬぞ」

幻庵、この時五十歳。早雲から氏直《うじなお》までの五代に仕え、天正十七年(一五八九)、小田原落城の四か月前に九十七歳で没する幻庵の一番脂が乗った時代であった。

「恐れ入りまして、ございます」

「恐れなど入らんでよい。見ておったのだ」

「見て……？」

「七ツ家の力量をな」

では、尾根道で煙玉を投げて下されたのは？　勘兵衛が聞いた。

「ここにいる風魔の衆だ」

網代笠の一群は頷きもせず、ぴくりとも動かない。

「かたじけのうございました」

尾根道で油玉や毒針の玉を受けた時のことを考えると、勘兵衛の背に冷たいものが奔った。

「武家のような物言いをするのだの」

「お武家相手の務めばかりしておりますので」

「らしいの」

「………」

「勝てぬぞ」

幻庵が冷たく言い放った。

「《かまきり》の棟梁《とうりよう》暁斎の下には小頭が三人いる。その一人の多門が病で死んだ。其の方らが倒したヌメリは、跡目候補の一人に過ぎなんだ者だ。分かるか。其の方らは、たかがそれだけの者どもに、これほど梃子《てこず》摺ったという訳だ」

「だから、暁斎には勝てぬ、と仰《おお》せになりたいのでございますな」

「そうだ。何か、申すことがあるか」

なかった。相手が強ければ負ける。それだけだった。束ね、と楓が呼んだ。

「泥目の様子が……」

振り向くと、泥目の身体が小刻みに顫《ふる》えていた。唇は血の気を失っている。

「七ツ家、毒消しに、何を飲ませた？」

男郎花《おとこえし》の根、忍冬《すいかずら》の花、石蕗《つわぶき》の根茎、接骨木《にわとこ》の根を煎《せん》じた液を丸薬にしたものだった。

「十分だ。《かまきり》の使う毒は毒芹《どくぜり》から採ったもの故、引付《ひきつ》けを起こす者もおるのだ。息継ぎさえしっかりさせておけば、案ずることはあるまい」

「安堵《あんど》致しました。何から何まで、ありがとう存じました」

「戦うのは、相手のことをすべて知ってからにするものだ」

「肝に銘じます」

「七ツ家」

「はっ？」

「其の方、素直だの」

幻庵が小さく笑って、続けた。

「これで七ツ家は《かまきり》を敵に回したことになる。《かまきり》は執念深いから、十分気を付けることだな」

言い終えた幻庵に、勘兵衛が尋ねた。

「何ゆえ、我らをお助け下されたのか、お聞かせ願えましょうか」

「うむ」

幻庵は、組んでいた腕を解き、おもむろに口を開いた。

「儂は晴信が嫌いなのだ。親父殿への仕打ちもそうであったが、寅王への仕打ちが余りに惨《むご》いのでな。邪魔をしたくなったのだ」

「それだけでございましょうか」

「他に何があると申すのだ？」

「分かりません。が、幻庵様ともあろう御方《おかた》が動かれるにしては、合点の行かぬ御答えかと存じますが」

「答える前に、訊こう。何ゆえ晴信が寅王を殺《あや》めようとしておるのか、分かるか」

諏訪氏の血筋を受け継ぐ者は二人いる。寅王と小夜姫だ。そのうちの一人、諏訪氏の惣領《そうりょう》である寅王を葬ったとしても、血筋として小夜姫が遺《のこ》る。

（その小夜姫は人質として甲斐にいる……）

血筋を小夜姫一人にするためか。

勘兵衛は、答えずに、首を横に振って見せた。

「小夜姫に子を生ませ、諏訪を継がせる。そのためには、寅王は邪魔なのだ」

絶対に裏切らない者、己の子に諏訪を治めさせたいと晴信は思うたのだな、己が親父殿にしたことも忘れて、と言って幻庵は低く笑うと、続けた。

「その小夜姫だが、諏訪随一と言われている己の器量に慢心しており、側室になるのに条件を出した。寅王の暗殺と、晴信と小夜姫の間に生まれた子に諏訪を継がせるという確約だ。もとよりそのように考えていた晴信だ。願いを聞き入れる振りをするなど造作もないことであった。だが、晴信の考えは甘い。儂は、小夜姫が狙《ねろ》うておるのは諏訪ではなく、武田宗家の座だと思うておる」

「………」

「見ておれ。万一にも小夜姫の子が武田の宗家を継いだならば、親類衆や譜代衆が離反し、武田は割れるぞ。その時が、武田の最期だ」

「ならば、幻庵様にとっては、寅王君は殺された方がよろしいのでは？」

「そうかもしれぬ。だが、死んだ者は使えぬが、生きている者は使い道があるからの」

「では、寅王君を？」

我らから奪うというのか。

「そう考えておったのだが、やめたわ。我らが甲斐の国境を越えた時には、其の方らを《かまきり》が追い掛けておった。横から奪うのは容易なことであったが、落とす先が駿河の信虎殿と見当がついたので、老人の暇潰《ひまつぶ》しに預けてくれようと思い直したのだ」

幻庵は一旦《いったん》言葉を切ると、一つ訊きたい、と言った。

「諏訪頼重が切腹して果てた故、禰々御料人の館の床下に一人配したのだが、殺された。其の方らの仕業か」

（風魔だったのか……）

泥目は、風魔の者を、声も立てさせずに、瞬時に殺してみせた。そしてまた、《かまきり》とも、七ツ家は互角に、いやそれ以上に戦って来た。恐るるに足らず。そう思う反面、風魔のように周到な配備をしていない脆さも、七ツ家にはまたあった。躑躅ヶ崎館に誰かを潜ませておけば、禰々御料人の所在を探す手間も危険も避けられたのである。だが七ツ家は、乱世に生き残りを賭《か》ける豪族でも透波でもなかった。

張り合う必要はないのだ、と勘兵衛は心を閉ざした。我らに滅びの危機が迫った時には、森に、山に戻ればいい。

（それだけのことだ……）

「其の方らでは、ないのか」

幻庵が重ねて尋ねた。泥目が上半身を起こし掛けるのを手で制すと、

「……手前でござる」

勘兵衛が答えた。

「そうか」

幻庵は泥目を射るように見詰めると、風魔の一人を見た。

風魔の一人が、小石大の物を勘兵衛たちの頭上に放り投げた。

「………！」

勘兵衛は、弧を描いて飛んで来る物と己らとの間合を測った。

小石大の物はポンと軽い音を立てて割れ、煙になって風に流れた。

「うっ」

と、泥目が呻いた。

泥目の足に、細い矢が突き刺さっていた。

「案ずるな。毒など塗っておらぬ。この者が兄の仇《かたき》を討ったのだ」

これでよいな、と幻庵が風魔の一人に訊いた。

風魔の一人が、僅かに首肯した。

「其の方らの仲間がそこまで来ておる故、我らは去るが、信虎殿によう伝えておけ。精々《せいぜい》孫の子守をしながら長生きをして、甲斐の最期を見届けよ、とな」

幻庵は笑い声を残すと、風魔の一群とともに藪に紛れて消えた。

源三と市蔵らが追い付いたのは、それから間もなくしてからだった。土蜘蛛も、手傷を負った人影と夜鴉も、その中にいた。

第六章　喜久丸と楓

一

山本勘助《やまもとかんすけ》にとって、乱世は棲《す》み易《やす》い時代ではなかった。二十歳で主探しの旅に出てから三十年の歳月が経《た》ち、齢《よわい》は既に五十歳に達していた。

中国筋では毛利《もうり》氏、尼子《あまこ》氏、関東に戻ってからは小田原の北条氏、鎌倉・扇谷《おうぎがやつ》の上杉氏に仕えたり仕官を求めたりしたが、長続きしないか、断られ続け、未《いま》だに命運をともにするに足る主に出会えないでいた。

そして、この九年は、父祖ゆかりの地である駿河に留《とど》まり、今川家の重臣・庵原安《いはらあ》房守忠房《わのかみただふさ》の屋敷に寄宿して、仕官の口が掛かるのを待っていたのだった。

何ゆえ、仕官の話がまとまらないのか。

勘助は知っていた。

己の容貌《ようぼう》が原因だった。

色は黒く、顔の造作も悪い。それだけでも見映えがしないのに、更に左目は見えず、左足も膝《ひざ》を傷めたがために曲がらず、左右の指は二本ずつ欠けていた――。

（だからどうだと言うのだ。合戦で失った目や指は、武勇の証《あかし》ではないか）

とは思うが、それが通じなかった。通じないままに、九年が過ぎていた。

（今川におっても、埒《らち》は明かぬ、か……）

では、どこに行けばよいのか。考えるだけで気鬱《きうつ》になった。

気晴らしをしようにも、遊びは何も知らなかった。知っているのは戦に関《かか》わることだけだった。されば、戦の陣立てでも考えて時を過ごすか。

（北条が攻めて来たとする……）

天下の要害である薩埵峠《さったとうげ》の攻防が勝敗を分けることになる。

薩埵峠は、一度ならず越えたことがあった。駿河湾の向こうに富士が見える気持ちのよいところだった。

（久し振りに行ってみるか……）

薩埵峠を越えた由比、岩淵《いわぶち》と峠の手前の奥津からは、身延へ道が通じていた。それは武田が攻め来る道でもあった。

（土地に通暁しておいて損はない。薩埵峠の前に、奥津から但沼《ただぬま》辺りまで足を延ばすのもよいな……）

それに、と勘助は思う。木賃宿に泊まれば、甲斐と相模、駿河を行き来する商人《あきんど》どもから耳寄りな話を聞けるかもしれない。

（まず動くことだ）

こちらが動けば、相手も動く。

（それが兵法の極意よ）

この但沼行が人生を変えることになろうとは、勘助はまだ知る由もなかった。

§

奥津から小島《おじま》を通り、但沼に出た。その先には、四十八瀬越えと言われる小河内川が流れている。

勘助は、草鞋《わらじ》の紐《ひも》を縛り直そうと、片膝を突いた。目の高さが低くなった。その位置にならなければ、気付かなかっただろう。男が枝の錯綜《さくそう》する藪《やぶ》の中程に横たわっていた。

それが意図的に取った姿勢であることは、瞬時に分かった。

男は藪に枯木を投げ込み、多数の小枝で支え、その上に寝ていたのだった。雨が降り、地面に水溜《みずたま》りが出来ようと、身体を濡《ぬ》らさないようにするためだ。更に男は、雨露を凌《しの》げるように、藪を斜めに刈り、大量の青草を掛けていた。

勘助は、長い合戦経験から、何度か同様の工夫を見たことがあった。特に傷を負った忍びが、傷口が癒《い》えるまで身体《からだ》を横たえておく時に作っていた。

「如何《いかが》した？」

勘助が声を掛けた。

身体を弱らせないようにと仮死の法を取っているのか、返事がなかった。

その時、草熱《くさいき》れを縫って、血のにおいが漂って来た。

男の脇に這《は》い寄った。右の手首が断ち斬《き》られており、巻いた細布からは血が滴り落ちていた。

藪を掻《か》き分け、男の額に手を当てた。焼けるように熱かった。水に落ちたが、着替えることも、乾かすことも出来ずにいたのだろう。胴衣も袴《はかま》もしっとりと濡れている。

(その身体で、よくぞ作ったものよ)

生きるためには最大の努力を払う。それが、生き残る唯一の方法だった。

（気に入ったわ）

二町程戻ったところに朽ち果てた堂宇《どうう》があったことを、勘助は思い出した。

「助けて進ぜるぞ」

勘助が男の耳許《みみもと》で叫んだ。

男は薄目を開け、勘助を見ると、唇を僅《わず》かに動かし、また目を閉じた。

勘助は、男を担ぎ、道を急いだ。堂宇の戸を開き、男を床に降ろした。

「待っておれ。直《す》ぐ暖めてやるからの」

勘助は男が腰から下げていた忍び袋を開け、苦無《くない》を取り出すと、土を掘り、床に運んだ。

何度か繰り返して運んだ土を均《なら》すと、木っ端を置いた。忍び袋にあった煙玉から火薬を抜き取り、木っ端に撒《ま》き、火を点《つ》けた。炎が上がり、木っ端に燃え移った。

続いて男の胴衣や袴を脱がすと、己が着ていた袖無《そでなし》羽織や袴を着せた。

「次は薬湯だ」

下帯一つになった勘助は、刀片手に堂宇を飛び出すと、竹藪に入り、青竹を切り採った。

青竹に水を注《さ》し、常に持ち歩いている蒲《がま》の花粉を干したものを落とし入れ、焚火《たきび》に立て掛けた。湯が沸けば血止めと熱冷ましの煎《せん》じ薬になる。

再び勘助は藪に入ると血止め効果のある蓬《よもぎ》を毟《むし》り採って来た。揉《も》んで晒《さら》しに並べ置き、男の手首の細布と取り替えた。

「これで煎じ薬が出来れば、儂《わし》がしてやれることはもうない。後は、そなたの身体が保《も》つかどうかだ」

男が目を覚ましたのは、翌日の昼過ぎだった。

ヌメリは死の淵《ふち》から蘇《よみがえ》ったのだった。

§

「何も言わずともよい」

と勘助は、ヌメリに言った。

「が、儂が誰であるか分からぬでは、落ち着かぬであろう」

勘助は名乗ってから、今は故あって今川家の家臣の元に寄宿しているが、浪人《ろうにん》だ、と有りのままを話した。

「……御仕官なさるので？」

ヌメリが薬湯で湿した口を開いた。

「それで困り果てておったのだ」

九年も待たされているのだ、と勘助は言った。

「何せ、この面《つら》、この身体だからの。どこでも相手にされぬのだ」

「しかし、並の御武家《おぶけ》より、余程習練を積まれているやにお見受けしますが」

「そうかもしれぬ。戦場《いくさば》を這いずり回って来たからの。余計な知恵は詰まっておるわ」

勘助は苦く笑うと、青葉を熾《おき》にくべた。焼けた葉はぷちぷちと音を立てて膨らんでから、小さな火を噴いて、燃えた。

「お好きですな、火を見ているのが」

「……そうだな」

「夢うつつに目を開けると、いつも火を見ておられました」

「………」

気持ちが落ち着くのだと言いたかったが、勘助は口を閉ざした。確かに落ち着くのだが、それはまた無に還《かえ》りたいという心の表われかもしれないと思ったからだった。

(見続けていられるものなら、己が身体が燃え落ちるまで見ていたいわ)

勘助は、思いとは違うことを口にした。

「誰ぞ、助けには来ぬのか」

「……はい」

「そなたが傷を負うたこと、誰も知らぬのか」

「……ことごとく、果てましたので」

流れに飲み込まれながら、鉄幹の首が飛ぶのを見ていた。

「そうか……」

「某《それがし》のような者には推挙して差し上げる力はございませぬし、仮にあったとしても、何せ御役目をしくじり、この有様《ありさま》ですので……」

「これは、いらぬ気遣いをさせたようだな。許せ」

勘助は頭を下げると、

「それよりも」と言いながら顔を起こして、ヌメリを見た。「何をどうしくじったのか、話してはくれぬか。どのみち其《そ》の方《ほう》は、一度は死んでおる身だ。隠すものは何もあるまい？」

「……それだけは」

「分かった。無理にとは言わぬ。だが、気が変わったら話してくれ。力になろう。駿河と相模は路地裏に至るまで知っておる故、役に立とう程にな」

「………」

ヌメリの目が微《かす》かに揺れたように見えたが、勘助は気付かぬ振りをして、外に出た。考えさせる時を与えたのだった。

勘助は川に向かった。この九年の間に釣竿《つりざお》を使わぬ漁を覚えたので、昨夜仕掛けておいたのだ。

一方の端の節だけ残して、他方の節を刳《く》り貫《ぬ》いた竹筒と、葉の茂った枝を川に沈めるという簡単な仕掛けだった。

竹筒を引き上げ、石で底の方を叩《たた》いてみた。何やら動く気配がした。

(かかっとる!)

ゆっくりと竹筒を横にした。ぬるりっ、と鰻《うなぎ》が滑り落ちた。

勘助は慌てて手拭《てぬぐい》で摑《つか》んだ。

「大漁だぞ」

勘助は戸の外から声を掛けた。鰻が三匹と川海老《かわえび》が三十匹程獲《と》れた。海老は竹串《たけぐし》に刺して焼いた。鰻もぶつ切りにして焼いた。

「血が沢山出た分、精を付けねばの」

勘助の手許を凝《じ》っと見ていたヌメリが、居住まいを正して言った。

「お話ししたいことがございます」

§

ヌメリは諏訪頼重の遺児・寅王暗殺失敗の経緯を洗い浚《ざら》い話した。

勘助は黙って、ヌメリの言葉に聞き入った。

(儂は今、運を摑み掛けておるのやもしれぬぞ)

ヌメリが話し終えるのを待って、勘助が訊《き》いた。

「甲斐の御屋形様は、どのような御方なのかな?」

「前の御屋形様と違い、御重臣の方々の言葉に耳をお傾けになると、漏れ承《うけたまわ》っております」

「信濃を狙《ねら》っておいでのようだが……」

「相模と駿河に抗するためには是非とも必要だと仰せになったと、耳にしたことがありますが」

信濃は広い。しかも、群雄が割拠していた。そこを攻めるとなれば、人材《ひと》は幾らいても足りなくなる筈《はず》だった。

雑兵も必要だが、より必要なのは《使える者》だった。地形を読み、一軍を率いて戦える者、城を奪えば、城を守る者、城を壊せば、城を補修するか、建て替える者が要る。

(そのすべてを、儂ならば完璧《かんぺき》にこなせる……)

特に城の縄張りには、自信があった。その地位になく、ただの一つも城を築いたことはなかったが、多くの城を見、範とするところ、改善を要するところなどを頭に叩き込んであった。

(儂の城だ。儂の城を築くことが出来るかもしれぬ。儂は鉱脈を見付けたのだ……)

寅王の首を手土産にすれば、武田への仕官は叶《かな》うに相違ない。齢《よわい》五十にして、ようやく居場所を手に入れたわ。勘助は、浮き立とうとする心を抑え、冷静さを装って言った。

「寅王君が預けられる先は、信虎様の館であろう。信虎様なら意地になって匿《かくま》うであろうからの」

「某一人で襲えましょうか」

「まずは無理であろう。警護の数が多いでな、一人ではとても忍び込めまい」

「それ程、多いので?」

「絶えず誰ぞの目が光っておるわ」

肩を落とし掛けたヌメリに、だが、方策はある、と勘助が言った。

「儂でよければ手伝《てつど》うてもよいぞ。力になると言うてしもうたからの」

「……では！」

「九年もおったのだ。今川のことは、知り尽くしておる。大船に乗った気でおるがよいわ」

「かたじけない」

ヌメリが片手を突いて頭を下げた。

「礼なんぞは、どうでもよい。後だ」

「……？」

ヌメリが顔を上げた。勘助が何を言い出すのか、待っている。

「傷が癒えておらぬのに性急と思うだろうが」

勘助は竹筒を手にすると、腕の先に被《かぶ》せて見せた。

「甲斐に戻ったら、鍛冶屋に打たせるのだ。どうだ？　武器にならぬか」

「なりますな」

「それよ。転んでも只《ただ》は起きぬ。それが忍びであろうが。一度狙った獲物は、何が起ころうとも、己の命が尽きるまで狙うのよ。必ずや、一泡《ひとあわ》吹かせられるぞ」

「某は、よい御方に助けられました」

ヌメリが初めて笑った。

二

勘兵衛ら七ツ家の者たちは、追い付いた源三らとともに薩埵峠を越え、江尻を抜け、駿河の今川館に着いていた。

駿河は、北西と東それぞれ一里半の距離に山城を備えた賤機山《しずはたやま》と谷津山《やつやま》を、更に西に安倍川、南に駿河湾を配した、防御の行き届いた町だった。しかも、町全体に水音が響き渡るという風情も持ち合わせていた。水量豊かに湧《わ》き出す安倍川の伏流水が、今川館の堀を潤し、小川となって町中に流れていたのである。

しかし、七ツ家の者たちが目を見張ったのは、そこが四神相応《しじんそうおう》の地だからでも、風情があるからでもなかった。館を警護する者たちの数の多さだった。

――すごい数ですな。

源三が驚きの声を上げた。

多数の侵入者に襲われても誰かが助けを呼べるよう、五名を一組にした警護の者が幾組にも分かれて、絶えず館の敷地内を巡回していたのだ。

ところが、警護の目が厳しかったのは館の周囲に対してであり、館の内部に向けられた警護の目は手薄だった。

――甲斐と駿河の違いだの。駿河は頭数に頼り過ぎて肝心なところを忘れているわ。

――手引きする者が出ると、脆《もろ》いですな。

――寅王君は、大丈夫でしょうか。

楓が心細げな声を出した。武田信虎のいる隠居館は、その今川館の一隅に建てられていた。

――それが気掛かりだな。

――あしらの力で、何とかなりませんか……。

楓が目を潤ませながら、無心に眠る寅王を見た。

――暗殺を企てた者どもが執拗《しつよう》に狙い続けたならば、その者どもを根絶《ねだ》やしにする以外、暗殺を止めることは出来ん。第一陣を食い止めたとて、第二陣、第三陣と続けば、守る方も防御を固めようが、必ず隙《すき》も生じる。その時を狙われたら守り切れるものではない。我らは第一陣を食い止めた。後は、寅王君に運があるか、ないかだ。

勘兵衛は改めて楓に向き直ると、

――我らが請け負うた務めは終わったのだ。とは言え、ここまでお連れしたのは我らだからな。泥目が回復するまでの間という名目で、誰ぞを付けて隠居殿（信虎）の館を警護させるが、それとても隠居殿の許しが得られればの話だ。我らに出来るのは、そこまでだ。

――《かまきり》は、襲って来るでしょうか。

――寅王君に運があれば、来ぬだろう。

泥目の相方として天鬼坊を残し、勘兵衛らは駿河を去った。

国境《くにざかい》を越えるまではともに駆け、そこで二手に分かれたのである。勘兵衛は土蜘蛛と夜鴉と市蔵と楓を連れて信濃へ、源三は人影を伴って上州へと向かった。人影と夜鴉は、傷口をきつく縛っておけば、いつものように走れるまでに回復していた。

楓は途中で勘兵衛らと分かれ、単身喜久丸の草庵《そうあん》に行くことになっていた。これは、市蔵が勘兵衛に願い出たことだった。

§

寅王を信虎に引き渡した夜、市蔵は一存で喜久丸を匿ったことと、七ツ家としてではなく、市蔵として仇《あだ》討ち助勢の約束をしてしまったことを、勘兵衛に打ち明けた。

これまでにも、隠れ里の外に匿った者はいた。だが、飽くまでも急場を凌《しの》ぐためであり、危難を脱した後は落ち行く先に届けるか、また落ち行く先のない者は、里親に預けていた。喜久丸のように、長期に亙《わた》って匿うのは初めてだった。況《ま》してや、七ツ家の者が仇討ちの助勢など、したこともなかった。喜久丸をどうするかで、束ねと小頭で話し合いが持たれた。途中で、皆が呼ばれ、市蔵が中央に座らされた。

――もし喜久丸から手を引けと命じたら、どうする？

小頭の源三が口火を切った。

――従います。従いますが、守役《もりやく》の者と今際《いまわ》の際《きわ》に約したことですので、何とか仇討ちの助勢をさせていただきたいのです。

――それでは、従わぬと言っているのと同じではないか。

源三が続けて言った。

――肩入れするには訳があろう。確かに芦田氏と七ツ家は、かつて関わりがあった。と言っても、兵糧《ひょうろう》を運んだだけだ。我らは期日を守った。餓死者が出たのは我らの落度ではない。まさか、あのことがある故、跡継ぎを預かろうと思ったのではないだろうな。

――それはありませんが、ただ……。

――言え。

――あの時、置き去りにすれば、早晩新手に見付かることは目に見えていましたので、無下に断るには忍びなかったのです。術《すべ》を教えてやらねば生きて行くことさえ覚《おぼ》束無《つかな》い有様でした。それで匿うことにしたのです。

――それだけか、と勘兵衛が、口を開いた。正直に言え、喜久丸のどこが気に入ったのだ？

――何やら天賦の才があるかに見えたのです。

市蔵は、喜久丸が飛び来る矢を躱《かわ》した時のことや、山刀を躱した時のことを話した。

――偶々《たまたま》ではないのか。

――試してみました。

山中を走らせ、疲れ切ったところを狙って枯れ枝を投げ付けた。

――気配を感じたと言って、躱したのです。それらしき習練も積まずに、です。

――ほう。

控えていた泥目や土蜘蛛たちが、一様に感嘆の声を上げた。

――市蔵の目に狂いがあるとは思えん。

と、天鬼坊が言った。

――もしかすると、その若様、どえらいものになるかもしれませんな。

――なったとて、どうするのだ？

源三が天鬼坊に訊いた。

――掟《おきて》を忘れたか。

赤子以外の新参を認めず、という一箇条がある以上、七ツ家に迎えることは出来なかった。

――七ツ家に加えたいのではありません。

市蔵が、勘兵衛と源三の顔を交互に見詰めた。

――二親と姉を殺され城を奪われた喜久丸に、生きて行く術を教えてやりたいのです。仇討ちを終えたら、後は喜久丸が独りで生きて行けばよいことで、七ツ家には関わりありません。

――奪われた城は、と勘兵衛が、何事か考えながら言った。龍神岳城であったな？

――……左様でございます。

市蔵は答えてから源三を見た。源三と目が合った。

――あの城も、晴信の信濃攻略の巻き添えになった訳か。

勘兵衛は、難攻不落と言われた龍神岳城のたたずまいを思い返していた。切り立った岩山の上に、その城はあった。

――……一族の者に裏切られたのでは、あの城に籠《こ》もることも出来なかったか。

――武田が裏で糸を引いたのでしょうか。

源三が、勘兵衛の心のうちを探りながら言った。

――……恐らくは、そうだろうな。

と答えてから、暫《しばら》く黙り込んでいた勘兵衛が、

――しかし……。

と言って、座を占めた者たちを見渡した。

――龍神岳城とは面白い。実に面白い。我らは此度《こたび》の一件で、武田を敵に回した。今後武田がどう出るかで、龍神岳城は使えるかもしれんぞ。

――使えるとは？

――……いや、まだ思い過ごしかもしれぬ。今儂の言ったこと、忘れてくれ。

勘兵衛は、尚も問いたげな素振りを見せている源三を制すと、口調を改めた。

――どうだろう。市蔵の目を信じ、今少し喜久丸の様子をみようと思うのだが、そ

れでよいかな？

市蔵預かりが決定した。

市蔵は、礼を述べると、寅王の一件が終わったら喜久丸の様子を見に帰ろうと思っていたが、自身は信濃に行かねばならなくなった。帰りが遅くなると喜久丸の身が心配なので、誰かに、よければ楓に見に行って貰いたいのだが、と勘兵衛に申し出た。

たった独りで昼を、夜を過ごしている喜久丸に、姉の年頃である楓を話相手に送ってやりたい、と市蔵は思ったのだ。

――楓を、の……。

勘兵衛の思いは違った。寅王に次いで喜久丸の世話をすることで、子供と夫を失った悲しみから抜け出せるかもしれない。勘兵衛は楓に言った。

――これは七ツ家の束ねとして命ずるのではない。そなたの思った通りにすればよいのだが、行ってみてはどうかな？

――一つお訊きしても、よろしいでしょうか。

――何でも訊くがいいぞ。

勘兵衛が答えた。

――若様と一緒に、どれくらい暮らせばよいのでしょうか。

信濃の依頼は、豪族同士の争いから孤立した砦《とりで》に兵糧を運ぶことだった。四、五日、長くて十日も見ておけば、十分だった。

——済まんが、と市蔵が言った。十日程頼めるか。

お引き受けします。楓が、頷《うなず》いた。

——楓、此度の務めを無事果たせたのも、そなたの働きがあったればこそだ。ゆっくりと休んで来るのだぞ。

勘兵衛がいつにない優しげな物言いをした。

——そして、また子を作れ。

泥目が勘兵衛の言葉を引き継いだ。

——まだまだ若いのだからな。

——その節には、俺の子を頼む。

天鬼坊が、板床に額を擦り付けた。

——しもうた、と土蜘蛛が叫んだ。天鬼坊に先を越されたわ。

《かまきり》の追及を逃れ、寅王を無事に駿河の今川館に届け終えて気が緩んだのか、軽口が出るようになっていた。勘兵衛は、そこまでだ、と言って話を打ち切った。

――楓は高遠《たかとお》まで我らとともに走り、そこからは独りで杖突峠《つえつきとうげ》を越えて茅野《ちの》に出ろ。市蔵、喜久丸の草庵は、直ぐ分かるようになっているのだな？

――詳しい絵図を描きますが、周りの山々にも木印を刻んでありますので、迷うことはない筈です。

――分かった。儂も喜久丸には会ってみたい。信濃の一件の片が付いたら、案内して貰おう。すべては、それからとするぞ。いいな？

市蔵に否やはなかった。

§

勘兵衛らが発《た》って、三日が過ぎ、五日になり、十日目の朝が来た。

天鬼坊と順調に身体が回復して来た泥目が、交代で夜の見張りをしていたのだが、この間、《かまきり》らしい影は、どこにも認められなかった。

「そろそろ引き揚げてもよいのでは？」

と、二人が思い始めていた時に、信虎からお召しが掛かった。

信虎の用件も、同じことだった。

「晴信も馬鹿ではない。ここ今川館で寅王を殺《あや》めれば、今川と手切れになるは必定《ひつじょう》。

そうなれば背後に敵を抱えることになり、信濃攻略が出来なくなる。其の方らの束ね殿は案じてくれたが、まずは襲うて来ぬわ。其の方らも、本来の御役目に戻るがよいぞ」

何も怪しいところがなかったら、十日程で帰るように言われていたこともあり、泥目と天鬼坊は今川館を去ることにした。

異変は、泥目たちが去った三日後に起こった。

今川家の重臣・庵原安房守忠房の使いとして堂々と信虎の隠居館に入った勘助が、

「主・安房守より、御隠居様の無聊《ぶりよう》をお慰めすべく三保《みほ》に船を出し……」

と近侍《きんじ》の者に虚偽の来意を告げている間に、供として館に入ったヌメリが奥に忍び込んだのだ。

勘兵衛らが危惧していたように、館の内外の警備は手薄だった。ヌメリが寅王の寝所を突き止め、天井裏に潜むのに、手間は掛からなかった。

(見付けたわ……)

乳母と侍女に見守られて、寅王は健《すこ》やかな寝息を立てていた。自らの生死を問わなければ、襲うのは簡単なことだった。しかし、恩人であり力添えを頼んだ勘助がいた。片手となった己が、足の悪い勘助を伴って脱するとなると、話は違った。

少しでも発覚を遅らせなければならない。

ヌメリは、天井板をそっとずらし、隙間から眠り香を仕込んだ香炉を吊《つ》り下げ、乳母と侍女が眠り込むのを待った。じりじりとする時が流れた。最初に乳母が眠りに落ち、侍女が続いた。

ヌメリは香炉を折り畳んで懐に納めると、天井板を外し、鴨居を足掛かりにして外した天井板を閉め、寝所に降り立った。乳母らは眠っている。ヌメリは、襟に刺していた針を取り出した。細く長い針だった。ヌメリは針を口に銜《くわ》えると、寅王の小さな掻巻《かいまき》を剝《は》ぎ取った。

（そなたのために、多くの者が死んだのだ。成仏せい）

針を構えた時、廊下から咳払《せきばら》いが聞こえて来た。年を経た男の咳だった。

（まさか……）

ヌメリは、宙に止めていた手に力を込め、針を寅王の心の臓に突き刺した。何の抵抗もなく、針は埋まっていった。寅王が微かに眉《まゆ》をしかめた。

障子が開いた。

男の目が、ヌメリの顔と手許を交互に見た。

「御屋形様！」

ヌメリの口から、覚えず言葉が零《こぼ》れた。男は聞き逃さなかった。

「……《かまきり》か」

信虎の唇が顫《ふる》えながら、ゆるゆると動いた。

「……左様に、ござります」

「寅王に、何をした？」

ヌメリは針を引き抜くと、襟に収めた。

「何をしたかと訊いておるのだ。答えい」

ヌメリは腰を屈め、後方に跳び退いた。寅王の胸を針が刺し貫いたのを、御覧になられたではないか。己が見たことを信じようとしない信虎に、老いを感じた。

「殺《や》りおったのだな。まだ赤子ではないか」

信虎が拳を股《もも》に打ち付けた。

「……………」

ヌメリは答えずに、信虎の口が開くのを待った。

「晴信が、命令か」

「……………」

「そうなのだな？　甘かった。儂の読みが甘かったわ」

信虎は、小さく首を横に振ると、続けた。

「親を追った晴信だ。甥を殺めても驚かぬが、今川との手切れを恐れぬとはの。その自信は、どこから来るのだ？　並の武将ならば、ここは襲わぬ。晴信は、並を越えているのか、劣っているのか。追われた親にすら、分からぬ」

信虎は、ふっと息を吐き出し、ヌメリを見た。

「……其の方の顔には、見覚えがある」

「何かと御身の回りにおりましたので」

「棟梁《とうりよう》は……暁斎は、壮健か」

「御蔭をもちまして」

「そうか。今でも本殿の池に、鴨《かも》は渡って来るか」

「毎年、必ず……」

「……懐かしいの」

信虎は、天井を仰いでいた目を伏せると、ヌメリに尋ねた。

「寅王は、苦しんだのか」

「いえ、眠っておられましたので……」

「それは、よかった。喜びも知らぬうちに、苦しませとうはないからの」

「申し訳、ございませぬ」

「謝るでない。それが《かまきり》の務めだ」

「……………」

「去れ。儂は何も見ておらぬ」

信虎は障子をそっと閉めると、足音も立てずに、引き返して行った。

勘助とヌメリは、隠居館を辞した足で、急ぎ駿河を発った。

二人が目指したところが甲斐であることは言うまでもない。そこで勘助は、暁斎を通して板垣信方に会い、更に武田晴信との謁見の機会を得、翌年の三月、晴れて武田の家臣の列に加わることになるのである。

その二か月前の正月、寅王暗殺を知ってから床《とこ》に就いていた禰々御料人は、悲嘆のうちに十六年の生涯を閉じていた。

禰々御料人の死を知らされた時、三年後に武田勝頼を生むことになる小夜姫は、眉一つ動かさずに、

「左様か……」

と答えただけだった。

三

勘兵衛らが小河内川の川原で毒針攻撃を受けていた頃、喜久丸は吐き気と腹痛でのたうち回っていた。

原因は、飢えだった。

市蔵から教えられていた野草や木の実を食べ尽くした喜久丸は、山野を駆け回り、這い回って、同じものを探した。しかし、時折見付けはするものの、空腹を満たす程には手に入らなかった。

そうした中で容易《たやす》く目に付いたのは、食べられるとも食べられないとも分からない木の実や野草であった。山は、それらのもので溢《あふ》れていた。

（何もかもが、毒ということはあるまい……）

においを嗅《か》ぎ、細かく刻み、時には湯がき、食べてみた。大丈夫なものもあった。いかにも不味《まず》いものもあった。口に痺《しび》れが奔《はし》ったものもあった。

獣も捕えた。兎《うさぎ》は、追い掛け回し、転んだところを殴り殺した。捌《さば》き方は、市蔵が見せてくれた遣《や》り方しか知らない。

獲物の脚を木の枝に縛り付け、逆さに吊るす。首筋を切り、血を抜く。脚の先から皮を剝ぎ、首筋に達したら内臓と首を切り落とす。半分は煮て、残りは焼いて食べた。旨《うま》い不味いより、そのようなことをしている自分が不思議だった。だが、獣は動きが速く、狩りを始めた頃は喜久丸の手に余った。

しくじったのは、茸《きのこ》だった。

——分からないものは、食うな。

何度も言われていたにもかかわらず、空腹には勝てず、食べ慣れた茸に似た茸を食べてしまった。

一つ食べたが、味もよく、暫く凝《じ》っとしていたが、身体に異変は起こらなかった。そのために、幾つか続けて食べた。

旨かった。

旨いと工夫をしたくなった。焼いて味噌《みそ》を付けたらどうかと考え、竹串に刺している時に、突如吐き気と腹痛が襲って来た。

万一のことを思って用意しておいた煎じ薬を飲んだ。が、直ぐに戻してしまった。

吐いただけではない。腹痛は強烈な下痢を伴った。草庵を転げ出し、しゃがんだ。

足が顫え、身体を支えられず、両手を突いて支えた。下痢は頻繁に訪れた。身体中の水気が、全て出てしまうような勢いだった。

草庵への出入りが面倒になった。幾分調子がよい時を見計らい、寝藁《ねわら》を引き出し、青天井の下で横になった。

水だけは十分に摂《と》った。水さえ飲んでいれば二、三日は保《も》つと、市蔵が言っていたからだった。

「市蔵……」

呼んでみた。

「市蔵……」

歯を食い縛った。

貯えていた水が底を突いた。湧き水を汲《く》みに行かねばならない。今行くべきなのか、少しよくなってから行くべきなのか、迷った。だが、少し待てばよくなるという保証はなかった。更に悪くなり、動けなくなるかもしれない。

立ち上がった。

竹筒を抱え、足を踏み出した。

湧き水のところまでは、歩くと小半刻《こはんとき》（三十分）掛かる。

歩いた。

目眩《めまい》に襲われながら歩いた。

木の根につまずいた。踏み留まる力はない。倒れた。竹筒が転がった。気が遠くなっていった。

§

（……？）

何かが近付いて来る気配がした。それは漆黒の闇《やみ》の彼方《かなた》に微かな光明が見える感じと似ていた。初め米粒のような光明が、徐々に大きくなり、最後には覆い被さる程になる。そこに瞬間、肌を焼くような痛みが伴ったことがあった。弓を射られた時と、枯れ枝を投げられた時だった。

今は、痛みはない。ただ光明が見えているだけだ。

（気を失っていたのか……）

木の根につまずいたことを思い出した。

（どれくらい経ったのだろう……？）

目を開けようかとも思ったが、喜久丸は閉じたままにした。得体の知れないものが近くにいる。

喜久丸は気配を読み取ろうとした。

草を踏む音がした。それは枯れ枝を鳴らしたり、立ち止まったりしながら、また近付いて来た。

(何だろう……?)

立てる脚音からすると、軽い。物見高い小さな獣が近付いて来たのだろう。待った。喜久丸は、動かずに、小さな獣がより近付いて来るのを待った。

頬《ほお》に呼気を感じた。生暖かく、獣特有の生ぐささを宿している。

喜久丸は目を開けた。

目の前に兎がいた。兎は、突然目を開けた喜久丸に驚き、跳び去ろうとした。後ろ脚で地を蹴《け》った。跳んだ。同時に跳び起きた喜久丸の手が兎の脚を摑み、大きく振り回し、兎を地に叩き付けた。

この時覚えた呼吸で、それからは走り回りたくない時は走らずとも、獣を獲れるようになった。草庵の前で寝転び、獲物を待つのだ。目を閉じ、ひたすら待つ。一日何も得られない時もあれば、寝転んで一刻も経たないうちに、気配を感じたこともあった。

珍しもの好きなのか、兎が一番獲れたが、狸《たぬき》もよく捕った。

だが、狸を始末する際には臭腺《しゅうせん》に気を付けねばならず、誤って肛門《こうもん》近くにあるそれを切ってしまうと肉ににおいが移り、食べられなくなる。市蔵に教わっていたが、喜久丸はよくしくじっては肉を捨てた。

――勿体《もったい》ない。

狸の捌《さば》き方をもう一度喜久丸に教えることになる楓が、杖突峠を越え、茅野を通り、山の麓《ふもと》に着いたのは、喜久丸が吐き気と腹痛から癒えて遠出するようになった頃だった。

「あった」

木肌に刻まれた木印を見付けた楓は、街道を折れ、風のように山に入って行った――。

四

どこか山間《やまあい》の地に寺があるのだろう。鐘の音が風に乗って聞こえて来た。

楓が草庵に着いたのは、巳《み》ノ中刻《ちゅうこく》(午前十時)を告げる鐘が鳴って間もない頃だった。草庵の中にも、近くにも、喜久丸はいなかった。

楓は倒木の上に饅頭《まんじゅう》と米、味噌、塩などの荷物を置くと、草庵の片付けを始めた。異臭が漂っていたのだ。

干し草を包んだ着物を解き、中の干し草を入れ替えた。着物も草庵の隅に畳んで置かれていた別の着物に替えた。

草庵の壁や屋根の青草が枯れ草となっていた。青草の季節は青草を、枯れ草の季節は干し草で作るからこその草庵だった。新たに青草を刈り集め、真っ青に葺《ふ》き替えた。

額に、背に、汗が流れた。気持ちがよかった。

古い干し草や草庵の壁や屋根に使っていた枯れ草を燃やした。少しずつ、煙の出を抑えながら燃やし続けた。

足音が聞こえて来たのは、あらかた燃やし尽くした時だった。

現われた童子は、驚いたように草庵と楓と燃え止《さ》しの干し草を見比べている。後頭部で束ねた髪が、首を振る度に揺れた。

「喜久丸……様でございますか」

思わず楓は地面に片膝を突き、丁寧な物言いをした。

「そちは何者だ？」

「七ツ家の市蔵の使いの者で、楓と申します」

「市蔵に何かあったのか」

「つつがなく致しておりますが」

新たな務めで、暫くここには来られないので、名代《みょうだい》として自分が来たのだ、と楓は事情を話した。

「相分かった。大儀であった」

「大儀でした」

「ん……」

喜久丸の顔が、内側から弾《はじ》けた。

楓は立ち上がると、土産を見せ、饅頭を勧めた。

「米の粉で作ったものですが、お口に合いましょうか」

喜久丸は返事よりも先に手を伸ばし、口に押し込んだ。

「旨い」

三つ食べてから、手を止め、

「そちは、食べぬのか」

「若様がどうぞ」

「そうか」

更に三つ食べてからもう一度、旨かった、と言った。

「勝手に草庵を葺き替え、中も掃除致しましたが、宜《よろ》しかったでしょうか」

「済まぬな。私がすべきであったのに、一日延ばしにしておったのだ」

におったか、と喜久丸が聞いた。

「少々」

「粗相したのだ」

喜久丸がひどい下痢をしたことを話しながら地面に腰を下ろした。喜久丸の股間《こかん》が覗《のぞ》いた。丈の短い刺し子をまとっただけで、下帯を着けていない。

「恐れながら」

と、訊いた。

「ひどく汚したので、捨てた」

「替えは？」

「ない」

女ながらも、七ツ家の一人として山野を駆ける楓は、下帯を常に身に着けていた。替えも一本持っていたが、洗う間もない日々だったので汚れていた。

「若様、身体を洗いたいのですが、近くに川か泉かございましょうか」

湧き水があったが、身体を洗うには乏しい水の量であった。

「川までは、遠いぞ」

歩いて一刻、走って四半刻のところだった。

「それくらいは、近くと仰せなされませ」

「……そうか」

「御一緒に参りましょう」

楓は市蔵から頼まれていた、長鉈《ながなた》と山刀を渡し、喜久丸が喜んで見入っているうちに、洗う物をまとめた。

「若様、あしも七ツ家の女、走りに掛けては引けは取りません。若様が市蔵の言い付けを守り、どれ程足腰を鍛えたか、見て差し上げます故、息の続く限りお駆け下さい」

「心得た」

喜久丸は見よう見真似《みまね》で、長鉈と山刀を背に挟み腰に落とすと、

「参るぞ」

言うが早いか、駆け出した。

速かった。まだまだ七ツ家の走りには及ばなかったが、日々怠りなく走っている速度だった。

木立を抜けた。熊笹《くまざさ》の野を越えた。岩から岩に跳び移り、地を蹴り、一直線に山を下った。

時折喜久丸が振り返って楓を見た。楓は後れ毛を風になびかせながら、笑って応えた。

喜久丸の若さが、幼さが、年下であることが、楓には嬉《うれ》しかった。両手を広げれば、飛び込んで来るかもしれない。

守る——。

守ってあげたい——。

楓の母性が疼《うず》いた。

水がにおった。広い川原があるのだろう、木立の向こうが白くなった。

「もう直ぐだ」

「はい」

水量の豊かな川だった。

「若様」

「ん？」

「御髪《おぐし》は洗っておられますか」

城を脱してから、一度も洗ったことがなかった。

「もしや、お独りで洗われたことは？」

「ない」

「分かりました。洗って差し上げましょう」

「うむ」

楓は喜久丸の刺し子を脱がせると、自分も藍《あい》の刺し子を脱ぎ、胸に巻いた晒しと下帯を外した。喜久丸が驚いて、棒立ちになっている。

「まずはお独りでお洗い下さい」

楓は、手拭代わりに木綿の袖を引き千切って来たものを、喜久丸に手渡した。

喜久丸は水に入り、顔を洗うと、不器用に手や足を洗っている。

楓は櫛《くし》を手に水に潜った。水音が耳に心地よく響いた。水の中で流れに顔を向けた。髪が流れにそよぐ。そこを櫛で梳《と》かし、息が苦しくなったところで水面に飛び出した。

「気持ちよかった」

楓は水から上がると、

「さっ、若様の番ですよ」

「んっ」

喜久丸が、どうすればいいのか、水の中で迷っている。

「こちらに、お座り下さい」

楓は足許の岩を指さした。

喜久丸が背筋を伸ばして座った。楓は喜久丸の髪を解くと、くしけずろうとした。

だが、脂で固まり、櫛が通らない。髪の根元を抑え、櫛に力を込めた。喜久丸の眉根に皺《しわ》が寄った。

「痛かったですか」

「痛いが、堪えられぬ程ではない」

「若様は我慢強いのですね」

「そうかな……」

喜久丸の目の隅で楓の乳房が揺れている。紡錘《ぼうすい》形をしたそれは、しっかりとした重みがありそうに見えた。

「済まぬが……」

「申し訳ありませぬ。痛かったのですね」

楓は櫛を持つ手を止めた。

「そうではない」

喜久丸は、触ってもいいか、と聞いた。

「初めて見たのだ」

「乳を、ですか」

喜久丸が頷いた。

「その代わり、頭を動かさないようにして下さいましよ」

「相分かった」

喜久丸は前に回った楓の乳房を掌で受けると、そっと持ち上げてから柔らかく摑んだ。

「どうです？」

「搗《つ》きたての餅《もち》のようだ」

「面白い若様じゃ」

楓は、喜久丸の頭を流れに沈ませて、髪を梳かした。今度は櫛が滑らかに通った。

楓は一足先に水から上がると、後は御自身で前を洗って下さい、と言って岩に置いていた袖を渡した。

「前とは、ここか」

喜久丸が股間を指さした。

「洗ったことは？」

「ない」

「お付きの方が洗ったのですか」

「いいや、湯を掛けただけだ」

「そこは、きれいにしておかねばならぬところにございます。ごしごしとお洗い下さい」

「ごしごしと、な……」

岩に腰を下ろした喜久丸が、まごつきながら洗い始めた。

「もそっと……」

楓が洗う手つきをして見せた。

「こうか？」

喜久丸が手つきを真似たが、洗うつぼを外している。

「若様、お任せ下さい」

喜久丸から袖を受け取ると、川の水を掬《すく》って洗おうとした。が、喜久丸の膝の開きが狭くて、手が入らない。

「膝を開いて」

「………」

膝が開いた。股間のものがくったりと項垂《うなだ》れている。

楓は、無造作に手を延ばすと、掌で掬い上げ、裏から洗い始めた。変化が起こった。固くなったのだ。

「………」

喜久丸と楓の目が合った。

「若様、乳をお掴み下さい」

喜久丸が言われた通りにした。

「思い切り握ってみて下さい」

「こうか」

喜久丸の指先が乳房に埋まった。

喜久丸と楓の息が止まった。その途端、乳首の先と股間から白いものが飛んだ。喜久丸が太い息を継いだ。

「流石《さすが》、若様は男でございます」

楓は、男と女の身体の仕組みを話し、乳首から乳が出た訳も話した。話し終えると、楓は何事もなかったように、

「若様は休んでいて下さい。あしは洗い物をしてしまいますから」

と言って、脱ぎ捨ててあったものを拾い集め始めた。

「うむ……」

喜久丸は岩の上に寝転んで、流れる雲に目を遣った。側で水音が立っている。楓が下帯や刺し子などを洗っている音だった。

(すべて洗ってしまったら、何を着るのだ)

聞こうと思ったが、面倒になった。

(楓が何とかしてくれるのだろう)

そのまま、寝息を立ててしまった。

起こされた時、楓もまだ裸だった。

「戻りましょう」

「何を着るのだ?」

「どうせ誰もいないのですから、このままでも」

「そうか……」

来た道を、洗い終えた布を手に、二人で歩いた。

第七章　熊

一

《かまきり》の隠れ家は、躑躅ヶ崎館から五町程のところにある古刹《こさつ》・水雲寺に設けられていた。

ヌメリが水雲寺に帰り着いたのは、躑躅ヶ崎館を発《た》ってから十六日目の夜だった。甲斐まで同道した山本勘助だが、隠れ家に伴う訳にはいかなかった。《かまきり》とは縁のない旅籠《はたご》で待って貰うことにした。

「よう無事に戻った」

暁斎の声が高い天井に響いた。

「消息が途絶えておった故、案じておったのだ」

「面目次第もございませぬ」

「その腕は、やられたのか」

断ち斬《き》られた手首に晒《さら》しを巻いていた。

「不覚を取りました」

「ようもその腕で、首尾を果たしたの」

「……もうご存じで」

寅王を殺した足で駿河を発ち、甲斐に戻ったヌメリだった。

「全滅したと見て、第二陣を向かわせたのだ」

小頭の凪丸《なぎまる》以下五人の《かまきり》が駿河に飛んだ。凪丸らが着いた時、寅王の死が発覚したところだった。

第一陣の生き残りの仕業だとは思ったが、今川の兵の溢《あふ》れる駿河では合図を送り合うのも難しく、急ぎ甲斐に立ち戻った。そのため、足の悪い勘助と行をともにして、二晩を身延道で費やしたヌメリを追い抜いてしまったのだった。

ヌメリは勘助に助けられた経緯を話した。

「その浪人が、腕を武器にしろと言ったのか」

「左様にございます」

「なかなかの者らしいの」

「その知力と腹の据わり方には舌を巻きます。是非とも一度、会《お》うてはいただけませぬか」

「其《そ》の方《ほう》の命の恩人だ。喜んで会おう」

暁斎は言い終えると、ふと思い出したように、ところで、と言った。

「雨飾は追い付かなんだか」

「雨飾も、駿河に？」

「七ツ家を侮るべきではない。そう気付いた時には、其の方らはもう出立しておったので追わせたのだが、戻らぬところを見ると、七ツ家の手に掛かったのやもしれぬな」

「無念にございます」

ヌメリは手首に巻いた晒しを見詰めると、仲間の死を確かめるかのように数え上げた。

「鉄幹は小河内川の川原で、黒鉄三兄弟と犬房は尾根道で倒されました。身延の手前一里余にある下山の六地蔵の側《そば》では……」

「凪丸らが見付けた。傷を負うた者どもは、ことごとく死んでおった」

「……やはり。戻る途中、藪《やぶ》の中を探したのですが見当たらず、どうしたかと……」

「殺された者どものことだが、腕や足を斬り落とされた者、首を刎《は》ねられた者。皆が皆、身体のどこかを斬り飛ばされていたが、理由《わけ》あってのことか」

「七ツ家は、鉈《なた》を木《こ》っ端《ぱ》のように投げるのでございます……」

「其の方が傷もか」

「某《それがし》の場合は……」

川に足を取られ、縺《もつ》れるように転んだところを斬られたのだった。

「そうであったか」

暁斎は大きく唸《うな》ると、よいか、とヌメリに言った。

「七ツ家に関することは、使った武器、戦術、何でもよい。事細かに思い出し、書き記しておけい」

「心得ました」

「二度と同じ手は食わぬ。《かまきり》の名に懸けて、七ツ家の者どもを皆殺しにしてくれようぞ」

暁斎の顳顬《こめかみ》に浮いた癇《かん》の筋が収まるのを待って、ヌメリが、一つ言い忘れておりました、と言った。

「実は、今川の隠居館で、前《さき》の御屋形様にお会い致しました」

寅王を殺した直後のことを話した。

「ひどく懐かしがっておられました。棟梁《とうりよう》の……」

「忘れよ」

暁斎の声は、乾いていた。

「あの御方は、甲斐とは縁がない。我らともな」

言い捨てた一方で暁斎は、信虎の心を読み当てた晴信に、目を見張っていた。

(凡百の武将とは、器が違う……)

逆らえぬ怖さを、晴信の中に見出《みいだ》したのだった。自らに言い聞かせるように言った。

「我らは、余計なことに関《かか》わってはならぬのだ」

「はっ」

「関われば、情が移る。心は閉ざしておくのだ」

「覚えておきまする……」

ヌメリは、一呼吸空けてから恐る恐る訊《き》いた。

「御支配には、このことを?」

「前の御屋形様のことか」

「いえ……」

ヌメリが言い淀んだ。

武田家の家老職である《職》の地位にいた板垣信方は、暁斎を棟梁とする《かまきり》に武田家の命令を伝える《支配》でもあった。《支配》は自身の考え一つでも《かまきり》を動かすことが出来るが、小頭の任免権はなく、組内のことは暁斎の勝手となっていた。しかし、同行した者全てを死なせてしまった落度について《支配》が何と言うか、ヌメリとしては気掛かりでもあった。

「申し上げざるを得ぬであろうな。御支配を含め、我らは一枚岩でなければならぬ。隠し事は罅《ひび》を入れることになるからの」

暁斎には、ヌメリが何を案じているのか分かっていた。言葉を足した。

「此度《こたび》の事、其の方に落度はない。腕を失いながら、ようやった。七ツ家を見くびったは儂《わし》だ。儂が甘かったのだ」

遠からず、と暁斎は言った。七ツ家とは戦場《いくさば》で見《まみ》えることになろう。

「それは……？」

「高遠よ」

晴信に諏訪攻めを誘い、諏訪惣領家《そうりようけ》の地位を奪おうとした高遠頼継だったが、宮川から西を領地として得ただけで、沙汰止《さたや》みになっていた。

「ならば、我が手で奪い取ってやる、という訳だ」

「戦にございますか」

「始まる。初手はその高遠頼継、次いで佐久攻めが始まれば、佐久の豪族どもが相手となる筈《はず》だ。そうなれば、七ツ家に頼む者が出て来る。七ツ家は必ず現われる」

そこでだ、と暁斎が言った。

「噂《うわさ》を流せ。《かまきり》が七ツ家を根絶やしにすると息巻いておる、とな」

「それでは警戒して現われぬのでは……」

「此度の寅王君の一件、其の方の働きで面目は保てた。が、七ツ家に後れを取ったことは広く知れ渡るであろう。《かまきり》を侮る者も出て来よう。だからだ。後れを取りはしたが、《かまきり》の本体は無傷だと知らしめねばならぬのだ」

「早く仇《かたき》を討ってやりとうございます」

「討つ。まずは高遠頼継を見張ることだが、その前に七ツ家の者どもを顫《ふる》え上がらせてくれようか。さもなくば、皆の気が収まらぬであろう」

二

(どこだ？　どこに隠れた……)

天鬼坊は、草に伏して気配を探った。一人は倒している。細身で三日月型の山刀を投げ、《かまきり》の首を刎ね、円弧を描いて戻って来た山刀を手に受けて草に潜んだのは、半刻《はんとき》（一時間）前になる。あと二人、いる筈だった。その二人は、仲間の首が飛ぶのと同時に隠れてしまっている。

空を見上げた。襲って来た者どもの上げた狼煙《のろし》が、まだ棚引いている。

(何とかせねば……)

仲間を呼んだのに相違なかった。長居は命取りになる。這《は》った。這い、密《ひそ》かに脱しようとした。しかし、その度に、棒手裏剣が行く手を遮った。

(動けぬ……)

だが、動かなければ死が待っていた。

(やるか……)

背に二、三本の棒手裏剣を受けても、毒さえ塗られていなければ、一刻か二刻の間逃げるだけの足はある筈だった。その間に味方に会えるか否かが、運の分かれ目だと踏んだ。

腰を屈《かが》め、全力で走った。

§

天鬼坊は、《落とし》の依頼の有無を調べに、諏訪一帯を回っていた。七ツ家は、これを《回峰《かいほう》》と呼んだ。

道祖神に木札が結わえ付けられていないか、鏑矢《かぶらや》が飛んでいないか、探りながらの山駆けだった。

泥目を七ツ家の隠れ里に送り、一人で《回峰》に出た。《回峰》は嫌いではなかった。山と里の境目を回る。戦ともなれば、雑兵《ぞうひょう》目当ての遊女を揃《そろ》えた小屋も見掛けるようになっていた。遊びを覚え始めた天鬼坊でもあった。

そのような小屋は諏訪にも以前からあったが、数が増えていた。筵《むしろ》を掛けただけの簡便なものだったが、草庵《そうあん》に慣れた身には筵掛けでも十分だった。

（遊ぶか……）

その前に、見回っておこうと足を急がせていた時に、木札の下がった道祖神を見付けたのだ。

依頼主を待った。

狼煙が上がったのは、依頼主を待っていた時だった。

(何だ……!?)

見上げると同時に棒手裏剣が飛んで来た。

罠だった。

§

走った。前後で風が巻いた。

二つの影が草から立ち上がり、天鬼坊を挟むようにして地を蹴《け》った。

左前方を走る男の手が光った。

(棒手裏剣か……)

天鬼坊の手から山刀が離れた。くるくると回転し、円弧を描いて、男の手首に達した。手首が飛び、山刀は更に回転を続けて戻って来る、筈だった。

ところが――。

違った。金気の音を残して、山刀が地に落ちたのだ。

(何……!?)

男の手首は、鉄の手鉤《てかぎ》で出来ていた。

天鬼坊は生まれて初めて総毛立った。

寒気がした。顫えた。顫えながら、足に力を込めた。

棒手裏剣が二本、背に刺さった。三本目が股《もも》に刺さった。激痛が奔《はし》り、駆ける速度が鈍った。

前を見た。いつの間に現われたのか、黒い影が並んでいた。

誰だ?

見覚えのない者どもだった。

中央にいる者が、ふわりと手を上げた。

その者の手許《てもと》が光った。足首に激痛が奔った。倒れた。足先が動かなくなった。這おうとした。両肩を棒手裏剣が貫いた。腕が動かなくなった。

腱《けん》を断ち切られたのだ。

「七ツ家だな?」

中央の男が言った。

「我らは《かまきり》だ。寅王君のことでは世話になったの」

相手は《かまきり》である。逃げる術《すべ》はない。いや、逃げるどころか、捕えられれば酷い責めが待っているのは必定《ひつじょう》だった。

天鬼坊は舌を噛《か》もうとした。

それより一瞬早く、拳大《こぶしだい》のつぶてが天鬼坊の顎《あご》を捕えた。

つぶては天鬼坊の顎を砕いて、地に落ちた。

血の塊がつぶてを赤く染めた。

「簡単には、死なせぬ」

草を踏む足音が近付いて来た。

三

喜久丸が軽い寝息を立てている。焚火《たきび》で乾かした下帯を着け、刺し子の袖《そで》に手を通し、胎児のように身体を丸めて眠っている。

楓は時折小枝を折っては火にくべた。俄《にわか》に炎が揺らめき立ち、喜久丸を照らし出した。

市蔵が発ってから、ずっと続いていた張り詰めていたものが緩んだのだろう、と楓は思った。夕餉《ゆうげ》の雑炊を食べ終えると間もなく、眠ってしまった。

楓はまた小枝をくべた。

夜、火を焚く。七ツ家の集落では禁じられていることだった。

特別な祝い事のある日以外は、火を使うのは日中に限られていた。夜は闇《やみ》の中で過ごさねばならなかった。だから、七ツ家の者は皆が皆、夜目が利いた。

七ツ家には、七歳になった年の七月七日の夜中に行なう《七ツ巡《めぐ》り》という行事があった。たった独りで夜中に、明かりも持たずに、指定された七か所を通って、近くの峰々を回って来るのである。夜目は利いても、まだ夜の山は恐ろしく、泣きながら回る者もいた。安心させようとしてか、所々に見張りがいるから、と言われると、逆に逃げられなくなり、見張りを恨んだものだった。

泥目の話は小さい時から何度も聞かされた。七歳の泥目は、闇夜の中でも見張りに手を振って見せたのだそうだ。泥目の家系は代々目がよいとも聞いている。泥目の二人の子供も、闇の中で独楽《こま》遊びをするらしい。

（………）

楓は涙を拭《ぬぐ》った。楓の子供は僅《わず》か三月半で死んでいた。風邪が原因《もと》だった。それから五日後、子供の父親も務めに出た先で殺された。信じられなかった。何も食べず、泣いて泣いて泣き暮らした。瞼《まぶた》は腫《は》れ、頬《ほお》はこけ、顔が変わった。

それを救ってくれたのが、今回の務めだった。

寅王の口が思い出された。痛い程強く乳を吸ってくれた。乳を逃がさぬようにと、小さな手で必死に乳を摑《つか》んでいた。その暖かな感触が、まだ乳房に残っていた。乳に掌を当てた。冷たくひやりとしている。

遠くで、木が倒れるような音がした。

（今頃、何が……）

山に入ってから注意はしていたが、熊《くま》の気配はなかった。

だが、気配がないからいないとは言えない。

楓は腰に下げていた竹筒を手にした。中には黒色火薬が入っている。雨の時の着火用であり、合図の狼煙用でもあり、捕えられた時の自爆用でもあった。務めで七ツ家の隠れ里を離れる時には、必ず持つよう定められている品だった。

（明日になったら、抛火炬《ほうりひこ》を作っておいた方がよいかもしれない……）

竹筒一本の火薬で、獣を威す程度の抛火炬なら五つは出来た。しかし、全部を使い切る訳にはいかない。

（二つばかり……）

乳が疼《うず》いた。

(作っておこうか……)

乳が張っているのだ。高遠を過ぎ、杖突峠で絞ってから、まる一日が経《た》っている。

「どうしたのだ？」

喜久丸が丸い目を向けていた。

「お目覚めですか」

「うむっ、よく寝た」

「気持ちよさそうに寝ておいででした」

「答えよ。いかがした？」

乳が張っていることを教えた。

「どうすれば治るのだ？」

絞り捨てるか、飲むしかなかった。

「飲めるのか」

楓がぷっと吹いた。

「若様も赤子の時は飲んでおいでの筈です」

「そうか、覚えておらぬのだ」

「飲んでみますか」

七ツ家には、喜久丸くらいの年はおろか、大人になっても、病人などに精を付けさせるために乳を飲ませる習いがあった。

それを見て育った楓だったが、自身の乳は赤子以外に与えたことはなかった。

「所望じゃ」

「ならば、そこで胡座《あぐら》を掻《か》いて下さい」

喜久丸が言われた通りの格好をした。

楓は囲炉裏《いろり》を跨《また》いで、喜久丸の方に行くと、胡座の上に馬乗りになった。

「そっと、ですよ」

楓が胸の合わせを開き、晒しを下げた。白い乳が現われた。

楓の手が喜久丸の背に回った。喜久丸の手もおずおずと楓に倣った。喜久丸の唇が乳に触れた。乳首を口に含むと、激しく吸った。

「うっ」

「……痛いか」

「もそっと優しく」

「相分かった」

出ている。乳が出ている。喜久丸の頭を抱き締めた。喜久丸の咽喉《のど》が鳴った。飲んでいる。

楓の股間《こかん》を異物が突いた。楓は腰を浮かすと自分と喜久丸の下帯を横にずらした。暖かな、固いものが、するっと入って来た。

「若様、そのまま」

楓の動きに喜久丸が合わせた。

高まりが間近に迫った。

喜久丸の膝《ひざ》が顫えた。堪えようとしているのか、乳首に歯を立てた。

「痛っ」

「済まぬ」

「噛んで、もっと噛んで」

痛みが奔った。堪えた。更に痛みが奔った。頭の中が痺《しび》れた。まだ突き上げて来る。浮いた。身体が浮いていくのを感じた。気が遠退《とおの》いた。膝の顫えが止まり、喜久丸の腰が沈んだ。楓の腰も沈んだ。楓は喜久丸の腕の中で眠りに落ちていた。

四

足が痺れていた。楓を膝に乗せたまま、喜久丸も寝てしまっていたのだった。

囲炉裏の火が消え掛けていた。小枝に手を伸ばした。届かない。腰の下に手を入れ、藁《わら》を引き抜いた。そっと、一本ずつ引き抜き、囲炉裏にくべた。炎が立ち上った時だけ、半裸の楓が闇に浮かんだ。楓の腰に竹筒があった。手に取り、振ってみた。さらさらと鳴った。

（何だろう……）

開けようとした喜久丸の手を、楓が留めた。

「これは火薬です。爆発すると、草庵など吹っ飛んでしまいますので、お気を付け下さい」

「起こしてしまったのか」

「気配がすれば目覚めるように、仕付けられておりますので」

楓は喜久丸の下帯と自分の下帯を直すと、囲炉裏を越えて、元の寝床に戻った。

「付かぬ事を聞くが」と喜久丸が言った。「これで子が出来るのか」

「出来る時もあります」

「出来ぬ時もあるのか」

「はい」

「よく分からぬ」

「これは女子《おなご》にしか分かりませぬ」

勘とは違うが、勘に近いものだった。男の体液《せい》を受ける。その時の喜びで、凡《およ》その見当は付いた。

（身籠《みご》ったかもしれない）

長鉈《ながなた》を胸に抱き、楓は横になった。喜久丸も横になった。焚き付けた小枝が赤い針のようになっている。目と目が合った。

「楓には、兄弟はおるのか」

「いいえ」

「親御殿は健在か？」

「いいえ」

「……赤子は幾つになるのだ？」

「半月前に死にました」

「そうか……」

「夫も死にました」

「……」

「独りぼっちです」

「うむ」

「若様と同じです」

「うむ」

「若様、お情けをありがとうございました」

「……何の」

「若様……」

「ん？」

「寝る時は長鉈をお抱き下さい。何が起こるか、分かりません」

「そ、そうだな」

赤い針となり、燃え尽きようとしていた枝が、先端《さき》からぽろぽろと崩れ落ち、やがて消えた。

闇になった。

喜久丸の手が長鉈を探っているのだろう。藁音がカサカサと続いた。藁音を聞きながら、楓は再び眠りに落ちた。

§

「熊が出たようです」

野草を摘みに出掛けた楓が、戻って来るなり言った。

「木には新しい爪跡《つめあと》があり、倒木に巣食っていた蟻《あり》を食い散らした跡もございました。間違いなく熊の仕業です」

「近いのか」

「二町（約二百二十メートル）程のところです」

「ならば、熊は……」

「当然、あしらのことを知っておりましょう」

喜久丸は思わず周囲を見回した。

「何とする？」

「案ずるには及びません」

「とは申せ……」

「熊は倒せます。その遣り方を、あしは知っております」

七ツ家が体験から会得した、熊殺しの方法だった。

「長鉈か手槍《てやり》か、使う得物によって二つの遣り方があります。長鉈を使う遣り方は、《熊落とし》と申しまして、例えば逃げる兎《うさぎ》の陰から長鉈を投げ付けて熊の咽喉を斬り裂くとか額を割るという技です。いつ、どのように長鉈を投げるのがいいか、を見極めるための習練を積まねばなりませんので、一朝一夕には難しいかと思われます。もう一つの手槍を使う遣り方は、熊の攻めをいかにして躱《かわ》すかに掛かっており、その習練もまた大変なのですが、飛び来る矢を躱したという若様ならば、容易《たやす》く会得出来るかと思われます」

「手槍で、熊と戦えと申すのか」

驚いた喜久丸が、目を剝《む》いて尋ねた。

「あしがおれば、あしが戦います。でも、他に誰がおります？　万一の時は、若様が戦うしかないではありませんか」

「……それは、そうだが」

「正直に申しますと、あしは熊落としを習ったことはないのです。ですが、一度だけ熊落としで戦ったことがあります」

髪を掠《かす》めるようにして長鉈が飛び、鉄幹の首を薙《な》いでいった。小河内川の川原での勘兵衛の一撃を、楓は話して聞かせた。

「難しいと言っても、あしに出来たのですから、安堵《あんど》なさって下さい。手槍の方は、詳しく習ったことがあるのでお教え出来ます。お任せ下さい。では、若様、あしと向かい合うようにお立ち下さい」

習うより他に、選ぶ余地はなかった。喜久丸は楓の言葉に従った。

「熊が向かって来たら逃げて躱し、歩いて来たら、そっと背後に回って気配を立て、熊の動きを止めます。それから、間合ぎりぎりのところまで踏み込むのです。間合は、三尺（約九十センチメートル）とお考え下さい。熊の手は短いので、一間（約一・八二メートル）も離れていたのでは手が届かぬ故、そのままでいると飛び掛かられてしまいます。そうなる前に間合まで進むと、熊は戦うために立ち上がって二本脚になります。身体を大きく見せるためと、鋭い爪を武器として使うためです」

そこで楓が右手を振り下ろして見せた。

「攻めに使うのは右の前脚だけです」

「左は？」

「相手を威すだけで、左で攻めて来ることはありません」

「必ずか？」

「必ずです」

「何ゆえか」

「あしには分かりませんが、熊とはそうした生き物なのです」

「ふむ。続けい」

「三尺の間合の間際まで近付くと、熊は右脚を振り上げ、狙《ねら》いを定めて振り下ろすのですが、力任せに振り下ろすので、身体が前に落ちてしまいます。その瞬間を狙って、手槍を突《つ》っ支《か》い棒のように立て掛けてやると、熊は自身の重さで身体を刺し貫いてしまうのです。分かりましたか」

「……随分と簡単に申すの」

「呼吸さえ呑《の》み込めば、簡単なことです」

「とは申せ、熊の右脚を躱さねばならぬのだな。それも三尺の間合で」

「そうです」

「しくじれば？」

「頭を飛ばされましょう」

「……」

「話しているより、身体で覚えて下さい」

楓が熊になって襲って来た。

「間合さえ読み間違えなければ、熊は怖いものではありません。怖いのは、脅《おび》えです。怖いと思う心です」

稽古《けいこ》を終えてから、遅い朝餉となった。

野草の味噌《みそ》雑炊だった。食べながら、喜久丸が訊いた。

「獲《と》った熊はどうするのだ？」

「皮は鞣《なめ》して、肉は食べて、胆《きも》は薬にします」

「熊の肉は旨《うま》いのか」

「味噌で煮ると、取り合いになります」

「そうか」

「若様、お早くお食べ下さい。やることがあります」

「んっ」

楓の椀《わん》の中を見た。既に米粒一つない。

(噛まぬのか)

喜久丸は急いで雑炊を流し込んだ。

楓の言ったやることとは、抛火炬を作ることだった。抛火炬は、常ならば素焼きの土器《かわらけ》に火薬を詰めるのだが、土器の用意はなく、また熊を威すためだったので、手近にある竹を使うことにした。

枯れた竹を探し出し、両端に節を残して切り、片方の節を刳《く》り貫《ぬ》く。それに溶かした蠟《ろう》を流し込んで湿り止めをし、乾いたところで火薬を入れる。細く切った懐紙に火薬をのせ、縒《よ》って紐《ひも》状にして火縄を作り、差し込む。後は蠟で蓋《ふた》をすれば完成となる。

「万一の時は、火を点《つ》けてお投げ下さい。熊は音に驚いて退散しますので、一時の助けとなりましょう」

それからの二日は何事もなく過ぎ、三日目になった。

楓が朝から草庵に棚を作り始めた。洗った着物や懐紙や抛火炬をのせておくためだった。

「熊は」と、喜久丸が長鉈を研《と》ぎながら言った。「どこかに行ってしまったのではないか」

「そうだとよろしいのですが」

楓の声に実感が籠《こ》もっていた。

「必ず勝てるのであろう？」

「勝負に必ずという言葉はありませぬ」

理屈は楓に分があった。が、喜久丸は、そのような答を待っていたのではなかった。

「楓は、これまでに熊を何頭倒したことがあるのだ？」

「ありませぬ」

思わず喜久丸は長鉈を研ぐ手を止めて、訊いた。

「……一頭もか」

「一頭もです」楓が、何のわだかまりも見せず、平然と答えた。「倒す方法は知っていたのですが、なかなか機会がなかったのです」

五

日が落ちた。

長い夜が始まろうとしていた。

焚き付けの小枝は、山になっている。

火種を絶やす訳にはいかない。

熾《おき》に小枝をのせた。枝先から細い煙が流れ、追い掛けるようにして細い炎が立った。

「若様」

「ん？」

「若様の御父上様の御名は、何と言われたのですか」

「芦田虎満だが、それが？」

「立派な御名ですね」

「そうかな？」

「そうですよ」

「楓の親父殿の名は？」

「笑いませぬか」

「笑わぬ」

「二ツ」

「二ツ……か」

「ほら、笑《わろ》うた」

「笑うてはおらぬ。して、どうしてそのような名が付いたのだ？」

「元は彦兵衛《ひこべえ》と申したのですが、刀で右手の指を三本斬られたので、二ツと呼ばれていたのです」

「よい名ではないか」

「そうでしょうか。あしは嫌いでしたが」

「七ツ家の二ツ。楓の親父殿らしいではないか」

小枝を足した。眠れそうになかった。会話が途絶えた。

「楓」

「………」

「その、何だ……、乳は張らぬのか」

口では強がっていたのだが、熊で気が立っていたのか、乳のことなど忘れていた。

「それはよかったの」

楓が、あっ、と声に出して、喜久丸を見た。

「若様、吸いたいのですか」

「いや、是非ともという訳ではないが、苦しいようならと……」

「でしたら、もうお休みなされませ」

いた。

「うむ」

喜久丸が渋々と横になるのを見ていた楓が、御膝に乗ってもよろしいですか、と訊いた。

「おお、参れ」

喜久丸は跳び起きると、胡座を掻いて、両手を広げた。

楓は諸肌《もろはだ》を脱いで、囲炉裏を越えた。

「若様」

喜久丸が乳の間に埋《うず》めていた顔を上げた。

「後数日で、あしは七ツ家に戻らねばなりません」

「……………」

「独りになった当座はお寂しいでしょうが、仇を討つための御辛抱です。ここ二、三日は鍛練も怠っているようですが、熊のこともあり、目を瞑《つぶ》っておりました。でも、明日からは山駆けを致します。あしに遅れるようなら、もう二度と乳には触らせませんから、そのつもりでいらして下さいね」

喜久丸は頷《うなず》くと、大きな口を開け、饅頭《まんじゅう》を食らうような勢いで乳房にかぶりついた。

音がした。
微《かす》かな音だが、重さがあった。
楓は喜久丸の肩をそっと叩《たた》き、外に目を投げた。
（熊か……）
喜久丸が目で訊いた。
楓は首を捻《ひね》って見せてから、草の壁を指で分けた。
暗い。
夜目の利く楓にしても、草の隙間《すきま》からでは、よく分からなかった。
楓は喜久丸の膝から降りると、手槍を摑み、そっと草戸を押し開けて外を覗《のぞ》いた。
その時だった。咆哮《ほうこう》とともに草庵の戸がもぎ取られた。俄に視界が開けた。居た。
黒い熊が草庵を覗き込むようにして立っていた。
思わず後退《あとずさ》りした喜久丸の目の前で、楓の身体が崩れ落ちた。
「楓！」
刺し子の裾《すそ》を握り、思い切り引き寄せた。頭部をなくした首から血が噴き出していた。
熊が吠《ほ》えた。吠え終わると、喜久丸を見詰め、牙《きば》を剝いた。

(……!)

長鉈を手で探った。ない。手槍を探した。指先が空《むな》しく土を掻いた。驚き、慌て、押し遣ってしまったのかもしれない。

(抛火炬は……?)

棚を見た。戸を飛ばされた振動で、転がり落ちてしまっていた。

(何か……)

楓の腰に竹筒があった。火薬が入っている。

手を伸ばした。熊も前脚を振り回した。屋根が飛んだ。竹筒の先を熾に差し込んだ。栓を取らなければ、火薬に引火しない。左手に持ち替え、右手で栓を抜き、もう一度熾に差し込んだ。熊が草庵に踏み込んで来た。

爆発と同時に激痛が左手を襲った。

吹き飛ばされた竹や干し草が降って来た。熊が木立にぶつかる音がした。爆発に驚いて、灰神楽《はいかぐら》の中を逃げて行ったのだ。

左手を見た。親指と人差し指を残して、中指と薬指と小指が噴き飛んでいた。激痛が奔り、血も迸《ほとばし》り出ている。

(落ち着け!)

自らに叫んでから、手首を縛り、闇の中を蓬《よもぎ》の生えているところまで駆けた。血止めをしなければならない。地に座り、蓬の葉を毟《むし》り、口に押し込んだ。嚙んだ。嚙み終えた葉を右の掌に吐き出し、傷口を覆うようにして被《かぶ》せた。それを数度繰り返してから、布できつく巻いた。

急場の手当を終え、草庵まで駆け戻った。

楓の頭を探した。藪の中に転がっていた。

まだ温《ぬく》もりがあった。頬も柔らかく、今にも話し出しそうに見えた。髪に付いた木の葉を取り、顔に掛かった髪を指で梳《と》かした。

「楓！」

涙が次から次へと溢れて来た。

草庵の前に胴体と頭を並べてから、長鉈と拋火炬を手で探った。それぞれを見付け出し、身に付けた。手槍は草庵の外に転がっていた。

(来る。奴は、また来る)

囲炉裏は爆発で噴き飛び、抉《えぐ》れていた。

囲炉裏跡に藁をほぐし落とし、火打ち石を打ち合わせた。傷口に響いた。思わず、石を取り落としてしまった。

抛火炬を長鉈で割り、火薬を剥き出しにして藁に掛け、火花を落とした。火薬が火を噴き、藁に燃え移った。小枝をのせた。太い枯れ枝ものせた。辺りが明るくなった。

屋根の梁《はり》にしていた竹と渋紙を見付け出した。竹の梁は折れていた。青草を支えるのに支障はなかったが、鍋《なべ》を吊《つ》るすことは出来ない。渋紙も裂けてはいたが、ないよりは増《ま》しだった。

鍋を直接火に置き、煎《せん》じ薬を作った。

薬湯を飲み、手槍を抱き、身構えているうちに朝になった。

穴を掘り、楓を埋め、土を被せた。

祈った。朝も昼も祈り、土に頬を埋めて眠った。

目覚めた時には、日は傾き始めていた。

身構えて、四囲を探った。ものの動く気配は、どこにもなかった。

取り残された己がいた。

(それを奪いに、来るものがいる……)

予感がした。

(今夜だ)

喜久丸は己の予感を信じた。

川に走った。水を浴び、身に着けていたものを洗い、傷口の手当をし、草庵に戻った。

囲炉裏の藁灰を全身に塗った。灰は生乾きの刺し子にも塗った。残った灰と寝藁を草庵のある一帯に撒《ま》いた。自身のにおいを消すためであり、また撒き散らすためであった。傷口から血のにおいが漏れ出さないように、手首から先を晒しと渋紙で包み、きつく縛った。においが漏れ出した時のために、血の付いた寝藁も一帯に撒いた。

楓や市蔵から遣り方を教わった訳ではない。小さな獣を捕えた時に身に付けたものと、楓や市蔵が話してくれたことなどを繋《つな》ぎ合わせて、考え出したのだった。

そして、藪に潜んで、待った。熊が現われるのを、ひたすら待った。

耳を澄ました。虫の音や梢《こずえ》の触れ合う山の音の中から、熊の動きを拾わなければならない。

一刻が経った。二刻になろうとした時、遠くで何かの音がした。木肌を擦るような音だった。

(爪を研いでいるのか……)

息を詰めた。気配を悟られては、負けになる。

咽喉から臓腑《ぞうふ》が飛び出しそうな気がしたが、怯《ひる》んでいる暇はなかった。
黒いものが目の隅で動いた。黒いものは立ち止まると、遠くから草庵の様子を窺《うかが》っ
ている。
(何をしている？　来い)
息を殺した。手が顫えた。唇が顫えた。膝も小刻みに顫えた。
怖くて当り前だ、と脅える自分を受け容《い》れた。待った。熊が動くのを待った。
動いた。一歩一歩、そっと脚を踏み出している。藪の前を通り過ぎた。喜久丸の目
に熊の背が映った。
(このまま背から突いたら……)
誘惑に駆られた。少なくとも正面から対峙《たいじ》するよりは、無難ではないか。
しかし、傷を負わせるだけに終わったら、やられるのは自分だった。
楓に教えられた方法を採ることにした。
藪から出た。枝音に気付いた熊が振り向いた。素早い身のこなしで、首に続いて胴
が、喜久丸に向いた。
「汝《うぬ》が最期だ。覚悟せい」
喜久丸は右手に手槍を持ち、一歩進んだ。熊は吠えると、両の前脚を掲げた。赤い

口が開いた。牙が見えた。喜久丸は間合を縮めた。一間、すなわち六尺が、四尺になり三尺になった。

熊の右の前脚が弧を描いた。喜久丸は上半身を反らして躱すと、地に手槍を突き立て、熊の胸許に差し出した。熊の重心が前に傾いた。手槍の穂先二寸程が、熊の胸に吸い込まれるように刺さった。吠えた。熊の口の端から、白い泡となった唾《つば》が散った。槍の穂先が更に埋まった。と、見えた時、手槍の柄が折れた。熊は横向きに倒れると、胸に刺さった柄を掻き毟《むし》りながら起き上がり、喜久丸に向かって前脚を伸ばして来た。

「死ね」

宙に躍り上がった喜久丸が、渾身《こんしん》の力を込め、長鉈で熊の頭部を打ち据えた。掌に頭蓋骨《ずがいこつ》の砕ける感触が伝わった。

「勝ったぞ、楓」

喜久丸は肩で息をすると、長鉈を納め、熊の胸から手槍を引き抜いた。

「成仏するがよいわ。肉は食らい、皮は鞣し、胆は薬にしてくれるからの」

しかし、胆がどこにあるのか、分からなかった。それよりも、倒した熊は、一人で食べるには余りにも大き過ぎた。

（食べ残した肉は、どうすればよいのだ？）

喜久丸は、巨大な黒い塊を見下ろした。

第八章　塩硝

一

天文十二年（一五四三）九月。

左手の指を三本失ってから一年が経《た》ち、喜久丸は十五歳を数えていた。

失った指を使おうとして、時折戸惑うこともあったが、無いことを身体《からだ》が受け入れてきていた。

（指が欠けたくらい大したことではない……）

身体をいじめた。いじめることで、足腰が強くなっていった。走りが、見る見る速くなった。

それはまた、山の景色を読めるようになったこととも繋がっていた。この先に何があるのか、以前は走りを緩《ゆる》めて確かめたものだったが、大凡《おおよそ》の見当が付き、それが当たるようになったのだ。

「喜久丸には、山の者としての素質が備わっているのだな」

二日前に現われた市蔵が、厠《かわや》に土を被《かぶ》せながら言った。土を被せたのは、火を焚くためだった。尿を浴びた土を醸《かも》し、塩硝土を作るのだ。

市蔵は二月に一度くらいの割合《わり》で訪れては、楓の墓に花を手向《たむ》け、喜久丸の鍛練の相手を務めてくれている。

いつの日か山を下りる時のための準備だった。

指示したのは勘兵衛に他ならない。

その勘兵衛が市蔵の案内で草庵《そうあん》に現われたのは、喜久丸が火薬で指を飛ばした十三日後のことだった。

――何だ、このにおいは？

腐臭だった。草庵に近付くに従って腐臭はひどくなった。

（もしや……）

勘兵衛らが見たものは、荒れた草庵と土饅頭《どまんじゅう》と、土を被せられた熊《くま》の死骸《しがい》だった。

市蔵が土饅頭に立てられている墓標を読んだ。

――楓です。

――とすると、喜久丸は生きているな。

草庵には、人が寝起きしている気配はなかった。それにひどい腐臭である。とても、暮らせるものではない。

勘兵衛と市蔵が四囲を見回した。

——束ね。

振り向いた勘兵衛に市蔵が一本の木を指さした。樹皮に鉈文字《なた》が刻まれていた。木印に導かれて走った二人が木立の中に新たな草庵を見出《みいだ》すのに、時間は掛からなかった。

——喜久丸、いるのか。

返事がなかった。草庵の前に立った二人が、辺りの様子を窺《うかが》おうとした時、背後の枯れ葉の下から喜久丸が起き上がった。

——走り来る気配がしたので、隠れてみたのだ。どうだ上手《うま》いものであろう?

枯れ葉に埋まり、完全に気配を断っていた。

勘兵衛を驚かせたのは、それだけではなかった。勘兵衛にしても市蔵にしても、簡単に気配を悟られるような走りはしていなかった。気付かれたとしても、草庵に着く直前の筈《はず》だった。だが、喜久丸は余裕を持って隠れたように見受けられた。

勘兵衛は、名乗るより先に尋ねた。

――いつ我らに気付いたのだ？　勘兵衛が何者か、察したのだろう。喜久丸の言葉遣いが改まった。

――……暫《しばら》く前に、なります。

――暫く、とは？

――ようは分かりませんが、四半刻《しはんとき》前頃から、何かが迫って来る気配がしたのです。

――四半刻前？

勘兵衛と市蔵が、顔を見合わせた。

§

喜久丸は市蔵に聞かれるままに、熊のこと、楓のこと、指をなくした顚末《てんまつ》を語り、

――熊を倒したまではよかったのですが、熊一頭はとても食べ切れませんでした。

と、肉を腐らせてしまった経過《あらまし》を話した。

黙って話を聞いていた勘兵衛が、口を開いた。

――首尾よく御父上の仇を討てたとして、その後はどうするつもりだ？

――まだ、考えておりません。

――城主になりたいとは思わんのか。

――思いません。たとえ……。

勘兵衛は喜久丸が答えるのを待った。

――迎えられたとしても、受けぬつもりでおります。

――龍神岳城に、未練はないのだな？

――ございません。

――その言葉に偽りはないな。

――天地神明に誓って、ございません。

――よく分かった。

勘兵衛は、大きく頷《うなず》くと言った。

――龍神岳城は難攻不落と言われている。その一つに水の懸念がないことが挙げられる。あの岩山の中に泉があるらしいが、実《まこと》か。

――実です。本丸近くに、階段が掘られています。

――中を見たことは？

――途中までは。

――大きな洞窟《どうくつ》になっていたのか。

――どうして、それを？

――やはりな。

勘兵衛は、富士の裾野《すその》で見た洞窟のことを話した。地底に穿《うが》たれた洞窟には水を湛《たた》えた泉があった。

――仇一人を討ちたいのか。それとも、仇に加担し、そなたの母上や姉上をも手に掛けた者ども全てを討ちたいのか。どっちなのだ？

――全てです。しかし、それが難しければ、叔父《おじ》だけでも……。

勘兵衛は手で制した。

――仇一人を討つ。これは、機会《き》を得れば一人でも出来る。だが、仇に加担した者全てを討つとなると、こちらもそれなりの兵力を要することになる……。

――では！

市蔵が、勘兵衛の言葉を確かめようと、前のめりになって訊《き》いた。

――仇討ち助勢を、七ツ家が引き受けると？

――市蔵と同じだ。儂《わし》も、不思議な才に惚《ほ》れたわ。

喜久丸の顔に、さっと血の気が差した。

――ありがとう存じます。

市蔵は深く頭を垂れると、勢いよく振り上げ、喜久丸の手を取った。

――よかったな。七ツ家が喜久丸に付いたのだぞ。

唇を顫《ふる》わせて、懸命に涙を堪《こら》えていた喜久丸が、礼の言葉を述べた。

一人であっても助勢する覚悟でいた市蔵だった。ほっと肩の荷を下ろすような思いを抱き掛けて、勘兵衛が兵力という物言いをしたことに気が付いた。

――しかし、兵力と呼べる程の頭数は……。

――おらぬ。

――それでは、戦えぬではありませんか？

――おらぬならば、仇を一堂に集め、叩《たた》けばよいのだ。案ずるな。儂に策がある。

――それは、どのような？

市蔵に続いて喜久丸が身を乗り出した。

――焦るではない。過ちなく動くには、それ相応の仕度がいるのだ。

――仇を討つためならば、と喜久丸が目尻を拭《ぬぐ》って言った。何でも致します。お申し付け下さい。

――そのつもりだ。そのためにも、身体を鍛えておけ。己《おの》が命を守るは、己が力だ。

——心得ました。

——喜久丸、そなた、いい面魂《つらだましい》をしておるぞ。

——はっ……？

——隠さずに申せ。そなた、楓を抱いたか。

——……はい。

——ならば、楓の夫と見做《みな》すが、七ツ家は七ツ家以外の者との婚姻は許さぬのが掟《おきて》。楓は掟を破ったことになるが。

——楓に罪はございませぬ。誘うたは……。

——よいのだ。掟は大事だが、人を縛《しば》るものではない。市蔵がそなたを引き受けた時から、そなたを七ツ家の客分と見ておる。

勘兵衛と市蔵は二日留《とど》まって、山を去った。

その日から、喜久丸の激しい鍛練が始まった。

山駆けをし、少し休むと丸太を頭上に振り上げて回し、その合間に鉈使いが加わった。

徐々に膂力《りょりょく》が付いていった。それは、重く感じていた長鉈を思うまま使いこなすことが出来るようになったことで、自身にもはっきりと分かった。

そうなると、鍛練が面白くなり、四六時中長鉈を手にするようになった。

上達したのは、投げ鉈だった。

木の幹に止まる蟬《せみ》で鍛錬した成果だった。蟬が止まるのを待つ。蟬が来る。止まる。それを五間（約九メートル）離れたところから長鉈を投げて仕留めるのだ。

標的を完璧《かんぺき》に仕留めるまでには至らなかったが、ほぼ狙《ねら》ったところに長鉈を投げられるようになると、面白いように兎《うさぎ》などが獲《と》れた。

藪陰《やぶかげ》にいるそれらの首を狙い定め、投げる。首が飛ぶ――。

§

「戦いの中でやってみるぞ」

喜久丸が逃げて、市蔵が追う。だが、逃げるだけではなく、どこかで攻撃しなければならなかった。場所は、

「草庵のある、この山全て」

時刻は、

「酉《とり》ノ中刻（午後六時）の鐘が鳴るまで」

武器は、薪《まき》を削って長鉈に模したものと木の実にした。木の実はつぶての代用であ

る。

まず喜久丸が木立に消えた。四半刻の後、市蔵が後を追った。

市蔵は神経を尖《とが》らせた。

(喜久丸は気配を断つ術を心得ている)

それが頼もしくもあり、相手にすると不気味でもあった。

喜久丸は、一年余前までは若様として城に暮らしていた。比べて市蔵は、赤子の時に拾われて、以来七ツ家として育ち、七ツ家として生きてきた。そんな己が喜久丸に後れを取ることなど、あってはならなかった。

走った。市蔵は喜久丸の通った形跡《あと》を探しながら、地を蹴《け》った。

枝が折れていた。喜久丸の肩の当たる高さの枝だった。

(通ったな)

足許《あしもと》を見た。枯れ葉が敷き詰められている。足音を消すことは出来ない。

ゆっくりと歩いた。腰を屈《かが》め、木の葉越しに前方を透かし見た。

何かを感じた。背後から重いものが覆い被さって来るような気がした。

跳んだ。横に跳び、背後に木の実を投げ付け、地に着く前に、宙に木の葉を撒《ま》いた。

喜久丸が一回転して木立の陰に隠れた。いつの間にか、背後に回っていたのだ。

音が絶え、気配が絶えた。

市蔵は近くの木を見回した。太い手頃な樵《ぶな》があった。僅《わず》か、ほんの僅かずつ這《は》い進み、木に取り付き、登った。音を立てず、掌を木肌に吸い着かせ、ゆっくりと登った。

見えた。木立の陰から喜久丸の刺し子の袖《そで》が覗《のぞ》いている。

距離は四間（約七メートル）。飛び掛かれる距離ではない。

待った。喜久丸が動き出すのを待った。だが、喜久丸は動かない。市蔵の痺《しび》れが切れた。木の実を指で弾いた。枯れ葉に当たり、乾いた音を立てた。だが、喜久丸は微動だにしない。

（あれは……袖だけで、喜久丸はいない、のか）

市蔵は木から飛び降りた。幾つかの木の実が、頭上を掠《かす》めて、木肌を叩いた。地に着いた市蔵は、そのまま転がり、木の実が飛び来た方向に駆けた。

喜久丸が手を振り上げたまま、市蔵を見ている。

（動け）

市蔵は腹の中で叫んだ。駆け引きには天性のものがあったが、戦で身に付けたものではない弱さも、またあった。

長鉈に模した薪を手にして市蔵が飛び掛かった。薪を振り下ろした。喜久丸が受けた。薪と薪が乾いた音を立てた。だが、喜久丸の抵抗もそこまでだった。市蔵の足が飛び、喜久丸の腹に打ち込まれた。喜久丸の身体が仰向《あおむ》けに飛んだ。

二

甲斐から信濃へ攻め込む道は二つしかない。諏訪と佐久である。

諏訪は、諏訪惣領家《そうりようけ》の当主・頼重が自刃に追い込まれ、更に惣領家を狙って一旦《いつたん》は晴信と手を組んだ高遠頼継が、その晴信に敗れたことにより、武田の勢力下に収まっている。

残る佐久は、既に晴信の父・信虎の代に制圧していたのだが、信虎を今川に追い遣《や》り、晴信が諏訪に目を向けている間に、従属していた南佐久・長窪《ながくぼ》城主の大井《おおい》貞隆《さだたか》が北信濃の豪族・村上義清《むらかみよしきよ》に後押しされて、

「信濃の地は信濃の者が治める。甲斐の世話にはならぬわ」

と、武田に反旗を翻《ひるがえ》したのである。

しかし、佐久で晴信に逆らおうとする勢力は、大井貞隆の他は北佐久・志賀城主の笠原清繁《かさはらきよしげ》だけだった。

「所詮《しよせん》は遠吠《とおぼ》えよ」

信濃の全豪族が歯向かおうとしているのではない。晴信には余裕があった。

大井貞隆と笠原清繁の二人を破れば、諏訪に次いで佐久が再び武田のものになるのだ。即座に晴信は立った。

「出陣だ」

晴信は五千の兵を従えて、長窪城攻略に向かった。

長窪城に行くには、棒道《ぼうみち》を通り、大門峠を越える大門街道が近道だった。棒道は、戦仕度をした兵をのせた馬が二頭並んで駆けられる幅（九尺＝約二七三センチメートル）を有する武田方の軍用道路で、武具を修理するための鍛冶《かじ》屋などが其処此処《そこここ》に置かれていた。

「……七ツ家は、現われぬか」

長窪城を遠く囲み、幾つもの陣幕が張られている。その中央近くの陣幕のうちで、板垣信方が呟《つぶや》くように言った。長窪城に潜り込ませていた透波からの報告は、大井貞隆と七ツ家との繋《つな》がりを否定するものばかりだった。

「なぜ頼まぬのでしょうか」暁斎が苛立《いらだ》たしげに言った。「まさか、勝てると思うておるのではないでしょうな」

「詫《わ》びれば許されると思うておるのやもしれぬぞ。信虎様の時のようにな」

あの時とは違うではないか、と暁斎は思う。信濃の諸勢力を従えようとしての戦ならば、降伏し従属を誓えば許されもしよう。だが、その誓いを破り、他勢力と結んだとあっては、命は幾つあっても足りはしない。

「それが分からぬとは、大井貞隆殿は随分と先の読めぬ御方《おかた》のようですな」

「村上義清に押されて、その気になったのだろうが、いい迷惑であったわ」

信方が鞭《むち》を振った。切り裂かれた空気が悲鳴を上げた。それにしても、と信方が苦々しげに言った。

「七ツ家め、命冥加《みょうが》な奴どもだの」

駆り出された《かまきり》が、長窪城を取り囲んでいたのである。

「志賀城の笠原清繁は奥方と仲睦まじいと聞いております。こちらは、逃がそうと思うに相違ありませぬ」

「呼ぶかの、七ツ家を」

「恐らくは……」

「確実に呼ばせるために、噂《うわさ》を流してくれよう。捕虜となった女子供は売り飛ばす、とな」

「それならば間違いなく七ツ家を呼びましょう」

だが、この時既に、勘兵衛に率いられた七ツ家の者五人が、武田の雑兵《ぞうひょう》に混じっていたのである。

三

雑兵には、領地の民百姓から成るものと、戦を求めて流れ歩く者たちから成る二種類があった。

いざ戦になった時、領地を持っている者は、容易に領民を駆り出すことが出来るが、仕官して間がなく、まだ扶持《ふち》に見合うだけの家人《けにん》すら雇い入れていない者は、金を払って流れの者を雇うしかなかった。

天文十二年のこの頃になると、田畑は戦で荒らされ、家族も戦でなくし、身一つになった領民の数が急増していた。彼らは日々の食い扶持《ぶち》さえ宛《あて》がわれれば、どこへでも流れて行った。

信濃に攻め入り、領土の拡張を目論《もくろ》む武田にとって、雑兵の頭数は多いほどよかった。そこで、流れ者と知りつつ相当数を雇い入れていたのである。

武田家に仕えてようやく半年になった山本勘助も、雇い入れた一人だった。

「手柄を立てねば」

晴信に経歴を買われ、知行三百貫で召し抱えられた勘助は、それに見合う手柄を、と焦っていた。

しかし、長窪城の戦いでは、才を見せ付ける場はなかった。城を取り囲んだ軍勢に穴はなく、落城は目に見えていた。楽勝に終わる戦いでは、腕の振るいようがなかったのだ。しかも武田には、抜け駆けを禁ずる法度《はっと》があった。法度を守りながら、晴信の目に留まるには、何をすればよいのか、勘助にしても思案に余った。

「手柄を立てさせてやるぞ。何か策があれば遠慮のう申せ」

雇い入れた足軽に言った。その足軽の身体の動きには無駄がなかった。機敏だった。幾つもの戦場を経て来なければ身に付くものではないことは、勘助自身がよく知っていた。左目と左膝《ひざ》の勝手を奪われ、左右の指を二本ずつ欠くことで身に付けた感覚だった。にもかかわらず、その足軽の五体は揃っていた。

(一対一で向き合えば、此奴《こやつ》の力量は儂より上かもしれぬ)

足軽の名は権六《ごんろく》と言った。

権六は、腕を組み暫く考え込んでいたが、やがてニヤリと笑うと、怒らないか、と訊いた。

「申せ」

「ならば、正直に申しますだ」

権六の話に勘助は飛び付いた。

§

権六の話とは——。

「儂らは、武田方でも大井方でも、どちらでもよかったのですだ。そこで、どちらが強いか考えただ。武田は兵の数が多い。では、大井はどうか。大井には村上方から送られた塩硝が蔵に唸《うな》っている。塩硝が沢山あれば戦の勝ち負けは分からなくなるからの。儂ら迷った末に武田に付いたんだけんど、ところが、どうだね。大井方は火薬を使って戦うことなく負けそうでないか。ならば、城の明け渡しに反対する者が、取られるより爆破してしまおうなどと動く前に、あの塩硝を武田の御殿様が取れば、と思っただ。そっすれば、後々が楽でねえのかな」

「塩硝か、気付かなんだわ」

塩硝に硫黄と炭を混ぜれば黒色火薬になる。だが、黒色火薬の需要を高める鉄砲が戦の主力になるのは、織田信長が長篠《ながしの》の合戦で晴信の息《そく》・勝頼を破ってからである。この時点で、塩硝に目を付けた権六の眼力を褒めるべきだろう。ちなみに、勝頼が生まれるのは、三年後のことである。

「御屋形様に掛け合《お》うてくるわ。供をせい」

「勘弁してくんろ」

「どうしてだ？　このような機会は滅多にあるものではないぞ」

「儂は出世しようとは思わねえだ。おまんまが食えればいいだよ」

「欲のない奴だの」

勘助を見送った権六は、楯《たて》の上にごろりと横になると、たちまち軽い寝息を立て始めた。

「もう寝ちまっただよ」

側《そば》にいた足軽が笑いを含んだ声で言った。

「権六は、はァ、寝付きがいいだよ」

別の足軽が答えている。

それらの遣《や》り取りを、陣幕の陰に隠れて聞いている者がいた。本陣に行った筈の勘助だった。

勘助は、それで見極めを付けたのか、陣幕から離れて行った。

(用心深い奴よ……)

これ以上、出過ぎた物言いは危ないの。権六は寝返りを打つと、大きな屁《へ》を放った。

§

晴信の答えは、焦るな、だった。

「塩硝の蓄えなら、武田にもある。城明け渡しの後でよいではないか」

「しかし、爆破されるか、水を注《さ》されますと」

爆破されるだけでなく、せめてもの抵抗にと、火薬類に水を注されることがあった。濡《ぬ》れたものは乾かせば使えたが、溶けて流れ、量は大幅に減ってしまう。

「それ程ほしくば、開城を待って塩硝蔵に駆けるがよいわ」

許しを得た勘助は、降伏に次ぐ開城とともに塩硝蔵に駆け付けた。城の各所で武器が集められているのを尻目に、勘助らは走った。

蔵の警備をしていたのは、降伏勧告の使者として城中に入っていた教来石景政の手の者だった。

「御役目御苦労に存ずる」

勘助は晴信の一札を取り出し、教来石家の家臣に見せた。塩硝及び火薬の扱いを勘助に任す旨の文言が認《したた》められている。

「確かに」

「一応確かめたいのだが」

蔵の戸が開いた。木の樽《たる》に詰められた塩硝、硫黄、そして黒色火薬が並んでいた。

警備が勘助の手に移った。

「隊将」と権六が、勘助に言った。「教来石様というのは、偉い御方なのかね?」

「旗本組の中でも御屋形様の信頼が一番篤《あつ》い御方だが、それがどうした?」

「だったら、御役目を代わりました、と挨拶《あいさつ》しておいた方がいいんでないか。何せ隊将は、新参だからの」

「そうだな……」

「ここは心配いらねえだ。何かあったら、騒ぐしな」

「よし、では、一寸《ちよつと》行って参ろう」

「待ってくんろ」

権六の背後から回り出た足軽が、勘助の襟許を合わせ、裾の埃《ほこり》を払った。

「おっ、済まぬ」

勘助が左足を引き摺《ず》りながら本丸の方に走った。勘助の姿がすっかり見えなくなるのを待ち、権六が数名の足軽に目配せをした。その足軽らは、周囲の足軽らに当て身を食らわせると蔵の中に放り込んだ。権六と仲間の五人が蔵の前に残った。

「運び出すぞ」

懐から太縄で編んだ袋状のものを取り出すと、塩硝の樽を落とし入れ、背負った。重い。肩に縄が喰《く》い込んだ。しかし、慣れてしまえば、重さは問題ではなかった。重さは、膝で持ち堪えられた。

「泥目よ」

権六の言葉遣いを改め、勘兵衛が言った。

「はっ？」

「見事だったぞ」

襟許を直す振りをして、晴信の命令書《めいれいがき》を勘助の懐から掏摸《すり》取っていた。命令書があれば、見張りの兵に咎《とが》められることもない。

「城を出たら、駆けるぞ」

§

見張りの詰所を抜け、六人の足軽が駆けて行く。

樽を担《かつ》いでいるにしては、走り方に余裕があった。

(いい走りだの……)

六人に気付いたのは、ヌメリだった。

見張りの任は解かれたが、城の四囲を見回っていたところで、目にしたのである。

「今の者どもは、何を運んでおったのであろうか」

駆け付けたヌメリが、見張りの兵に、《かまきり》に配られている鑑札を見せながら訊いた。

「御屋形様の御命令で火薬を運ぶ者どもにございます」

「火薬を？　城中からか」

「左様にございます」

「して、いずこに運ぶと申しておった？」

「万一の爆発に備え、山中に置くと」

「何？」

そのための塩硝蔵ではないか。なぜ塩硝蔵に置けないのか。

（訊かずばなるまい）

ヌメリは後を追った。

追っている間に、足軽どもの足の運びと呼吸が合った。足軽どもの走りには、乱れがなかった。六人が、同じ呼吸で走り続けている。並の足軽の走りではなかった。

（まさか……、七ツ家か）

懐を探り、竹筒に仕込んだ狼煙《のろし》を手にした。狼煙を上げれば、《かまきり》を集めることが出来る。

足を止め、狼煙を取り出した。その時だった。前を走っていた足軽の姿が、微《かす》かに白く煙ったのだ。

（……!?）

狼煙を手にしたまま、目を凝らした。その途端、目に激痛が奔《はし》った。

（ぬかった）

微塵《みじん》のような竹に次いで、鉈の刃がキラキラと輝いて飛び交う様が思い返された。

急いで地に伏せた。だが、鉈が飛び来る気配はなかった。

手で胴火を探り、蓋《ふた》を開け、狼煙の火縄に火を点《つ》けた。火薬のにおいを残し、中天から炸裂音《さくれつ》が聞こえて来た。

待った。《かまきり》の誰かが駆け付けて来るのを待ちながら、水を入れた竹筒の栓を抜き、目を洗った。細かな竹の粉が頰《ほお》に流れ落ちた。

四

七ツ家の隠れ里は、今で言うと南アルプスの赤石山系兎岳《うさぎだけ》の南稜《なんりょう》にあった。この地を隠れ里に定めて七年になる。それ以前は戸隠《とがくし》に、更に一代 溯《さかのぼ》ると上信越の国境近くにあった。ほぼ十年ほどで隠れ里を移していることになる。十年も経つと、狩りをして流浪する山人《やまびと》や、里人《さとびと》に知られるということもあったが、必ずしも知られたから移るという訳ではなかった。長く居たから移る。ただそれだけだった。

七ツ家は、恰度《ちょうど》戦国期に入った頃、奥州の山の民七家が集落を離れ、独立したところから始まる。

《離れ》と呼ばれた彼らは、次第に南下して行くとともに土地の豪族同士の争い事などに巻き込まれ、また金銀を得るために自ら飛び込み、いつの間にか忍びもどきの武芸を身に付けていった。その頃には、《七ツ家》と称するようになっていた。

束ねは代々勘兵衛を名乗るが、世襲ではなく、小頭や長老らの寄合によって決められた。現在の勘兵衛で六代目になる。

七ツ家は、その名の通り、一の家、二の家、三の家、四の家、五の家、六の家、七の家の七家七軒から成り立っていたが、没したり、他家を継いだりしている間に、今では三家系になってしまっている。そうなると、血縁同士で子を成さざるを得なくなる。それを案じたのが、三代前の勘兵衛だった。戦乱で二親や兄弟を亡くし孤児になった者を、赤子に限り拾い育てることにしたのだった。市蔵も、楓も、拾われた赤子だった。

さて――。

長窪城から塩硝を盗み出した勘兵衛らは、久し振りに隠れ里に戻っていた。

塩硝に硫黄と炭を混ぜ、黒色火薬を作るためだった。

それを何に使うのか。

「岩山を崩すのよ」

勘兵衛が言った。

「何と!?」

勘兵衛の次男・勘伍《かんご》ら七ツ家の留守を守る者たちが口々に叫んだ。

「龍神岳城という山城がある。切り立った崖《がけ》の上にあってな、難攻不落の城として聞こえているのだが、その城を丸ごと崩してしまおうと考えたのだ」

「そのようなことが、出来るのですか」

「出来る。中にとてつもなく大きな洞窟があり、そこに山の頂からではなく入ることが出来れば、な。儂は前にそのような洞窟を見たことがあるから言えるのだが、あの山には洞窟もあれば横穴もある。と思って土蜘蛛に調べさせていたら、どうやら見付けたらしいのだ」

「信じられません。実《まこと》ですか」

勘伍が源三に訊いた。

「おうよ、我らも聞いた時は驚いたわさ」

勘兵衛が源三らに打ち明けたのは、晴信に反旗を翻した長窪城に、村上義清から塩硝が送られたことが分かった時だった。

「後は、大量の塩硝をどうやって手に入れるかだったのだ」

山駆けをする七ツ家にとって、硫黄の入手は簡単なことだった。だから、大量の塩硝さえあれば、直《す》ぐにも大量の火薬が作れたのである。

「しかし、どうして、そのようなことを？」

勘伍が、儘《まま》ならぬ半身を投げ出すように前に押し出した。

「我らは寅王君を今川に落とす件を請け負うたがため、武田を敵に回してしまった。武田の《かまきり》は、北条の風魔と同様、侮れぬ者どもだ。その《かまきり》が我らを根絶やしにすると息巻いている。既に聞いているだろうが、天鬼坊が彼奴《あやつ》らの手に掛かってしまった。残忍な殺されようであった……」

両腕と両足の腱《けん》を切り、更に顎《あご》を砕いた上で、膾《なます》のように切り刻んだのだ。しかも、遺骸を木から吊《つ》るしていた。

見付けたのは、天鬼坊を探しに出た夜鴉だった。土地の老婆に化けた夜鴉は、木立の下を行き過ぎることしか出来なかった。《かまきり》が見張りを配していたからである。天鬼坊は肉が腐って地に落ちるまで、空中に晒《さら》されていた。

「それで終わった訳ではない。此度《こたび》の長窪城のぐるりは、《かまきり》によって封じられていた。あれが我らを狙ってのこととなると、厄介な話になる。今後、武田絡みの務めを受ける時は、死闘覚悟で臨まねばならんからの。では、奴らを黙らせるには、どうしたらよいか。手出し出来ぬようにすればよいのだ。力を見せ付けてな」

それが裏の理由だ、と言って勘兵衛は言葉を切り、続けた。

「表の理由もある。龍神岳城・前城主の忘れ形見・喜久丸様の仇討ち助勢だ。七ツ家は私利私欲ではなく、義で動くと知らしめることが出来る。この乱世にあって義を貫くは至難の業だ。以後どの土地に流れて行こうと、義の者として軽々には扱われなくなるだろう」

「そのように、思い通りになりましょうか」

「分からん。が、今我らは《かまきり》に狙われている。ただひたすら戦うならば、頭数の多い方が有利となるだろう。《かまきり》の人数は知らぬが、恐らく我らより多いことは間違いない。甲斐源氏・武田の闇《やみ》を支えて来たのだからな。ならば、我らとしては生き延びる道を模索せずばなるまいと思うたのよ」

「勝算をお聞かせ願えましょうか」

「やるまでだ、としか言えぬ」

「束ねがそこまで言われるならば、俺に異存はございません」

勘伍は、火の気のない囲炉裏《いろり》の前に座っている長老に聞いた。

「いかが思われますか、思うところをお聞かせ下さい」

長老は、白く長く垂れた眉毛《まゆげ》を指先で揉《も》むと、六代に任せる、と答えた。

「思うようにやるがよい。と申しておいて何だが、一つだけ注文がある」

「何でございましょうか」

勘兵衛が居住まいを正した。

「儂に、死に場所を作っては、くれぬかの」

長老は歯の抜けた黒い口を開けて、声もなく笑った。

五

──六日後の巳《み》ノ中刻《ちゆうこく》（午前十時）頃に、喜久丸を龍神岳の崖下まで連れて来てくれ。落ち合う場所の詳細は石文字に残しておく。

石文字とは──。

小石の並べ方で、東西南北いずれの方向にどれだけ進めばよいかを教える、木印に代わる方法だった。

市蔵は喜久丸のいる草庵に飛んだ。

隠れ里を出、赤石沢を下り、伝付《でんつく》峠を越える。更に早川を溯り、夜叉神《やしやじん》峠を越えて韮崎《にらさき》に出る。そこまで行けば、市蔵の足をもってすれば、草庵に着いたも同然だった。

市蔵が草庵に姿を現わしたのは、隠れ里を発《た》って二日後のことだった。

「駆けるぞ。遅れるな」

市蔵は、着くや否や山駆けに従うよう命じた。

駆けた。慣れた山道を、下り、上り、跳び、喜久丸は市蔵の後に付いて駆けた。半刻が過ぎた。だが、市蔵の足はまだ止まりそうにない。

（どこまで行くのか……）

不安に思った訳ではない。問い掛けようと思ったのでもない。どこかに行くなら、行くだけのことだ、と思っていた。駆けた。市蔵の姿を見失わないように、ひたすら駆けた。息に乱れはなかった。そのための鍛練だった。

木立が密集している林に入った。露出している土はない。苔《こけ》と雑草が地表を被《おお》い、木立が視界を遮っている。市蔵が駆け込んで行った。喜久丸も続いた。倒木を越え、蔦《つた》を掻《か》き分け、それでも速度を落とさず、駆けた。

市蔵の姿が消えた。

苔や草から踏み跡が消えている。

木肌を見回した。

（あった！）

市蔵は、立木で跳ね、後ろに回ったのだ。

跳んだ。跳び退《の》き、草に伏せ、気配を探った。市蔵の気配は絶えていた。

（試しておるのか……）

存分に試すがよいわ。喜久丸は、草庵に戻ることにした。戻る途中で襲うのであろう。手は見えていた。

密集した木立を抜け、駆ける速度を上げた。木が草が、後ろに流れた。

日は既に大きく傾いていた。間もなく山は闇に閉ざされることになる。闇には慣れていた。

（気配だ。気配さえ読み取れば、勝機はある……）

駆けた。谷へ下り、崖を上り、木立の根方で休み、そっと立ち上がり、徐々に速度を上げた。山の傾斜で、日の沈む角度で、自分のいる位置と草庵の在り処《あか》の大凡《おおよそ》の見当は付いた。後は勘を頼りに走るだけである。

日が沈んだ。黒い幕が掛けられたように、闇が忍び寄って来る。

二十間（約三十六メートル）先に倒木が横たわっていた。倒木を蹴り、宙に跳ぶ。

そうしようとして、何かを感じた。

（いる！）

喜久丸は倒木を蹴り、後転し、地を転がり、草に隠れた。

（どこだ？）

気を鎮め、探った。気配がない。辺りを窺いながら、倒木を回り込んだ。倒木の腹に長鉈が打ち込まれていた。

抜こうとした。手を伸ばした。その途端、倒木の下の土と枯れ葉を跳ね上げて、市蔵の手が伸び、喜久丸の手首を握り締めた。

§

「いよいよ仇討ちだぞ」

草庵に戻りながら、市蔵が言った。

「まだ、いつだと明言は出来んが、よう耐え、よう修行した」

喜久丸の呼気が乱れた。昂《たかぶ》り、波打っている。喜久丸の息遣いを背後に聞きながら、市蔵は勝手に話した。

「二年か三年は掛かると思っていたが、そなたには天分があった。僅か一年余で、驚くべき成果を見せてくれたわ」

市蔵は七ツ家の衆と落ち合う日を喜久丸に告げた。

「その日までにすることがある」

「……？」

「火薬を作るぞ。そなたの腰に提げておく火薬をな」

楓の腰に提がり、喜久丸の指を飛ばした竹筒に忍ばせた火薬。あれを作るのか。思わず喜久丸は市蔵の背を見詰めた。

「使い方さえ間違わねば、火薬は最強の武器になる。作り方をよく覚えておくのだぞ」

「……心得た」

「うむっ」

市蔵は振り向くと、少し駆けるか、と言った。

「身体が冷えて来たわ」

§

翌朝、起床とともに火薬作りを始めた。

市蔵が蔓《つる》で籠《かご》を編んでいる間に、喜久丸は厠の土を掘り起こした。尿を浴びた葉が土に溶け、饐《す》えたようなにおいを発している。

「それが塩硝土だ」

市蔵は編み上げた籠の底に毟《むし》り取って来た葉を敷き詰めると、塩硝土を入れて枝に吊るし、水をそっと注した。

籠の底から、塩硝を溶かした水が滴り落ちる。鍋《なべ》に受ける。それを何度か繰り返し、鍋を満たした。

「煮詰めるぞ」

鍋を火に掛ける。時間を掛け、ひたすら煮る。水量が減っていった。鍋の縁が白っぽくなった。小枝の先で湯の中にこそぎ落とし、更に煮る。鍋底が白くなった。

鍋を火から降ろし、冷えるのを待った。

鍋底に白い粉粒《こなつぶ》のようなものが残った。

「見てみろ」

市蔵は指先で粉粒を摘《つま》むと、残り火の上にそっと落とした。

弾けるように火を噴き上げて燃えた。

「おっ」

と喜久丸が声を上げた。

市蔵は、粉粒を長鉈の柄で丁寧に磨《す》り潰《つぶ》すと、鍋の中に粉にした硫黄と炭を入れ、指の腹でそっと混ぜた。

「分量を覚えておけ。塩硝が七、硫黄が一つ半、木炭も一つ半だ」

「忘れぬ」

夕方までには、細い竹筒を半分満たす程の火薬が出来上がった。

市蔵は枯れ竹で作った筒に火薬を詰めると、

「受け取れ」

喜久丸に渡した。

「その重さを覚えておくがいい」

「……………」

「そなたが草庵で暮らした日々の重さだ」

(これだけ……)

たったこれだけでしかないのか。闇に脅《おび》え、孤独に耐え、山を駆け、指を失い、そうして過ごした日々が、これだけの重さでしかないのか。

「分かるか。この草庵での日々など、そなたの一生のうちの僅かでしかないのだ」

「しかし、……かけがえのない日々でした」

「そうだ。それを生かすも殺すも、これからのそなたの生き方一つだ。ここで過ごした日々の証《あかし》として腰から提げておけ」

喜久丸は竹筒を押し戴《いただ》くようにしてから、腰紐《こしひも》に結わえた。

翌朝、草庵を畳んだ。

楓の墓だけが残った。

第九章　二ツ誕生

一

約束の刻限の四半刻《しはんとき》（三十分）前に龍神岳の崖下《がけした》に着いた市蔵と喜久丸は、石文字に従って崖の真下にある岩場に向かった。

独り夜鴉が、二人を待って大岩の陰に身を潜ませていた。

「東ねは、どこに？」市蔵が訊《き》いた。

「中だ」

夜鴉が崖の岩肌を指さした。

「中!?」

「土蜘蛛が見付けた洞穴の中だ」

夜鴉に導かれ、岩陰に回った。岩の底を穿《うが》つように小さな穴が口を開けていた。

腹這《はらば》いになり、腹と背を、土と岩に擦り付ければ通れるだけの穴だった。流れ出した水が土を削り、穴となったのだろう。

「岩は動かんのだろうな」

潜《もぐ》っているうちに岩が転がり出せば、身体中の骨が粉々に砕けるに違いない。

「何戯《たわ》けたことを言っているのだ」

声に続いて土蜘蛛が、穴から這い出して来た。

「待っておれ。もそっと楽に通してやるわさ」

土蜘蛛は、小さな鍬《くわ》を使って穴を広げ始めた。

「それくらい広ければ、十分だ」

途中で市蔵が声を掛けた。

「そなたらのためだけではないわ」

「……………？」

土蜘蛛は、掘った穴に頭を差し込んでは、何かを確かめながら尚も鍬を使っていたが、やがて掘る手を止めると、

「待たせたな」と言った。「入ってみろ」

穴は真っ直《す》ぐ延びていた。

穴の奥では蠟燭《ろうそく》が灯《とも》されているのだろう、岩肌を照らす明かりが揺れている。市蔵

に続いて喜久丸が穴を潜り抜けた。

狭いところだった。勘兵衛、源三、泥目、人影だけでも狭苦しいところに市蔵と喜久丸が入ると、身動きが取れなくなった。

そこに強引に入って来た土蜘蛛が、

「もう少しの辛抱だ」

と言い残して、蠟燭を手に岩の隙間《すきま》に入って行ってしまった。だが、暫《しばら》くすると足から戻って来て、

「ここからも行けるかと思ったが、行き止まりだったわ」

また別の隙間に潜って行った。

「どこに行こうとしておるのだ？」

喜久丸が市蔵に訊いた。市蔵にも分からなかった。市蔵は勘兵衛に尋ねた。

「洞窟《どうくつ》だ」

「洞窟!?」

市蔵と喜久丸は顔を見合わせた。

「この岩山の中には、くねくねとした洞窟や、城がすっぽり入るほどの隙間があるのだそうだ。目の当たりにしたのは、今のところ土蜘蛛だけだがな」

源三が手首を蛇のように動かした。

「喜久丸」

勘兵衛が呼んだ。

「はっ」

「そなたは、この岩山の頂から地中に潜ったことがあったのだな？」

「ございました」

「岩肌は、溶けたようにつるつるとしてはおらなかったか」

「……そこまでは、よく覚えておりません」

「そうか」

「しかし、水場は随分と深くにあるのだ、と聞いたように思います」

「泉があるのだ」勘兵衛が言った。

「泉、でございますか」

源三が驚いたような声を出した。

「土蜘蛛が案内してくれるわ。待っておれ」

勘兵衛の言葉が終わらぬうちに、土蜘蛛が戻って来た。

「泥目、目のよいところで頼む」

「おう」

泥目が土蜘蛛に続いて、岩の隙間に消えた。

狭い洞窟ならば、蠟燭の明かりで十分見て取れた。しかし、洞窟の幅が広くなると、蠟燭の明かりでは岩肌まで光が届かなくなる。闇を見通す泥目の目が必要となるのだった。

「我らも、手伝ってやるか。これまでは、中が危ないといけないからと、土蜘蛛が一人で調べていたのだ。蠟燭の明かりだけでな」

勘兵衛が外にいる夜鴉に、光を寄越《よこ》せ、と命じた。

「儂らが入っても大事ないと確かめるまで、十日程くれと言ってな。そして、今日になったのだ」

一条の光が地を這うようにして穴を抜け、五人のいる内部に射《さ》し込んで来た。夜鴉が、日の光を長鉈《ながなた》の刃に映したのだ。

「市蔵、光を源三に繋《つな》げろ」

(そうか、土蜘蛛が穴を広げていたのは、このためだったのか)

市蔵は合点すると、光を長鉈で受け、土蜘蛛と泥目が入って行った岩の隙間辺りに当てた。源三が、更にそれを隙間の奥へと送り込んでいる。

「束ね、中は徐々に広くなっているようですな」

「よし、光が動かないように留《とど》めろ」

勘兵衛が、棒を市蔵と源三に渡した。二人は、長鉈の刃を棒に食い込ませ、傾き加減を整えた。

「入ってもよろしいでしょうか」

源三が勘兵衛に尋ねた。

「無理はするなよ」

「俺も行こう」

人影が言った。

「穴が分かれていたら、そこに留まり、土蜘蛛の指示に従う。分かっているな？」

「承知しています」

源三は勘兵衛と喜久丸の長鉈を借り受けると、もう一方の手に棒を持ち、岩の隙間に入って行った。人影が続いた。

§

「土蜘蛛と泥目が、来るようにと言っています」

源三の声が穴の奥から聞こえて来たのは、間もなくだった。

「行くぞ」

市蔵と喜久丸は勘兵衛の後に従った。

「気を付けろ。岩が出ているぞ」

前にある蠟燭の灯は勘兵衛に隠れ、後ろから射す長鉈の光は喜久丸が塞《ふさ》いでいた。市蔵は闇《やみ》の中を這った。ひどく湿った土も岩も、心地《ここち》好《よ》いものではなかった。舌打ちしたいのを堪《こら》えて、市蔵は進んだ。勘兵衛が穴を抜けたらしい。蠟燭のか細い光が届いて来た。

「喜久丸、もう直ぐだ」

市蔵は穴を出ると、喜久丸に手を貸した。喜久丸が抜けた。光の束が通り、茶褐色のぬるぬるとした岩肌を照らし出した。

「まだまだ、着いてはおらんぞ」

源三が光の束を長鉈に当てた。光が折れ、奥に奔《はし》った。自分のいるところが、八畳程の広さであることが、喜久丸にも分かった。奥を見た。蠟燭と長鉈を手にした勘兵衛がいた。足許《あしもと》に穴が開き、綱が降ろされている。勘兵衛の手にした長鉈が、光を下に跳ね返した。穴の入り口がぬめぬめと光っている。

（人の身体の中は、こうなっているのではないか）

市蔵は思ったが、ただ黙って頭を巡らせた。

「束ね！　降りて下さい」

穴の底から土蜘蛛の声が跳ね上がって来た。勘兵衛は長鉈を市蔵に任せると、蠟燭を手にして穴に消えた。

長鉈を棒に食い込ませ、岩棚に立て掛け終えた源三が、勘兵衛に続いた。市蔵は喜久丸を先に降ろしてから、長鉈が跳ね返す光の向きを按配《あんばい》し、穴を下った。

抜けた。あちらこちらに蠟燭の灯がきらめいていた。広い。先程の広さの比ではなかった。とてつもない広さだった。

「市蔵、そこをどけ」

愕然《がくぜん》として立ち尽くしている市蔵を脇に押し退《の》けると、源三が穴の底に長鉈を寝かせた。光が天井に跳ねた。高い。遥《はる》かな高みで光がきらめいた。

「ここに」と勘兵衛が、手許にある岩の二寸（約六センチ）程上を指さしながら源三に言った。「光をくれい」

源三は棒を組み合わせて台を作ると、長鉈を置いた。光が横に奔り、指さされた岩の上に射した。勘兵衛が懐からギヤマンの小壺《こつぼ》を取り出して、岩の上に置いた。光の束が、ギヤマンの中で弾《はじ》けて散った。

「………」

そこにいた全員が、息を呑《の》んだ。

天井の至るところから岩が垂れ下がっており、床岩に着くかと思うと、床からも岩が筍《たけのこ》のように伸びていた。それらのことごとくがしっとりと水に濡《ぬ》れ、ギヤマンの光を照り返して輝いていた。広かった。寺の僧堂がすっぽりと収まる程の広がりがあった。

「喜久丸」

勘兵衛が言った。

「この洞窟を辿《たど》って行けば、恐らく城に出る筈《はず》だ」

「実でございますか」

喜久丸が、声を弾ませて天井を見上げた。

「微《かす》かですが」と、土蜘蛛が言葉を添えた。「上方から風が吹いて来ています。それはすなわち、二か所以上の穴のある証《あかし》ですから、俺もそう思います」

「では、ここから攻め込むのですか」

「それも方法だが、我らがここに入ったは、城に抜けるためではない」

勘兵衛が、諭すような口調に変えた。

「今ここから攻めれば城は取れるが、それでは仇《かたき》は討てぬ。仇は戦にならなければ、この城には入らんからな。我らはまず、仇どもを館《やかた》から城に移すことから始めねばならん。その上で、城を崩すのだ」

「崩す、のですか」

「そうだ。その時、儂と喜久丸は崩れ落ちる城の本丸にいることになる。逃げる方法は別に考えているが、何が起こるか分からぬ故、洞窟の隅々まで知っておかねばならんのだ」

勘兵衛は組んでいた腕を解くと、喜久丸の肩を摑《つか》んだ。

「仇は逃げぬ。いや、逃げられぬ。今少しの辛抱だ」

二

喜久丸の父・芦田虎満を討ち、芦田宗家の座に就いた芦田満輝は、満ち足りた日々を送っていた。

戦働《いくさばたら》きにより晴信の信頼を得ていたことと、一族内に、かつての己のように宗家に弓引こうとしている者が見受けられないことが、満輝の日々を安泰なものにしていたのである。

（やはり、儂は間違《まちご》うてはおらなんだのだ）

余裕は酒を招き、その夜もいささか飲み過ぎてしまった。寝所に横たわりながら、揺れるような酔いは剣に通じているのではないか、と満輝は考えていた。

（企《たくら》まず、無駄な力は加えず……）

常に酔っておれば、儂は剣で生きられるかもしれぬ。闇の底で満輝は笑おうとした。だが、そのまま頬《ほお》を強《こわ》ばらせた。

（誰かが、いる……）

宿直《とのい》の者は、襖《ふすま》一枚隔てた次の間にいる筈だった。断りもなしに、寝所に入って来ることはない。では――。

（何者なのだ？）

確かなのは、誰かが宿直の者に気付かれもせず、彼《か》の者らよりも近くに潜んでいるということだった。

満輝は、身動きせずに辺りを探った。

（どこだ……？）

足許の闇が一際濃く感じられた。

（あそこか……）

跳び起きる。刀を取る。鞘《さや》を払い様に斬《き》る。その速度と、相手の斬り付ける速度と、どちらが速いかが生死の分かれ目だった。

掌に汗が浮かんだ。柄《つか》を握る手が滑ってしまう。掌をそっと夜具に押し付けて、汗を吸わせた。

呼吸《いき》を、闇に潜んでいる者の呼吸を、計ろうとした。吐いた瞬間に行動に移せば、息を吸うだけの間《ま》を得られる。

（読めぬ……）

剣技に掛けては滅多に後れを取らぬ満輝だったが、その者とは技量が違った。

（出来る。何者なのだ……。なぜ仕掛けて来ぬ）

動悸《どうき》が激しくなった。心が乱れた。乱れた中で、一つの考えに行き着いた。

（儂を殺しに来たのではないのだ）

そうだと思えば、仕掛けて来ないことも頷《うなず》けた。

（脅かしおって）

ほっと安堵《あんど》の息を漏らし掛けた時、満輝の心の動きを嘲笑《あざわら》うかのように、足許から殺気が立ち昇った。闇の底が赤く燃え立つような殺気だった。

（………!!）

掌から汗が噴き出した。粘るような汗だった。

（駄目だ。今襲われたら、到底逃れられぬ）

顫《ふる》えた。死の恐怖で、満輝は初めて顫えた。

§

宿直《とのい》番をしていた藤巻征四郎《ふじまきせいしろう》は、異様な気配を察知し、同役の金子鹿之介《かねこしかのすけ》を次の間に残し、中廊下を渡った。

遠くから叫ぶような声が切れ切れに届いて来る。

（何が起こったのだ？）

中廊下を走り、中庭に面した戸を開けた。

火矢が飛んでいた。数は少なかったが、火薬を仕込んでいるらしく、刺さった後炸《さく》裂《れつ》し、炎を噴き上げている。それが一方向からではなく、四方から飛び来ては、館の各所に火の手を上げていた。

「敵襲でござる。お出合い召されい」

征四郎は聞こえて来た叫び声と同じ言葉を数度繰り返して叫ぶと、中廊下を走り、次の間に戻り、襖越しに満輝に声を掛けた。

「敵襲にござります」

しかし、返事はなかった。

「……………」

征四郎は暫時ためらった後、襖を開け、

「敵襲に……」

そこまで言って征四郎は後の言葉を呑み込んだ。

床の間《とこのま》を背に、満輝が刀を構えて立ち尽くしていたからだった。

「殿」

征四郎は寝所に膝《ひざ》で入り、敵襲を告げた。

「そこに」

と満輝が、襖近くの暗がりを顎《あご》で指した。

「誰もおらぬのか」

征四郎は暗がりに目を遣《や》った。誰もいない。

「おりませぬ」

「何？」

「いかがされました？」

満輝は膝から床に崩れ落ちると、肩で息を吐《つ》きながら、大声を張り上げた。

「敵襲とは、実か」

「御意」

「誰だ？　まさか武田ではあるまいな？」

「それが、分からぬのでござります」

「わ、分からぬ……だと？」

走った。満輝は先頭に立って中廊下を走った。火急を知らせる者からの報告は、走りながら聞いた。

火の手はすべての館から上がっていた。

「最早《もはや》、手の施しようがござりませぬ」

火矢が射込まれる前に、油がたっぷりと撒《ま》かれていたのだ。

「あれを！」

中庭の片隅を鹿之介が指さした。

飛んで来た火の粉が落ちたかと思うと、ぼっと炎が上がり、それが炎の川となって館目掛けて押し寄せて来ていた。

鹿之介が庭に飛び降り、足で砂を蹴《け》った。足袋《たび》に油が染み込み、それに火が付き、転げ回っている。

「池に飛び込め」

叫んだのは、満輝の弟・輝国《てるくに》だった。輝国は、辛夷館《こぶしやかた》の敷地内にある己の館が炎に包まれているにもかかわらず、駆け付けて来たのである。

「誰だ、攻めて来たのは誰なのだ？」

満輝が叫んだ。

「分かりませぬ」

輝国が答えた。

「そなたまで、何を戯《たわ》けたことを申しておるのだ。儂が見てやる。敵は、どこだ？」

「だから、分からぬのです」

「何だと!?」

「姿が見えぬのでござります」

「どういうことだ？」

(攻めて来たのではないのか)

満輝は、その場に居合わせた者の顔を見回した。

三

辛夷館は、夜を焦がして燃え続けた。炎を噴き上げ、崩れては火の粉を舞い上げ、執拗《しつよう》に燃え続けた。

兄の一統を抹殺せんと攻め寄せた時にも、火には十分気を付けるよう厳命し、無傷で手に入れた念願の居館だった。

それが今、誰とも分からぬ者の手で燃え上がっている。

（誰だ、誰が火矢を放ったのだ？）

しかし、芦田満輝に考えている余裕はなかった。

混乱は襲撃の好機だった。

（敵襲があるやもしれぬ）

満輝は主立った家臣団とともに夜道を駆け、十町離れた龍神岳城に逃れ、館の最期を呆然《ぼうぜん》と見下ろした。

同じ頃――。

喜久丸は生まれ育った館が燃え落ちるのを、百姓に扮《ふん》して間近で見ていた。

草木は熱風に騒ぎ、大地は熱せられて白い煙を吐き出している。

喜久丸の全身を熱風が吹き抜けて行った。熱い。髪の毛が焦げ、縮れた。

だが、立ち去る気にはなれなかった。見届けたかった。父が生まれ、母が嫁ぎ、姉と自分が生まれた館が灰になるのを、見届けたかった。

涙は流れるより先に乾いた。

(これで来年は、辛夷は咲かぬな)

不意に、そんなことが思い浮かんだ。

また一つ殿舎が崩れた。火の粉が舞っている。炎の中に白い辛夷の花を見た気がした。

「そこで何をしておる」

炎に見蕩《みと》れ、気付かなかった。戦仕度をした四人の兵が走り寄って来た。敵襲に備え、見回っていたのだろう。

「何とか言わぬか」

一人が喜久丸の肩口を小突いた。

炎に炙《あぶ》られ続けていた喜久丸の心に火が点《つ》いた。

「下がれ、無礼者めが」

「此奴《こやつ》、百姓ではないぞ。引っ捕えい」

左右から喜久丸の袖口《そでぐち》を摑もうとした。一方の腹を蹴り、他方の胸を突き飛ばし、喜久丸は山刀を抜いた。

「容赦するな。手に余れば斬れ」

四人が刀に手を掛け、抜いた。刀身に炎が映り、赤い棒に見えた。

「掛かれ」

一人が上段から刀を振り下ろした。喜久丸は身体を沈めながら懐に潜り込むと、脇腹を山刀で抉《えぐ》り、擦り抜けると同時に、二人目の咽喉《のど》を掻《か》き斬った。瞬く間に、二人が血飛沫《ちしぶき》を上げて、地に這った。

喜久丸は身体の動きの速さに自身で驚き、声に出して、残った二人に言った。

「動くものだな」

二人には言葉の意味が分からなかった。彼らに分かっていたのは、目の前に火を点けた者がいるということだった。

二人が同時に掛かって来た。一人目の刃風を寸で躱《かわ》して間合を消し、逆袈裟《ぎゃくけさ》に斬り上げた喜久丸は、地を転がって二人目の足許に行き、伸び上がりながら顔を二つに割った。

「ぐえっ」

顔面を割られた兵が、のたうち回っている。

「見事だ」

喜久丸は、声より早く飛び退くと、振り向きざまに身構えて背後を透かした。

「俺だ」

市蔵だった。

「改めてそなたを見直してしまったが、少し目を離しているとこれでは、おちおち一人に出来んな」

勘兵衛の許しを得、市蔵が、人と斬り合ったことのない喜久丸に、山刀と長鉈を使った戦い方を教えたのだった。山を下りた二人に、時間が潤沢にあった訳ではない。寸暇を惜しんで重ねた稽古《けいこ》の成果であった。

「悪戯《いたずら》心が起こってな。火の回り具合を調べるついでに、満輝の寝所に忍んでみた。技量を見てくれようと思ったのだが、奴め、俺の気配を読みおった。剣を持って向き合ったら、なかなか手強いぞ」市蔵が言った。

「何の、必ず勝って見せる」

「その意気だが、四人殺《あや》めたくらいで慢心してはならんぞ」

「せぬ」

市蔵は、声に出さず、目許だけで小さく笑うと、

「どうだ？」と、地に倒れている四人を顎で指した。「人と熊《くま》とは、違ったか」

「初めて人を斬ったが、嫌なものだな」

「どう嫌なのだ？」

「斬った者どもにも親や妻子がいるのかと思うと、片腕を斬り落とすだけでよかったのでは、などと考えてしまう……」

「熊や狸《たぬき》にも、親もあれば、子もあるだろうが」

「それは、そうなのだが……」

「斬るをためらうと、己が死ぬことになる。慣れるしかないな」

「分かっておる」

喜久丸が言い捨てた。

「初めは誰にでもある。違うのは、それが終わりになるか、始まりになるか、だ。喜久丸、そなたは後者だ。そうとしか生きられぬ以上、慣れるのだ」

「………」

「息の続く限り駆けるぞ」

炎を背にして市蔵が走り出した。喜久丸も、続いて地を蹴った。市蔵と喜久丸の影が長く延び、木立に射して躍った。

§

夜鴉が、また穴の入り口で見張りをしていた。七ツ家以外の者が近付いて来たら、穴に蓋《ふた》をし、土を被《かぶ》せ、隠さなければならない。

──俺は蝙蝠《こうもり》ではないからの、洞窟は嫌いなのだ。

本気とも冗談とも取れぬ顔をして、見張りを買って出ていた。

辛夷館が燃え落ちて四日が経《た》った。

満輝ら主立った者は皆、龍神岳城に入っていた。籠城《ろうじよう》とも言える態勢だった。

市蔵と喜久丸は穴に潜り、這い、〝大広間〟へと降りた。勘兵衛がギヤマンを置いた場所を、〝大広間〟と名付けたのは土蜘蛛だった。

蠟燭を並べ立てた岩の上に洞窟の絵図を置き、土蜘蛛が指さす箇所を勘兵衛、源三、泥目、そして人影が目で追っていた。

「ただ今、戻りました」

市蔵が声を掛けた。

勘兵衛は土蜘蛛に待つように言うと、市蔵と喜久丸をねぎらった後、訊いた。

「どうだった？」

市蔵が身を隠しながら辛夷館の様子を探っている間、喜久丸は燃え落ちる館の周りを歩き回り、己の顔を見覚えている者に、喜久丸が生きていることを教えるため、面を晒《さら》していたのだった。

殆《ほとん》どの者が気付かなかった。僅《わず》か一年余だが、背丈も伸び、面変わりもしたためだろう。十代で結婚し、二十代で親となり、四十代の末には没してしまうという時代である。況《ま》してや、肉親や近習の者を裏切りの中に亡くし、城を落ち延び、山で暮らした喜久丸である。昔日の面影を探す方が無理と言わねばなるまい。

だが、一人だけ喜久丸と気付いた者がいた。

芦田輝国の妹婿に当たる陣場奉行の山脇磯《やまわきいそ》右衛門《えもん》だった。

陣場奉行は、戦の前には布陣図を作り、戦の最中は本陣で指揮を執り、戦が済めば屍《しかばね》の始末やら城の補修までも行なった、言わば戦の何でも屋だった。それだけに、城主との談合のため本丸に上がることも多く、喜久丸を見覚えていたのである。

「顔色を変え、追っ手を差し向けて来ましたから、間違いなく気付いたかと」

「よし、上首尾だ。泥目、話してやれ」

泥目は龍神岳城に忍び込み、喜久丸の山刀を受け、深手を負った兵が、火付けに関《かか》わった者として喜久丸の言葉遣いや風体《ふうてい》を、苦しい息の下で話すのを天井裏で聞いていた。

「『その年格好で、身分ある者らしい話し方をし、儂に恨みを抱く者と言えば、喜久丸しかおるまい。やはり、生きておったのだ』と満輝は、ひどく脅《おび》えておった」

「そして、陣場奉行が駆け付けたとあれば」と、源三が言った。「喜久丸、そなたの首に賞金が懸かるぞ」

「むざむざ取られは致しませぬ」

「儂がいただくのよ」

勘兵衛が言った。

「……？」

儂がそなたを捕えた振りをして、城に入るのだ、と勘兵衛が喜久丸に計略を説いた。

「仇が揃《そろ》ったところで、洞窟に仕掛けた火薬を爆破させ、洞窟ごと城を崩してしまうのだ」

絵図に描き込んだ印が火薬を仕掛けるところだ、と土蜘蛛が言葉を添えた。洞窟は隈無《くまな》く調べ尽くされていたのだろう、絵図には泉の位置も、山頂への出口も描き込まれていた。

「それでは、私はともかく束ね殿の命も」

「案ずるな。逃げ延びる手立ては、考えてある」

四

焼けた辛夷館の周囲や街道に、火付けを働いた敵国の間者として喜久丸の似絵《にせえ》（人相書）が出回った。

似絵には――、

生きて捕えようと殺そうと、その者には賞金として黄金十枚。居所を知らせた者には黄金一枚。辛夷館に設けた仮陣屋まで申し出た者に与える、という内容の文言が記されていた。黄金一枚で、二、三百万円の価値があった時代である。破格な額だった。

仮陣屋には、陣場奉行と補佐として目付の配下が控えた。

陣場奉行では役目が違っていたが、喜久丸の顔を知っているがために臨時に任命されたのだった。

陣場奉行の山脇磯右衛門が仮陣屋で寝起きするようになって五日目に、喜久丸が捕えられて来た。激しく抵抗したのか、後ろ手に縛られた顔や手足には青痣《あおあざ》が出来ていた。

捕えたのは旅の武芸者で、疋田十五郎《ひきたじゅうごろう》と弟子の村上頼母《むらかみたのも》と名乗った。勘兵衛と市蔵である。

仮陣屋の玄関まで飛び出して来た磯右衛門は、喜久丸の顔を確かめると、

「引っ立てい」

目付配下の役人に命じ、自身は十五郎と頼母を迎え入れようとした。

「お待ち下され」

勘兵衛が役人の前で手を横に広げた。

「この咎人《とがにん》は、まだ我らがもの。勝手な振舞いは御遠慮願いたい」

「何と。貴殿は、捕まえ人《びと》を差し出しに来られたのであろうが」

「その通りでござる」

「ならば、引き渡されい」

「其処許《そこもと》にではござらぬ。御城主にお引き渡し致す」

「殿に？」

「其処許には殿でも、我らには殿ではござらぬ。近々殿になっていただくかもしれぬがな」

そうか、そういうことか。磯右衛門は、ようやく合点がいった。直に、殿に売り込む魂胆か。

「仕官をお望みか」

「御城主は剣の達人と聞き及んでおります。我ら仕官の口を求めて旅を続けて参ったが、剣に通じておる真の武人は、御城主を措《お》いて他におわさぬ。無礼を承知で申し上げる。目通り叶《かな》うまで、咎人は渡さぬ」

「疋田氏《うじ》の御存念、分からぬではない。だが、当方には当方の遣り方がござる。面倒は掛けぬが得策かと思うが」

「頼母」

「はっ」

頼母、すなわち市蔵は脇差を抜くと、喜久丸の手首に巻かれた縄を切った。

「な、何をなされる!?」

「知れたこと。御城主に会えぬのであらば、我らはこの御仁を捕えておく謂《いわ》れはないのでござるよ」

「そのようなことをして、御身が無事と思うてか」

「試してみられるか」

「いくら貴殿らの腕が立とうが、多勢に無勢、勝ち目はないぞ」

「構わぬ。先《ま》ず其処許を斬ってから逃げ道を探してくれるわ。済まぬが、間合から外れぬようにしていて下され」

磯右衛門は目を剝《む》いて勘兵衛を睨《にら》んだが、強く結んだ唇を笑み割って、

「この乱世にあって、一剣で身を立てるならば、貴殿の物言い尤《もっと》もと存ずる。しかし、儂は一奉行に過ぎぬ。城に伺いを立てる故、暫時お待ちいただきたいのだが」

「よしなに」

勘兵衛らが仮陣屋の一室に案内されている間に、城に急使が立った。

二刻が経ち、使者が戻り来て、磯右衛門に耳打ちした。

「殿が目通りをお許しになられましたぞ」

磯右衛門が、勘兵衛に伝えた。

「御造作をお掛け致した」

主従が頭を下げた。その一瞬の隙を狙《ねら》って、打ち合わせ通り、喜久丸が横に跳び、庭障子を突き破ろうとした。だが、先に跳んだ喜久丸よりも高く速く、勘兵衛が跳んだ。喜久丸は首根っこを押さえられると、床板に真っ逆さまに落下した。

「何度試しても同じだ。儂の手からは逃れられぬて」

「御見事」

磯右衛門が感嘆の声を発した。

「褒められた後で何だが、御覧のようにどうせ逃げられぬ者故、咎人の手はこのまま縛らずにおくが、よろしいかな。万一、城で我らに罠《わな》が待ち構えておった場合には、咎人も我が兵力になりますからの」

「用心が過ぎませぬかな」

「何の、生きるためでござる。重ねて申しておくが、其処許も間合から外れぬようにな」

勘兵衛が釘《くぎ》を刺した。

五

龍神岳の岩肌を抉るようにして、城への道筋が延びている。

道幅は広いところで一間（約一・八二メートル）、狭いところは五尺余りしかない。

（成程、これでは攻めるに攻められぬわ）

勘兵衛を更に驚かせたのは、大手門を過ぎ、急激な上り坂を上りきったところにある揚城戸《あげきど》だった。太い丸太で組まれた格子戸の隙間からは、槍《やり》や弓の攻撃も出来、それが綱で上げ下げされ、僅か五尺の道幅を塞いでいたのだ。

揚城戸に至る道は露出した岩盤で、万一にも足を滑らせれば、切り立った断崖を真っ逆さまに落ちることになる。

「疋田氏《うじ》」と先頭を行く山脇磯右衛門が、足を止めて言った。「腰の物を頂戴《ちょうだい》したいのだが、よろしいかな？」

磯右衛門の物言いは、明らかに仮陣屋での勘兵衛の口調を真似《まね》たものだった。

（そういうことか……）

喜久丸のみならず、我らをも殺める魂胆、はっきりと見て取れたわ。勘兵衛は、眉をひそめて見せた。

「ここでは、剣の腕など無力ですな。組み付かれたら、崖から落ちるだけだからの」

磯右衛門が余裕の笑みを漏らした。

「致し方あるまい」

「罠があったら、何とされる？」

「其処許の腰の物を奪うまで」

「ならば、儂も刀を外そう」

「これは困りましたな」

「賞金は差し上げる。だが、貴殿らにも縄を打たせて貰《もら》う」

「それで御城主が安堵されるのなら、縄でも何でも打たれましょう」

「その素直さが命を長引かせましょうぞ」

揚城戸が上がった。磯右衛門に続いて一人ずつ潜り抜け、そこで後ろ手に縄を打たれた。

「では、参ろうか」

揚城戸を過ぎると道幅が広くなり、番所、物見台、馬屋、馬場と続き、兵舎を越えると武器や弾薬、兵糧を入れる蔵屋敷が並び、更に三の丸、二の丸を通り過ぎるとようやく本丸に出た。

本丸の城戸口に、精悍《せいかん》な顔付きをした若者が二人、磯右衛門らを待ち受けていた。一方の袴《はかま》の裾《すそ》からは足に巻いた晒しが覗《のぞ》いている。宿直《とのい》番をしていた側近の藤巻征四郎と金子鹿之介である。

勘兵衛は辺りを見回す振りをして、地底の水場への下り口を探した。

（本丸から東の物見台へと下ったところとすると、あの辺りか……）

夜陰に紛《まぎ》れて探った時のことを思い出しながら、逃げる道筋を頭の中に描いた。

爆発による鍾乳洞《しょうにゅうどう》の陥没で、馬場から兵舎、蔵屋敷、三の丸、二の丸、本丸、そして東の物見台辺りまでが奈落《ならく》に沈む筈だった。

それは即ち、爆発と同時に東の物見台よりも更に東に逃げなければならない、ということであった。

——どれくらいで陥没が始まるかは、遣ってみないと分かりませんな。

土蜘蛛にしても、発破《はっぱ》による初めての破城だった。

——ただ、救いは下りであることです。風を切る程速く走れば、楽に生還出来ましょう。

（勝手を言いおって……）

風を切る。だが、出来ぬ話ではない。勘兵衛が思わず笑みを零《こぼ》し掛けた時、

「進まれい」

と、征四郎が勘兵衛らに言った。喜久丸を中にして、勘兵衛と市蔵は本丸に入った。

「ここに控えておれ」

鹿之介が本丸の館に消えた。待つこと、四半刻。ようやく姿を現わした鹿之介が、館をぐるりと回るように言った。

玉砂利の敷かれた中庭に出た。

片膝を突いて待ち受けると、間もなく大柄の男が外廊下に現われ出た。

男は三人を見比べると、喜久丸に目を止め、

「よう生きておったの」

と、大声を発した。

「黙れ、謀叛《むほん》人めが」

喜久丸が歯嚙《はが》みをしながら膝をにじった。

「磯右衛門の話によると指を三本無くしておるそうだの。苦労したようだが、それも今日までのこと、兄者の許に送ってくれるわ。供を付けての」

「供とは、我らがことであろうか」

勘兵衛は磯右衛門を見て、

「山脇殿、これでは賞金もいただけないのですかな？」

「懐に入れて埋めてやるわ」

征四郎と鹿之介が声を合わせて笑った。

この時、後ろ手に縛られた勘兵衛と市蔵の手が微妙に動いていることに、満輝らは気付かなかった。

勘兵衛と市蔵は、縛られることを予期して、小袖の下に抜き身の山刀を忍ばせていたのだ。市蔵に至っては、山刀のみならず長鉈をも綿で巻いて背に仕込んでいた。

二人は袖無羽織の上から山刀の柄を握り、刃を立てると、小袖と羽織を裂き、縄を切った。切った時には立ち上がり、喜久丸を縄目から解き放った。

「無駄な足掻《あが》きだ、止《や》めい」

鹿之介が叫んだ。

「無駄かどうか、見ておれ」

勘兵衛は吐き捨てるようにして言うと、山刀で満輝を指した。

「我らは七ツ家。故あって喜久丸様に助勢致す。芦田満輝、覚悟せい」

「七ツ……、すると《落とし》の……」

磯右衛門と征四郎は絶句した。

「おのれ」

満輝の額に青筋が浮いた。

「痴《し》れ者《もの》が、ほざきおって」

鹿之介が、太刀に手を伸ばした満輝の前に進み出た。

「殿、なりませぬ」

太刀を摑んだ手を押し止め、奥に向かって叫んだ。

「方々、出合えい」

「邪魔立て致すな。儂が斬ってくれる」

「殿、御自らお出になってはなりませぬ。彼の者どもは、それを誘うておるのでございます」

奥から側近衆が走り出て来た。

「斬れ。斬り捨てい」

鹿之介の命を受け、側近衆が外廊下を越えて中庭に飛び降りた。玉砂利を蹴散らす音が激しく続いた。

側近衆が勘兵衛らを取り囲むのを待ち、満輝が言った。

「七ツ家とやら、死地に飛び込んで来た度胸、褒めてとらすぞ」

「その余裕、いつまで保《も》つか、見届けてくれるわ」

勘兵衛が市蔵に命じた。

「狼煙《のろし》を上げい」

市蔵は懐から竹筒を取り出すと、蓋を外し、火種を落とした。

上空高く打ち上げられた狼煙玉が炸裂し、赤い煙が流れた。

鹿之介と磯右衛門と征四郎が、側近衆の前に出て、三人と向かい合った。

「戯《たわ》けが、狼煙を何発上げたとて、ここが援軍を呼べる城と思うてか」

征四郎が鞘を抜き捨て、斬り掛かって来た。

鋭い太刀捌《たちさば》きだった。だが、寸を見切る勘兵衛の敵ではなかった。懐に飛び込まれ、腹から胸を斬り割られ、腸《はらわた》を玉砂利に撒き散らして果てた。

「弓を持てい」

満輝の叫び声が、騒乱の中から聞こえて来た。

(まだか、土蜘蛛は何をしているのだ)

勘兵衛は新たな刃を躱しながら、市蔵と喜久丸に目を遣った。

市蔵は長鉈を、喜久丸は市蔵の山刀を手に、敵を斬り伏せている。

満輝の手に弓が渡った。

満月のように引き絞られている。

「弓だ。弓に気を付けろ」

勘兵衛の叫び声が、足裏を突き上げて来る爆音と地鳴りに掻き消された。

揺れた。

激しく上下に揺れ、満輝の手から矢が落ちた。

「駆けるぞ」

勘兵衛が揺れる岩盤を蹴った。市蔵と喜久丸が続いた。

次から次へと、岩に亀裂《きれつ》が奔っている。稲光のような裂け目が出来た。そこから、粉々に砕けた岩が、砂塵《さじん》とともに噴き上がっている。裂け目が一気に広がろうとしているのだ。

「喜久丸」

前を走る喜久丸を呼び止め、市蔵が長鉈を手渡した。

「投げてみろ」

満輝を討て、と言っているのだ。

満輝は、激しい揺れの中、仁王立ちになり、次々に命令を下している。

距離は約二十間（約三十六メートル）。狙えぬ距離ではなかった。

喜久丸は、長鉈を目の前にかざし、狙いを付けた。走り、弾みを付け、その勢いで投げるには、喜久丸が留まっている岩盤は、余りにも狭過ぎたのだ。喜久丸は身体を捩《ねじ》るようにして大きく腕を振り、長鉈を虚空に投げ上げた。

長鉈はくるくると回転しながら、満輝目指して飛んだ。

喜久丸の耳から音が消えた。

青空の中を、長鉈だけが飛んでいた。

長鉈の描く軌道《みち》の先に満輝がいた。

圧倒的な音量を伴って、喜久丸の耳に音が飛び込んで来た。

「行けい」

喜久丸は、咽喉も裂けよと叫んだ。

満輝の顔が長鉈に向けられた。

長鉈に気付いたのだ。

剣に通じている満輝である。普段ならば、身を躱して難無く避けるのだが、この時は違った。恰度《ちょうど》新たな爆発が起こり、大きく館が揺れたところだったのだ。思わず左手を延ばして、柱を摑んでしまった。そのために躱す間がなく、刀で払い除《の》けようとした。

それが生死の境目だった。

長鉈は満輝の刀を折り、首を刎《は》ね、奥の柱に突き刺さった。血飛沫が噴き上がり、天井を、壁を、廊下を赤く染めた。満輝の側にいた近習たちは、人形のように凍り付き、首のない遺骸《いがい》が膝から沈みゆく様を見ていた。

「遅れるな」

勘兵衛の叫び声に、市蔵と喜久丸は我に返り、岩から岩へと跳び移った。移った後を追い掛けるようにして、岩が、岩盤が、城が、山が沈んでいった。

六

市蔵も喜久丸も、勘兵衛さえも、目の前の光景に固唾《かたず》を呑んでいた。

山がなくなったのだ。

まだ時折、滑落する岩が音を響かせていたが、砂塵も既に消え掛けていた。

三人は声もなく、消えた山を見ていた。

最初に気付いたのは、市蔵だった。

「束ね、土蜘蛛が合図を送って来ています」

勘兵衛と喜久丸が、崖下を見下ろした。

崩れた岩盤が堆《うずたか》く積もっている遥か先のところで、光がきらめいていた。長鉈の刃に陽光を映しているのだ。

「無事を知らせてやれ」

「はっ」

市蔵は山刀の刃に光を映して、崖下に送った。

「束ね殿」

傍らにいた喜久丸が、両の手と膝を地に突き、勘兵衛に深々と頭を下げた。

「こうして仇を討てたのも、すべて束ね殿始め市蔵殿、そして七ツ家の衆の御蔭、何と御礼を申し上げたらよいのか……」

握った拳《こぶし》の上に涙が落ちた。

「恩に思わなくていいぞ。そなたへの助勢はそのまま、我らの力を武田に見せ付けんがためでもあったのだからな」

「何と仰せられようと、この御恩、生涯忘れるものではございません」

「そう思うなら、それでよい」

勘兵衛は、膝を折ると、喜久丸を立たせ、

「だが、これだけは言っておく。誇れ。己を誇れ。助力を得ようと、倒したのはそなたの力であった。そなたは僅か一年余で山の者と同等の、いやそれ以上の力を身に付けた。だからこそ為《な》し得た仇討ちであったのだ、とな」

喜久丸は頷くと、合図を終えていた市蔵の手を取り、嗚咽《おえつ》した。

市蔵は泣くに任せた。

喜久丸の頭の中を、館を落ち延びてからのことどもが、走馬灯のように駆け抜けた。それは市蔵にしても同様だった。出会ってからのことが、懐かしく思い返された。

「これから」と、勘兵衛が喜久丸に訊いた。「どうするつもりだ？」

「何も考えておりません」

「そうか……」

「でも、出来ましたら……」

「何だ？」

「七ツ家の一人にお加え下さいませんか」

「……」

市蔵が進み出た。

「束ね、俺からもお願い致します。赤子以外の新参を認めずと掟《おきて》にはございますが、喜久丸は亡き楓の夫であり、束ねも客分とお認めになっておられた者。そのことを加味し、よろしくお取り計らい下さいますよう、お願い申し上げます」

市蔵は喜久丸を促して、手を突いた。

氏素性も知れておりり、他に頼るべき者もない喜久丸が、七ツ家に仇《あだ》すとは思えなかった。

「万一にも、七ツ家を乱すような振舞いをした時は、儂の手で斬るが、それでもいいか」

「異存はございません」

「その覚悟があれば、そなたは本日ただ今、龍神岳城とともに死んだこととする」

「……それは？」

どういうことなのか、なぜ死ぬのか、喜久丸には意味が分からなかった。

「喜久丸の名を捨て、生まれ変わるのだ」

「では！」

喜久丸の顔が笑みに埋まった。十五歳の顔が覗いた。

「仇を討つためとは言え、辛夷館を燃やし、龍神岳城を壊したのは我らだ。喜久丸に帰るところを作ってやらねばな。長老らに諮《はか》ってみるが、文句はあるまい」

「束ね、何と名付けましょうか」

勘兵衛の気が変わらぬうちに、と市蔵が急《せ》いた。

「望みはあるか」

勘兵衛が尋ねた。

「よければ、二ツと」

「二ツ？」

勘兵衛が市蔵の顔を見た。

「楓の親父殿の名ではないか」

「それに、私も指を三本なくしておりますし」

「分かった」勘兵衛が言った。「二ツ襲名か。楓も喜ぶだろう」

「七ツ家の二ツ。よく似合うておるわ」

市蔵の声を背にしながら勘兵衛は、携えていた山刀を、傍らの松の幹に突き立てた。

市蔵が、問いたげな表情を浮かべた。

「《かまきり》への置き土産だ」

第十章　隠れ里襲撃

一

武田晴信は、躑躅ヶ崎館・中曲輪《なかくるわ》にある御対面所にいた。

目の前には、重職である《職》と透波の《支配》を兼任している板垣信方が、選《え》りすぐりの透波の集団である《かまきり》を統率する暁斎が、そして子飼いの教来石景政が頭《こうべ》を並べ、また遠く離れた隅には、任務のため甲斐を離れている小頭たちに代わってヌメリが控えていた。

「確かに、七ツ家の仕業なのだな？」

晴信がヌメリに訊《き》いた。答えてよいものか、ためらっているヌメリを、晴信が促した。

「構わぬ、直答《じきとう》を許す」

ヌメリが板床に額を擦り付けるようにして答えた。

「彼《か》の者どもが使う山刀が木立に刺さっておりました故、間違いないものと思われまする」

「幾人《いくたり》で襲うたか、分かっておるのか」

「大手門近くにおった者どもは生き残りまして、その者らによりまするとこの前《さき》の城主・芦田虎満の一子・喜久丸と旅の武芸者二人が後ろ手に縛られ、本丸に引き立てられて行ったということでござります」

「その二人が七ツ家か」

「恐らく」

「七ツ家は、二人だけであったのか」

「さ、そこまでは……」

「もうよい。龍神岳城は、我ら武田とて手出し出来なんだ難攻不落の城だ。無くなって清々もしたが、儂《わし》はな、いつか芦田から奪い、要害城として使おうとも思うておったのだ。それを、呆気なく壊しおって」

晴信の口の端から泡が飛んだ。

「寅王が時、長窪城が時、そして此度《こたび》の破城。武田を侮ること甚だしい。皆殺しにし、首が腐るまで晒《さら》さねば、到底腹の虫が収まらぬわ」

「仰せの通りかと存じまするが、城を山ごと崩した桁外《けたはず》れの者どもでございます。ここは……」

そこまで言って、景政は深く低頭した。

「ここは、どうせよと申すのだ？」

晴信が眥《まなじり》を吊《つ》り上げた。

「使者を送り、互いが不利益を被らぬよう話し合うことでございましょう」

信方だった。

「何と？」

晴信と暁斎が同時に叫んだ。

「そんな弱腰で、国が治まると思うてか」晴信が再び、口の端から泡を飛ばした。

「逆らう者は殺す。そうやって武田は強くなったのだ」

「相手が武家ならば、それでよいのです。家来がおり、領地があり、それを我が物にすることが出来るからでございます。ところが、七ツ家に何がございましょう。彼の者らには、人も領地もございませぬ。七ツ家との戦には、どこをどう探しても此方《こなた》に益が無いのでございます」

信方は片方の膝《ひざ》を引くようにして振り向くと、ヌメリに訊いた。

「先程其の方が申した山刀だが、刺さっていたのは、どの辺りの木立だ？」

ヌメリが、崩れ残った断崖《だんがい》の上だと答えた。

「東の物見台よりも、もそっと東でございます」

「城の外れだな」

「まさに」

「其の方ならば、その辺りに山刀を残すか」

残しませぬ。ヌメリの声が微《かす》かに顫《ふる》えた。

「故意に残したとは思えぬか」

「確かに……」

「それがどうした？　山刀を残そうと残すまいと、七ツ家の勝手であろうが」

「御屋形様、七ツ家がなぜ山刀を残したかをお考え下され。七ツ家は我らに力を見せ付けたのでござります。戦いともなれば七ツ家は、あの力で手向かい致すことでしょう。しくじれば、我らも痛手を受け、念願の信濃攻略は夢に終わりまするぞ」

「だから使者を送り、手打ちに致せ、と申すのか」

「御意にござります。武田は七ツ家に手を出さず、七ツ家も武田の邪魔をせぬ。そこで折り合えば、信濃攻略は成ったも同然にござります」

「うむ……」

晴信は唸《うな》り声を発してから暫《しばら》く間を置き、誰を使者に立てるつもりだ、と訊いた。

「景政か」

「ここは、身共が参りとうござりまする」信方が答えた。

「……であろうな」

教来石景政の膝が床を鳴らした。晴信の頰《ほお》に、瞬間笑みが奔《はし》った。

「景政、気色ばむな、そなたに不足あってのことではない」

「では、なぜ？」

「信方は、何としても己の目で見たいのだ、七ツ家をな」

「恐れ入りましてござりまする」

信方が僅かに辞儀をした。

「しかし、儂と信方の存念は、違うておる」

信方が起こし掛けた身体を止め、大きく瞼《まぶた》を見開いた。

「手打ちはする。だが、いつまでも七ツ家の勝手にはさせぬ」

晴信は、信方に鋭い一瞥《いちべつ》をくれると、続けた。

「武田は甲斐源氏の嫡流、七ツ家はどこぞの山猿に過ぎぬ。山猿と折り合うは、一時《いっとき》のことだ。そのこと、決して忘れるではないぞ」

「はっ」

信方の声が板床に響いた。

「暁斎、異存はあるか」

晴信が訊いた。

「ここは、御支配にお任せしたく存じまする」

「相分かった」

晴信は改めて信方に尋ねた。

「七ツ家と会う手立てはあるのか」

「御懸念には及びませぬ」

「そうか。では、手打ちの条件など一切を信方に任せる。武田の威信を損なうではないぞ」

「心得まして、ござりまする」

信方が深く頭を下げた。

暁斎も信方に倣い平伏してはみたが、手打ち案にはどうしても納得出来なかった。

わだかまるものが残った。

面を上げた。己を見詰める晴信の目と行き合った。

§

板垣信方が躑躅ヶ崎館を発《た》って、半日が過ぎた。

「申せ。何が言いたい？」

中曲輪の御閑所《ごかんじょ》で、晴信は暁斎と向き合っていた。御閑所は厠《かわや》のことで、晴信は六畳の厠を《山《やま》》と呼んで、考え事や密談をする際に使っていた。

「手打ちに不服か」

「同意致し兼ねまする」

「なぜだ？」

「一時のことにせよ、手打ちされたのでは、《かまきり》は後れを取ったままにござりまする」

「勝つ自信は？」

「ござります。身延道の一件は、ただただ油断であったと思うておりまする」

「ならば、なぜ、そう申さなんだ？」

「身共は《かまきり》の棟梁《とうりょう》に過ぎませぬ。御支配あっての《かまきり》であり透波と心得ておりますれば、不要な波風を立てるのは差し控えたのでございます」

「では聞くが、信方が申したは、間違うておると思うか」

暁斎は言葉を選んで答えた。

「恐らく、正しいか、と……」

晴信が、気持ちよさそうに大声で笑った。

「そうだ。正しいのだ。だが、正しくないことをする方が心地よい時もある」

「では⁉」

「儂も不満だ」

間違えるな、と晴信が言った。

「だからと言うて、七ツ家を討てとは決して言わぬ。信方に任せたのだから、先《ま》ずは手並みを見てみようではないか」

「御屋形様がそのようにお考えであるならば、願いの儀がございます」

「申してみよ」

「七ツ家の隠れ里を見付け出したいのでございます。七ツ家と手打ちになろうと手切れになろうと、いずれにせよ、相手の隠れ里を知っておいて損はない筈《はず》。正直に申し上げます。襲おうと考えて探したのですが、残念ながら我らの手勢だけでは、山中のともあり、見出《みいだ》すこと叶《かな》いませなんだ。そこで御屋形様の御威光を持ちまして、修《しゅ》験《げん》山伏の者と富士御師《おし》の者にも探索に加わるようお取り計らい願いたいのでございます」

甲斐や信濃には金峰山《きんぷさん》や戸隠山、飯縄《いいづな》山など修験者が峰入り修行を行なう山々が点在している。そこで修行する山伏の中には透波働きをする者がいた。彼らを手足のように動かし、また富士浅間神社に属す富士御師たちをも自在に使いこなしていたのが、武田と同盟関係にある小山田《おやまだ》氏だった。

晴信が小山田信有《のぶあり》に命じさえすれば、回峰術を心得た山伏や御師たちが一円の山々に散るのに時は掛からなかった。

「《かまきり》は里の生き物か」

「残念ながら……」

「山のことならば金山衆《かでむ》も詳しいが、よいのか」

「彼の者は山の者に近《ちこ》うござりますれば、七ツ家とどう結び付いておるか分かりませぬ故、ここは……」

武田の軍資金を支える金山衆は、金鉱を探り当て、掘り出すという技能集団だった。

「願いの儀、聞き入れるが、隠れ里を見付ければ、襲いたくなるのが人情。果たして堪《こら》えられるかな?」

「御屋形様は?」

暁斎が切り返した。

「分かり切ったことを聞くな。儂に堪え性などあると思うてか」

暫《しば》し笑い声を絡み合わせた後、晴信が呟《つぶや》くように言った。

「信方に、尾行を付けておけばよかったかの?」

「一存にて、付けましてござります。更に、その者にすら気付かれぬよう、もう一人、手練《てだれ》の者が後を追う手筈になっております。現われた七ツ家の者から隠れ里が分かれば、と存じまして」

聞いていた晴信の表情が一変した。

「暁斎、そこまでだぞ」

鋭い声が暁斎を打った。

「出過ぎた真似《まね》はするな。密《ひそ》かに動くな。儂に秘密を作れば、棟梁と言えども捨て置かぬぞ」

「申し訳、ござりませぬ」

暁斎が平伏した。

「分かれば、よい」

二

鏑矢《かぶらや》を射続けて二日が経《た》った。

七ツ家の現われる気配はまったくなかった。

（近くに七ツ家の者はおらぬのかもしれぬ……）

弱気になろうとする自分を、信方は扱い兼ね始めていた。

「そろそろ鏑矢の刻限かと存じますが……」

馬廻役《うままわり》の牧野宗太郎《まきのそうたろう》が、弓に腕を伸ばしながら言った。鏑矢は峠道から半刻《はんとき》（一時間）毎《ごと》に射ていた。

牧野宗太郎は、板垣家中でも一、二を争う剣の遣い手であり、野伏《のぶ》せりに襲われる場合を考慮して伴って来ていた。

「うむ」

信方が顎《あご》を喉許《のどもと》に引いて、射るようにと促した。

宗太郎は鏑矢を番《つが》えると、弓を引き絞り、真上に向けた。そこでもう一呼吸引き絞り、弦を充分軋《きし》ませてから、矢を放った。まさに、その瞬間だった。両端に小石を結《ゆわ》え付けた長さ一間余りの紐《ひも》が回転しながら飛来し、宗太郎の上半身に巻き付いたのだ。《鳥撃《とりう》ち》と呼ばれる、鳥を傷付けずに生きたまま獲るための道具に工夫を加えたもので、夜鴉の得意技だった。

（しまった……）

気配の読めぬ宗太郎ではなかった。常ならば、木の葉の揺らぎさえ感得することが出来るのだが、そうした宗太郎にも気配を読めぬ瞬間があった。矢を放つ瞬間である。あらゆる方向に向けていた意識を、矢という一点に集中してしまうからだ。夜鴉は、その呼吸を熟知していたのである。

宗太郎は、もがいた。もがいて、解こうとした。

「動くな。動くと鉈《なた》を見舞うぞ」

夜鴉は草むらに伏せ、姿を隠したまま宗太郎を威嚇すると、信方に向かって言った。

「板垣駿河守様とお見受けしましたが……」

雑兵《ぞうひょう》に化け、長窪城から塩硝を盗んだ時に、主立った顔を覚えておいたのだった。

「七ツ家の衆か」

信方が大声を発した。

「武田の、しかも駿河守様ともあろう御方が七ツ家を召されるとは、合点が行きませんが」

居場所が分からぬように、進み、止まり、戻りと、夜鴉は動きながら尋ねた。

「是非とも七ツ家の棟梁殿に会《お》うて話し合いたき儀があるのだ。手立てを付けては貰《もら》えぬだろうか」

「何を話すおつもりか」

「武田としては、無益な争いは好むところではない。そのことで、話し合いたいのだ」

「信じられません」

「実《まこと》じゃ。嘘《うそ》は申さぬ」

「……ならば、なぜ忍びを配しておられるので？」

「何!?」

信方は辺りを見回した。

（《かまきり》か……。儂の後を尾《つ》けたのか）

宗太郎に尾行を悟られず、しかも忍んでいられる技量は、《かまきり》以外には考えられなかった。しかし暁斎が、《支配》である自分に報告もせずに配下の者を送り出すとも思えなかった。

(あり得ぬ……)

「宗太郎！」

信方が叫んだ。

「構わぬ。捜し出して、斬《き》れ」

(斬らずに措《お》こうか)

いかに隠形《おんぎょう》の術に優れていようと見破れぬ自分ではないと、宗太郎は思っていた。その自信が立て続けに破られたのである。怒りが全身を奔り抜けていった。だが、そこで怒りに我を忘れる宗太郎ではなかった。

神経を針のように研《と》ぎ澄ませた。そのまま静かに、ゆるゆると《鳥撃ち》を解いた。

「馬手《めて》に大岩がござろう。その……」

そこまで聞けば充分だった。宗太郎の足が、風を切った。大岩の陰から黒い影が走り出た。影は岩から岩に飛び移り、逃げ切ろうとしている。宗太郎の頭を掠《かす》め、《鳥撃ち》が飛んだ。宗太郎の足に乱れはなかった。

（ほうっ！）

草むらの中で、夜鴉は声を殺して感嘆した。宗太郎は背後から飛び来た《鳥撃ち》の風音を聞き、自分に向けられたものでないことを読み取ったのだ。

《鳥撃ち》が影の足に絡んだ。

影が空中で回転した。回りながら、紐を切り解こうとしている。

切れた。紐が散った。だが、既に遅かった。追い付いた宗太郎の剣が、影の背を深々と袈裟《けさ》に斬り裂いていた。

駆け付けた信方が、影の面体《めんてい》を調べた。見覚えのない顔だった。

（《かまきり》ではない）

安堵《あんど》したが、信方にしても、すべての《かまきり》の顔を覚えている訳ではなかった。遠国《おんごく》に配備されている《かまきり》とは会うたこともなかった。だが、そこまで考えるのはやめにした。この者は知らぬ。それでよしとした。

「此奴《こやつ》は儂の知らぬ者、武田の透波ではない。信じては貰えぬか」

信方は、《鳥撃ち》が飛んで来た方向に叫んだ。

「………」

「無駄な争いはしたくない。その一念で参ったのだ。七ツ家の衆、姿を現わして下され」

信方が嘘を吐《つ》いているようには見えなかった。また、気配を探っても、他に潜んでいる忍びの存在は感じられなかった。

(出てみるか。万一の時は、《鳥撃ち》で逃げればいいからの)

まだ《鳥撃ち》の技の一部しか見せてはいないという自信が、夜鴉にはあった。

「ここにいる」

夜鴉は立ち上がると、峠道に進み出た。

§

三日が過ぎた。

人影を呼び、勘兵衛の許に走らせたのが二日前のことになる。

人影の足ならば、明日には勘兵衛を連れて戻って来る筈だった。

夜鴉は、岩棚の下にいる主従に目を遣った。

この二日間、動くでなく、話し掛けて来るでなく、ただ凝《じ》っと待っていた。

口にする物と言えば、干した飯と僅《わず》かな味噌《みそ》と水だけである。

（これも戦のうち、と心得ているのだろうか）

と夜鴉は勝手に思いながら、身体を丸めて眠った。

後々敵味方に分かれる見込みが高い今、草庵《そうあん》を作ってともに伏す訳にはいかなかったのである。

眠りは浅くしていた。時折薄目を開けては、二人の様子を探り、月の渡り具合で刻《とき》を測った。

異様な唸り声を聞いたのは、寅《とら》ノ上刻《じょうこく》（午前三時）を過ぎた頃だった。

信方が夢にうなされていたのだ。

宗太郎を見た。疲れが出たのだろう、熟睡している。

夜鴉は起き上がり、信方の肩をそっと叩《たた》いた。

唸りが止《や》み、信方が目を開いた。起こした相手が誰なのか、直ぐには分からなかったのだろう、数瞬経ってから、

「来られたか」

と夜鴉に聞いた。

「いや、未《ま》だでございます。ひどくうなされておられたのでお起こししたが、余計なことでしたかの？」

「何の、助かったわ。危うく殺されるところであった」

信方は懐から煮染めたような手拭《てぬぐい》を取り出すと、額の汗を拭った。

「穏やかではございませんな」

「いつも見る夢でな。追い掛けまわされて目が覚める」

信方は苦く笑うと、刻限を尋ねた。

「寅ノ上刻を過ぎた頃合でしょう」

「では、もう眠れぬな……」

この時代にあっては、午前三時は少し早く起きたに過ぎない。

「湯でも沸かしましょうか」

「火は、よいのか」

最初の夜、夜鴉は焚火を断っていた。

「恐らく、本日中には参りましょう程に、一椀《わん》の湯くらいよいでしょう」

「では、頼めるかな？」

「造作もないこと」

夜鴉は竹林に入り、手頃な竹を切ると、水と竹の青くささを消すため、干した蓬《よもぎ》の葉を入れ、焚き付けた枯木の端に立て掛けた。

起き出した宗太郎を加え、三人で焚火を囲んだ。火の粉が弾《はじ》けて、まだ明けやらぬ空に流れた。

湯が沸いた。竹の湯飲みに注いだ。

「凄《すご》い腕前ですな」

竹の切り口を見詰め、宗太郎が呟いた。

「戦《たたこ》うて、勝ち目はあるか」

「相対勝負なら、まず負けましょう」

「護衛がそれでは困るではないか」

詰《なじ》るような口調ではなかった。それどころか、どこか愉快そうな響きすら感じられた。

「まだまだ修行が足りませぬ。昨日、痛い程思い知らされました」

「上には上がおったか」

「とてつもなく沢山の者が上におるような気が致します」

「それが分かれば、其の方は来た甲斐があったというものだの」

「はっ」

宗太郎は蓬湯を飲み干すと、湯飲みを懐《ふところ》に収めた。

§

到着した勘兵衛が、信方と密談を始めて一刻が経とうとしていた。

夜鴉と人影と宗太郎は、五間離れたところに控え、辺りに気を配りながら話し合いの成り行きを見守っている。

更に半刻が過ぎた。

ようやく密談が終わったらしい。勘兵衛と信方は腰を下ろしていた岩から立ち上がると、礼を交わしている。

夜鴉と人影は勘兵衛の側《そば》に移った。

「世話になった。礼を申す」

脂の浮いた額を光らせながら、信方が夜鴉に頭を下げた。

「勿体《もったい》のうございます。礼を言われるようなことは何も」

「蓬湯の味、忘れぬぞ」

「恐縮に存じます」

夜鴉が深々と腰を折った。

峠道まで信方らを見送った勘兵衛は、遠去かって行く二人の後ろ姿を目にしながら夜鴉と人影に言った。

「今日のところは、手打ちに至らなんだわ」

「と言われると？」

人影が聞いた。

「今後一切、武田及び武田の属将らの為《な》すことを邪魔立てせねば、寅王君の一件、龍神岳城の一件には目を瞑《つぶ》り、七ツ家には手出しをせぬ、と言うのだ。つまり、武田家とその家臣に関《かか》わることは勿論《もちろん》、武田の攻める城から城主や継嗣はおろか、奥方や姫を落とすだけでなく、兵糧《ひょうろう》輸送の依頼を受けてもならぬ、という訳だ」

「それでは……」

人影と夜鴉が言葉を重ねた。

「そうだ。七ツ家に甲斐信濃から手を引け、と言っているのだ」

勘兵衛は、二人の表情を交互に見ると、続けた。

「約定を守れば、駿河守殿が《かまきり》を抑えて下さる旨、確約を下された。それが互いのためだと言われての。我らが力を見せ付ければ、手出し出来ぬか、条件を出されたとしても、もそっとゆるやかなものであろうと考えたのだが、いささか誤算であったかの？」

「何の」と夜鴉が、明るい声を発した。「束ねは勝ったのでございます。甲斐信濃を捨てれば、武田は我らに手出しをせぬ、と言うておるのですからな。山はどこまでもございます。我らは山の者故、流れて行けばよいのです。それに、甲斐信濃は争うてまで留《とど》まる土地ではありません」

「俺もそう考えます」人影が、進み出て言った。「武田としても、甲斐信濃から手を引け、と言わなくては体裁が保てぬのでしょう。《かまきり》にしつこく狙《ねら》われぬだけでも、龍神岳城を崩した甲斐があったというものです」

「そうか。そう思うか」

勘兵衛は、空を見上げてから、とにかく、と言った。

「皆に諮《はか》ってみよう。そのように駿河守殿にも答えたのだ」

「それがよろしゅうございましょう」

峠道を、信方らが去ったのと逆方向に走り出そうとした時、夜鴉が、

「お待ち下さい」

と、勘兵衛と人影を止め、宗太郎が斬り殺した影の土饅頭《どまんじゅう》に駆け寄った。

「どうした？」

勘兵衛が声を掛けた。

「掘り返されております」

「何？」

夜鴉は死骸《しがい》を埋めた時、念のため、小石と枯れ葉で目印を付けておいた。それが、動いているというのだ。

「《かまきり》か」

「と思われます」

「後から来たとなると、駿河守殿や我らを探したであろうな？　先程蓬湯と申しておったが、火を焚いたか」

「申し訳ございませぬ。今朝に至り……」

「では、居場所は知られたな。見張られていたと思った方がよいの」

「しかし……」

「気配はありませんでした」

「我々が気配を読めなかっただけかもしれん……」

言いながら勘兵衛は、背に薄ら寒いものを覚え、振り向いた。草原が広がり、その先に深い森が続いているだけだった。

（……）

気配はなかった。生き物のいる気配は、まったく感じられなかった。だが、何かが潜んでいるような気がしてならなかった。

「束ね、どうされました？」

険しい横顔を見せている勘兵衛に、人影が尋ねた。

「分からぬ。読めぬ。が、どこかに何かがいるような気がしてならぬのだ」

「……」

夜鴉と人影も気配を探った。だが、それらしい気配はどこにも感じられなかった。

「気のせいでしょう」

人影が言った。

「試してみますか」

夜鴉は人影に小石を集めさせると、幾つもの《鳥撃ち》を作り、草原の各所目掛けて投げ付けた。《鳥撃ち》は草々を薙《な》ぎ倒し、地を這《は》うようにして飛んだ。

山鳥が一羽飛び立っただけで、後は何の変化も起こらなかった。

「やはり、気のせいであったか」

しかし勘兵衛には、どこか釈然としないものが残った――。

三

中曲輪の御対面所で板垣信方と教来石景政が晴信を待ち受けて控えていた。

やがて暁斎が遅れて末席に着くと、ほぼ同時に裾《すそ》音高く軽快な歩みを見せて、晴信が姿を現わした。

晴信は信方に目を止めると、

「決裂したか」

笑みを含んだ声だった。

「まだ返答待ちにござります。その件に関し……」

晴信は信方の言葉を遮って言った。

「七ツ家にも意地があろう。武田絡みの依頼は、兵糧を運ぶことすら禁じたのでは、呑《の》みはすまい」

「呑みまする。彼の者らは、先祖伝来の地を持たぬ、流れの者にござりまする。土地へのこだわりは……」

そこまで言って信方は、はたと言葉を切った。

「どうして、それを……」

信方の脳裏《のうり》に牧野宗太郎の顔がよぎった。だが、躑躅ヶ崎館に戻った足で、拝謁を願い出たのだ。宗太郎を召し出す暇《いとま》はない筈だった。

「あの場に、二人おったのだ。一人は斬られたようだがな」

「………」

牧野宗太郎が斬った影は《かまきり》だったのか。顔に覚えがないところからすると、尾行が発覚した時のことを考え、儂の知らぬ遠国配備の者を使ったという訳か。

そして、更に一人、《かまきり》がいた……。

「どういうことだ？」

信方が暁斎を見据えた。

「申し訳ございませぬ」

暁斎が低頭して見せた。

「出向くこと、固く禁じたのでござりまするが、発令前に勝手に参った者がございました。お詫《わ》び申し上げます」

「儂がきつく叱っておいた。二度と勝手は許さぬ、とな。故に棟梁を、たった今まで謹慎させておいたのだ」

「遠国から戻りし者が、七ツ家憎しで先走りました。それに気付きましたので、直ちにもう一人の者に後を追わせたのでござります」

(そうか)

暁斎の物言いを聞いている晴信の目からは、毛筋程の怒りも感じられなかった。

と信方は、心の中で合点した。御屋形様と暁斎が企《たくら》んだことか。

(では、何を言うても無駄か)

「信方」

晴信に呼ばれ、我に返った信方に、晴信が機嫌のよい声を出した。

「その者が、七ツ家の束ねとそなたの側で聞いておったのよ」

「あそこに？　信じられませぬ」

七ツ家の者が、常に周囲に気を配っていたではないか。その彼らの耳目を掻《か》い潜《くぐ》ったと言うのか。

「七ツ家の者どもは、気付きもせなんだそうだの」

「所詮《しょせん》は」と、暁斎が言った。「それまでの者にござります」

「七ツ家を襲うことにした」

晴信があっさりと言い放った。

「しかし……」

「隠れ里ならば、修験山伏の者が見付け出してくれたわ」

「それでは、七ツ家を騙《だま》すことに」

「構わぬ。隠れ里は見付けた。暁斎が一目置く《かまきり》最強の者が上野《こうずけ》の国から戻って来た。これで手打ちなど出来ようか」

「万一にもしくじった時はどうなさるおつもりですか。七ツ家は何をしでかすか分かりませぬぞ」

「その時のことも考えておる」

晴信が暁斎を見た。

「すべて《かまきり》がお引き受け致しまする」

「《かまきり》に背負い切れると思うてか、暁斎」

「我らの面目に懸けて、七ツ家を倒して御覧に入れまする」

「ということだ」晴信が、信方を扇子で指した。「よいな」

「御屋形様！」

「暁斎、一網打尽にするのだぞ」

「必ず」

「しかし」

「くどいぞ、信方。これは、決まったことだ」

《かまきり》と透波を呼び集める狼煙《のろし》が、躑躅ヶ崎館の周囲に配された法泉寺山や湯村山城の狼煙台から、甲斐全土の狼煙台や出城に向けて上げられた。時を経ずして、甲斐の国中から狼煙が上がったのである。

§

その頃、板垣信方の屋敷の長屋では、馬廻役の牧野宗太郎が闇《やみ》と対峙していた。
蠟燭《ろうそく》の火が消えて、四半刻《しはんとき》（三十分）になる。
初めは、風もないのにどうしたのか、と宗太郎は書見台を脇に除《の》けて火種を取りに
立とうとした。曲者《くせもの》が忍び込んだ気配がなかったからだ。
だが、気配のない闇の中から声がしたのである。
「小弥太《こやた》を斬ったは、御手前《おてまえ》か」
声がした時には、宗太郎の手は刀に伸びていた。凡庸の者ではない。家中で一、二
を争う腕の持ち主である。刀を手にした時には、鯉口《こいぐち》を切り、身構えた。
（小弥太だと……）

宗太郎には、覚えはなかった。

「駿河守様の供をしたであろう」

(あの者が、小弥太か)

信方の命令で峠道で忍んでいた影を袈裟に斬ったことを思い出した。

「それが、どうした？」

宗太郎は曲者に話させることで居処を探ろうとした。

「七ツ家の得物では、あのようには斬れぬ。御手前が斬ったに相違ないな？」

広い長屋ではない。宗太郎が書見に使っていた座敷が六畳、隣室も六畳。たかだかそれだけの座敷で、相手がどこにいるのか、どうしても摑《つか》めない。

「何者だ？　小弥太とやらの仲間か」

聞きながら宗太郎は小柄《こづか》を抜き取り、投げる構えをして、声が発せられるのを待った。

数瞬の後、

「そうだ」

声がした。宗太郎は、声に向かって小柄を投げ付けた。

板戸に刺さる鈍い音が返って来た。

（どこだ？　どこにいるのだ？）

宗太郎の額から汗が流れ落ちた。呼吸《いき》が乱れた。

（勝てぬ。身共には勝てぬ）

太刀を抜いた。闇の中でも、微かに光は射しているのだろう、刀身が光を孕《はら》んだ。

「安堵せい。簡単に殺しはせぬ。じっくりと殺してやる」

その言葉を最後に、声は途絶えた。

宗太郎は刀を構えたまま、身動《みじろ》ぎもせずに、相手が仕掛けて来るのを待った。仕掛けたくとも、宗太郎には相手がどこにいるか、見当が付かないでいる。

どれだけ刻が経ったのか、宗太郎には分からなかった。腕が痺《しび》れ、足が顫えて来た。

板戸の方を見た。駆け出して、打ち破れば、逃げることも、相手の姿を見出すことも出来るかもしれぬ。

意を決し、足を踏み出した。と同時に、首筋を風がすっと撫でた。背後の闇の中に、男はいたのだ。口の中に血が溢《あふ》れた。吐いても吐いても、血が溢れて来た。

（咽喉《のど》を斬られたのか）

痛みよりも呼吸が苦しくなった。咽喉を掻《か》き毟《むし》ろうとして、指が斬り裂かれた肉に埋まった。もがいた。倒れた。

男の足が背を踏んだ。

(止《とど》めを刺されるのか)

覚悟は出来ているつもりでいたが、そのような時が自分に訪れる日が来ようとは信じられなかった。目を閉じた。背から胸を、熱いものが貫いた。

(もそっと生きてみたかった……)

宗太郎の命は、そこで尽きた。

四

狼煙を上げた翌日から、躑躅ヶ崎館に《かまきり》と透波が続々と集まって来た。《かまきり》は、暁斎を筆頭に、配下の者六名を引き連れて来た小頭の凪丸と、上野から駆け戻った陽炎《かげろう》にヌメリを加えた十名で、透波は三十名に及んだ。

「これだけおれば、皆殺しは間違いないの」

暁斎は全員の顔を見回してから、絵図を広げた。甲斐から信濃、駿河に亙《わた》る大きな絵図だった。

「七ツ家の隠れ里は、ここだ」

暁斎は、赤石山系の兎岳を指さした。

「この南稜《なんりよう》の窪《くぼ》みに、隠れ暮らしておる」

「近いですな」

凪丸だった。

「十六里だ」陽炎が呟くように言った。「夜叉神峠までが六里（約二十四キロメートル）、早川を下って伝付峠を越えるまでが更に五里半、赤石沢までが二里半、そこから沢を二里登ったところよ」

「詳しいの」

凪丸が驚いたように陽炎を見た。

「陽炎が生まれたは、その辺りなのだ」

暁斎が続けて言おうとするのを押し留め、

「帰りたくもないところに戻るのです。それ以上は」

と陽炎が首を横に振った。

「そうであったな」

暁斎は頷《うなず》くと、つまりは、と皆に言った。

「我が庭のように動ける案内《あない》がおるということだ」

凪丸が微かに鼻先に皺《しわ》を寄せ、

「いつ」と訊いた。「発つのでございましょう？」

「日が落ちたら直ぐだ」

「まだ、こちらに向かっている者もございますれば、もう一日……」

「今の人数で十分だ。遅れた者は置いて行く」

暁斎は、絵図を指先で叩くと、夜のうちに夜叉神峠を越え、後は夜明けまで能《あた》う限り早川沿いに南下する、と言った。

「さすれば、明後日の暁には余裕を持って総攻め出来よう。だが、七ツ家の隠れ里を襲うのだ。どのように見張りを配しているか分からぬ故、日のあるうちは動かず、日が落ちてからのみ動く。よって黒装束に致す。その他のことは、今更其《そ》の方《ほう》らに申すことはない。身仕度を整え、酉《とり》ノ中刻（午後六時）にまたここに集まってくれ」

§

「小頭、どうしました？」

凪丸が振り向くと、小源太《こげんた》が笑みを浮かべて立っていた。弓を持たせれば、十五間離れた雀《すずめ》を射抜き、冷酷に赤子でさえ射殺す男が、いつもはにこやかな笑みを絶やさずにいる。それも、心のうちを隠そうとする、作った笑みではない。屈託のない、作為のない、心からの笑みなのだ。

（妙な男だ）

と最初、凪丸は思っていた。暗殺集団である《かまきり》にあって、一人命の遣り取りとは無縁のような顔をしていたからだ。

だが、土壇場になると、表情も動きも一変し、獰猛《どうもう》な獣となるのを目《ま》の当たりにしてからは、思いは変わった。

殺し、手を血で汚すことに何も感じていない小源太には、迷いがなかった。矢を番え、弓を引く。引いた矢は必ず放った。敵に組み付き、自分の身体ごと射抜けと命ずれば、一瞬のためらいもなく射るだろう。配下として、確実に役目を果たしていく小源太は心強い限りだった。

どうして小源太がそのようになったのか、凪丸は聞いたことがなかった。聞くつもりもなかった。そうした小源太であるだけで、十分だった。

「いや、何でもない……」

「陽炎がお嫌いのようですね」

「分かるか」

「何となくですが……」

「奴を見ていると虫酸《むしず》が走るのだ」凪丸が吐き捨てるように言った。「だが、そんなことはどうでもよい。七ツ家の隠れ里だが、陽炎は既に知っていたであろう？」

「確かに、そのような……」

「なぜ曉斎様は、小頭の儂ではなく、小頭でもない陽炎に先に話さねばならぬのだ。土地に詳しいからか」

「隠れ里を見付けた山伏ではなく、陽炎に案内させたかったからではないですか。我らだけならば、後で好き勝手に話を作れますからな」

「冷静だの」

「御無礼申しました」

「とにかく、此度の曉斎様の進め方は面白くないわ。奴があのように図に乗った物言いをするのは、そのためよ」

「陽炎とは、それ程凄い技を持っているのですか」

「悔しいが、そういう話だ」凪丸が声を潜めた。「気配を消し去ることが出来るのだそうだ。儂は立ち合うたことがない故、どれ程のものかは分からぬがな」

「俺の弓では通じませんか」

「射抜く的が分かっての弓だからの。奴は気配も立てずに近付き、相手が気付かぬうちに刺し殺すのだから、余程の手練でも敵《かな》わぬであろうの」

「一度立ち合うてみたいものですな」

小源太の表情から笑みが消えた。

（それが《かまきり》の顔よ）

凪丸は、小源太を促すと、館へと歩を返した。

§

濃い闇が低く垂れ込めている。

昨日は十里を走り、今日は五里十八町を駆け通し、既に赤石沢に入っていた。仮眠を取り、目覚めたら残る十八町を速足で進み、暁と同時に襲う。

闇に紛れて逃げられないようにと考えての策だった。

見張りの者を除き、皆寝入っている。微かな物音でも目覚めるよう、鍛練して得た浅い眠りだったが、陽炎が起き出したのに誰も気付かなかった。

陽炎は痩《や》せた背を木立に押し付けるようにして立ち、水音高く流れる沢を見ていた。

記憶を探った。最初の記憶は水音だった。

(このような沢で、儂は殺されそうになった……)

それが幾つの時で、何のためだったのかも分からなかったが、父親らしい者に沢に落とされたことだけは覚えていた。

幼いながらも自分の力で水から這い上がったのだと思う。そこを《かまきり》の先代の棟梁に助けられた。

棟梁は、兎岳と渓谷を挟んで向かい合う笊ケ岳《ざるがたけ》の山麓《さんろく》に住む老人に、陽炎を預けた。老人は、死期を悟り、自らの存念で山に入った透波だった。陽炎は、枯れ木のように痩せた老透波から、気配を消す術を習った。幼い陽炎が獣を獲るためには、間近まで近付くしかなかったのである。

(そして儂は、この沢を遊び場にして育った)

ひどく遠い昔のことのようにも、つい昨日のことのようにも思えた。

(どちらでもよい。過ぎたことだ)

陽炎は、もう眠るつもりはなかった。

木立に凭《もた》れ、皆が起き出すのを凝っと待った。

§

透波が、七ツ家の隠れ里を遠巻きにした。

それで準備は整った。後は暁斎の合図とともに《かまきり》が家々を襲い、逃げる者があらば透波が捕えて殺すという段取りだった。

だが、合図するより早く、透波たちの放つ殺気が隠れ里に充満してしまった。

「何を焦っているのだ。気付かれてしまうぞ」

眉根を寄せた暁斎ではあったが、

「どうしたのだ？　気配がせぬではないか」

冷静に家々の気配をも読んでいた。

「悟られたのでしょうか」

凪丸だった。凪丸は暁斎の脇に立ち、小頭としての己を押し出していた。

「そのようなことがあろうか。あれ程、慎重に事を進めたのだぞ」

「弓で射掛けてみるのは、いかがでしょうか」

「小源太か」

「他にはおりませぬ」

「よし、任せよう」

小源太は弓を引き絞ると、里の中程に建つ家の板戸に向けて矢を放った。

かつん、と乾いた音を立てて、矢が刺さった。

だが、この時既に七ツ家は、隠れ里を捨てていたのだった。暁斎らが伝付峠を越えたところで、見張りの者が闇に紛れて走る《かまきり》らの姿に気付き、襲撃を逸早《いちはや》く隠れ里に報じていたのだ。

捨てるとなれば、七ツ家の行動は素早かった。日頃から火薬類などは離れたところに仕舞《しま》うなどしていたため、身の回りの物をまとめれば、家を捨てられたのである。

更にこの時は、上野の国から依頼を受けた勘兵衛らが、出立を前にして、

——武田に返答をしていない今、襲われる恐れはまずないが、万一の事を考え……。

と、見張りの強化と逃げ出す備えを命じていたために、素早さに拍車が掛かったのだった。それも、信方との会見の後に感じた得体の知れぬ気配のせいであった。

誰もおらぬ。そう思えば、そう思えた。だが、誰か潜んでいると思えば、いるようにも思えた。後は、勘だった。尾行を懸念して、三日も掛けて大回りして隠れ里に戻った勘兵衛は、勘の命ずるままに襲撃に備えたのだった。

矢に応じる動きは何もなかった。

（逃げられたか……）

と思う心と、もしやと思う心が、暁斎の中で戦っていた。山の民のことだ。総出で、どこぞに出掛けているのかもしれぬ。

（ここまで来てしまったのだ……）

逃げられたでは済まぬわ、と暁斎が、再び嘗《な》めるように里を見渡した時だった。矢を射られた板戸が音高く開き、老人が姿を現わした。

「……！」

長老だった。暁斎らが見守る中、長老は矢を引き抜いて捨てると、また何事もなかったかのように家に入って行った。

「取り抑えい」

《かまきり》が隠れ里に走り込み、長老の家の戸口に立った。ヌメリが鉄の爪《つめ》を板戸に打ち込み、戸を引き倒した。黒い口がぽっかりと開いた。

「中の者、出て来い」

「大声を出さぬでも、聞こえておるわ」

長老が腰に手を当てながら敷居を跨《また》ぎ、《かまきり》を見回した。

「大層な見幕だが、いかがしたのかな?」

「他の者どもは、どこに隠れたのだ?」

ヌメリらを掻き分けて前に進み出た瓜丸が、訊いた。

「そなたは、相当うつけだの。もしも隠れたものならば、問われたとて答えるとでも思うておるのか」

長老は歯の抜けた口を大きく開けて笑うと、

「それよりも、なぜ儂一人が残っているか、考えんか。その空っぽの頭で」

「なぜだ? 答えい」

「怒鳴るな。聞こえておると言うておろうが」

長老は右手を前に差し出した。髪の毛を編んで作った細い紐を握っていた。

「何だ、それは?」

「分からなければ教えてくれるわ。これを引けば、里が吹っ飛ぶのよ」

「何だと?」

瓜丸が顔色を変えた。

「脅しではないぞ。ほれっ」

長老が紐をぐいっと引いた。

《かまきり》数名が、間髪を容《い》れずに大きく飛び退いた。しかし、何も起こらなかった。

「嘘じゃ」

声を残し、長老の姿が空に跳ねた。と同時に野袴《のばかま》の中に隠していた山刀を引き抜き、横に薙いだ。凪丸は咄嗟に躱したが、隣にいた《かまきり》は動きが遅れた。《かまきり》の首から血飛沫《ちしぶき》が上がった。

長老は地に降りると、老人とは思えぬ素早さで転がり、再び地を蹴って宙に舞った。

だが、それまでだった。

陽炎の投げた太刀が、長老の腹を刺し貫いた。

「老人相手の遊びは止めにしたらいかがですかな?」

「何を!?」

凪丸が陽炎を睨《にら》み付けた。

「陽炎、口が過ぎるぞ」

暁斎は二人の間に割って入ると、だが、と続けた。

「陽炎の申すことにも一理ある。手間の取り過ぎだ。他に誰ぞ七ツ家がおらぬか、透波どもを呼び寄せて探させい」

凪丸が指笛を吹いた。家々の間から透波が駆け集まって来た。

「家を探れ」

透波が四散した。

「老人、答えよ」

と曉斎が、腰を屈《かが》めた。地に落ちた長老に動く余力はなかった。

「其《そ》の方《ほう》、死ぬために残ったのか」

「そうだ。死に場所は自分で作らぬとな」

「無駄なことを」

「分かっておったわ。お主らには敵わぬとな」

長老が、苦しげな息を吐きながら言った。

「だが、最後の最後に面白かったわ。よう見ておけ、七ツ家の死に様を、と言いたいが、看取《みと》ってくれずともよいぞ。お主らも、それどころではなくなるからの」

長老の咽喉が縦に小刻みに動いた。

（笑ったのか）

なぜだ？　曉斎は、里の家々に目を遣った。中には、七ツ家の者を探して透波が入り込んでいる。

（そうか――）

襲撃を察知して里を捨てたものならば、なにがしかの仕掛けを残して去った筈だった。踏み込むのは得策ではなかった。

「呼び戻せ」と、暁斎は叫んだ。「何ぞ、仕掛けがあるぞ」

凪丸が、透波たちに大声を発した。

「遅いわ……」

呟いた長老の咽喉《のど》を、陽炎の足が踏んだ。乾いた音がして、長老が息絶えた。

それを待っていたかのように、家々で爆発が起こった。

長老が髪の毛の紐を引いた時に、無煙火薬で作った火縄に火が点《つ》いていたのだ。

屋根が飛び、壁が崩れ、炎が噴き上がった。火達磨《ひだるま》になった透波が、あちこちの家から飛び出して来た。火を消そうと駆け寄った者を巻き込んで、透波の身体が破裂した。手持ちの火薬に引火したのだ。

「火薬を捨てろ」

凪丸の声が、空しく響いた。

「奴め、己が死ぬまでどれ程保《も》つか、知っておったようだな」

暁斎は炎に包まれてゆく隠れ里を見詰めながら、誰に言うともなく呟いた。

「必ず根絶やしにしてくれる」

五

七ツ家の隠れ里を襲撃してから一月半が経ち、年が明けて天文十三年（一五四四）となった。

前年九月に南佐久の長窪城を落とした武田晴信は、続いて北佐久を制圧すべく軍備を整えていたのだが、北佐久の前に伊奈谷に兵を進めなければならなくなった。

一昨年に降伏し、従属を約していた福与城主藤沢頼親《ふじさわよりちか》が、同族の高遠頼継と語らい、晴信に反旗を翻《ひるがえ》したという知らせが、透波によってもたらされたからだった。時に二月二日。晴信は、雑兵として駆《か》り出す百姓が農閑期のうちに平定してしまおうと、直ちに召集を命じたのだった。

この間、七ツ家の消息は、山伏、御師らを動員した探索にもかかわらず、まったく摑めないでいた。

「どこに隠れおったのだ？」

暁斎は、探索の範囲を甲斐と信濃だけでなく、駿河や相模まで広げるべきかと思案していた。

「逃げたのでは、ございませぬか」

凪丸のおもねるような物言いが、暁斎の癇《かん》に触った。

「逃げ出すような者どもなら、龍神岳城のような城攻めはせぬ。奴らは牙《きば》を研いでおるのだ」

暁斎の苛立《いらだ》ちが、やがて現実のものとなった。

§

五千の兵を率いて躑躅ヶ崎館を出立した晴信は、上原城でゆるりと休んだ後、高遠城へと向かった。

上原城は、諏訪家を破った後、板垣信方を諏訪郡代に任じて配した、諏訪統治の拠点だった。その上原城には、二年後に勝頼を産むことになる、諏訪御料人こと小夜姫がいた。晴信としては躑躅ヶ崎館に置きたかったのだが、正室の三条夫人との折り合いが悪く、上原城に預けていたのだった。それだけではなく、小夜姫を生まれ育った城に戻すことは、諏訪家の再興を祈る残党を抑える意味合いもあった。小夜姫が晴信の子を生《な》せば、諏訪家再興に繫《つな》がるからである。

連夜の酒宴と同衾《どうきん》も、二十四歳の晴信には、心地《ここち》好《よ》い疲労に過ぎなかった。弾けるように目覚めた晴信は、護符に戦勝を祈ると、寒風の中、高遠に向けて軍を進めた。

上原城から茅野、中河原を抜け、杖突峠に差し掛かった。

休ませると、兵は直ぐ顎を出した。上原城で休み過ぎたのか、杖突峠のくねくねとした上り坂で、足を縺《もつ》れさせている兵がいた。

「恩賞がほしくば、音《ね》を上げるな」

信方が、一声叫んだ時だった。

風が鳴った。

重い、唸るような音だった。

(何だ?)

四囲を見回していた信方の背後から、

「小猿、飛べい」

曉斎が鋭い声を発した。

信方の目の前を、黒い影がよぎった。《かまきり》だった。警護に当たっていた

《かまきり》の小猿が、弾みをつけて中空に跳ね飛んだのだ。

小猿の頭上に黒いものがあった。鉈だった。普通の鉈ではない。刃渡りが一尺もある長鉈だった。七ツ家の得物であることは、直ぐに分かった。

長鉈の落ちる先に、晴信がいた。

(御屋形様……！)

信方の目が吊り上がり、小猿と長鉈を追った。

気付いた兵が叫び声を上げた。隊列にどよめきが奔った。

晴信が頭上を振り仰いだ。と同時に、小猿が長鉈を腹で受けた。

小猿は長鉈を身体に巻き込むようにして抱き止めると、晴信を飛び越えて、地に降りた。歓声が沸き上がった。

「でかしたぞ」

信方の声に応《こた》え、小猿が苦痛に歪《ゆが》めた顔を上げた。鉈の攻撃を予測して、腹に厚く綿を巻いて警護に当たっていたのだ。暁斎が、隊列に紛れている《かまきり》に指笛を吹き鳴らした。

「者ども、七ツ家だ。油断致すな」

信方も隊列に向かって叫ぶと、手綱を引き、晴信の脇に駆け寄った。

「御屋形様、急ぎこの場をお離れ下され。危のうござりまする」

「動いては、却《かえ》って彼奴どもの術中に嵌《は》まる。動かぬが良策よ」

来たぞ。兵らが空を見上げ、一点を指さしている。

黒い点が膨らみ、長鉈の形が明らかになった。それは、晴信からは大きく逸《そ》れ、隊列の前方に落ちて行った。もし駆け出していれば、危ういところと思われた。晴信が信方に目を遣った。

四囲の藪《やぶ》が騒いだ。警護に散っている《かまきり》が七ツ家を探し回っているのだろう。

藪の中から指笛が鳴り、暁斎の指笛が応えた。暁斎が見詰める先に、三本目の長鉈が投げ上げられた。

長鉈は、方向を見定めようとして足を踏み出した暁斎から遠く離れた藪の中に落ちた。

「御屋形様をお守り致せ」

長鉈を警戒し、空を見上げている兵に信方が大声を張り上げて命じた。その声に重なるようにして、信方の足許をつむじ風が吹き抜けた。

(風……、まさか?)

信方の耳に、ぼくん、という重たい音が届き、次いで頬に飛沫が掛かった。手の甲で拭った。赤かった。

(血ではないか)

慌てて晴信を見た。

血潮を点々と浴びた晴信の身体が、馬上で固まっていた。見開いた目は、凍り付いたように動かず、馬の首筋を凝視している。

(御無事か)

「御屋形様」

信方が、叫びながら馬から飛び降りた。応えようとしたのか、顔を起こし掛けた晴信の鎧《よろい》に、兜《かぶと》に、血飛沫が飛んだ。

馬の首が裂けようとしていた。噴き出した血は、馬の脇腹を赤黒い筋になって幾重にも流れている。馬の首筋から鉈が抜け落ちた。首が崩れ、馬体が続いた。晴信が、馬とともに血溜《ちだま》りの中に倒れ込んだ。

晴信の父・信虎の愛馬鬼鹿毛《おにかげ》の子の最期だった。鬼鹿毛がほしいと信虎に言い、手ひどく拒絶されたのは、晴信が十三歳の時になる。父を追い、鬼鹿毛を我が物とし、代を重ねて乗っていた愛馬だった。

「捕えろ。逃がすな」

晴信が、血溜りから跳ね起きた。信方が、慌てて両の手を広げた。

「お隠れ下され。その七ツ家が狙うたは、何をしでかすか分からぬ者どもにござりまする」

「御屋形様では、彼奴らは、儂ではない。馬だ。小癪《こしやく》な真似をしくさりおったわ」

「儂であったならば、ない……？」

「御屋形様では、今の一撃で殺られておったわ。のお、暁斎」

「申し訳もござりませぬ」

暁斎が歯嚙《はが》みをしながら、片膝を突いた。

「鋭いですな」

繁《しげ》みの中から声がした。

晴信の近習に混じって、晴信を挟むようにして隊列を組んでいた典厩《てんきゆう》信繁や武田信廉《のぶかど》ら御親類衆の家臣が抜刀して、木立の中に斬り込んだ。

「なぜ、約定を違《たが》えた？」

声は、先程の繁みとは反対側から発せられた。晴信と信方が慌てて振り向いた。八間離れたところにある繁みが揺れ騒いだ。

「おのれ」

残っていた家臣が繁みに駆け寄り、槍《やり》で突いた。

「………」

手応えがない。繁みの中を覗《のぞ》いている。

「そこだ」

暁斎が、槍を別の藪に投げ込んだ。

「流石《さすが》だの」

槍を手にして勘兵衛が藪の中から現われた。

取り囲もうとした兵らを眼光鋭く見据えると、

「それ以上近付くと、この峠ごと噴き飛ばすが、よろしいかな？」

「待て」信方が駆けるようにして進み出た。「皆の者、騒がずに下がれ」

言ったそばから《かまきり》の投げた棒手裏剣が、勘兵衛に飛んだ。勘兵衛の手にした槍の穂先が一閃し、棒手裏剣を叩き落とした。

「止めろ。暁斎、《かまきり》に攻撃を止めさせい」信方が言った。

「………」

暁斎は、握り締めた棒手裏剣の刃先を太股に押し付けた。革袴《かわばかま》を通し、肉を刺した。ちくりとした痛みが奔った。更に押し付ける手に力を込めてから、指笛を吹いた。暁斎の手の動きを、勘兵衛は見逃さなかった。勘兵衛と暁斎の視線が絡んだ。

藪の中の動きが、静かになった。勘兵衛は、暁斎から信方に目を移した。

「勘兵衛殿、身共が申すこと、聞いてくれ」

「順序が違う。まず、答えよ。我らが返答を待たずに、なぜ隠れ里を襲うた？」

「済まぬ。手違いがあったのだ。身共が館に戻った時には、一部の者が既にそなたらの里に向けて出立しておってな、どうしようもなかったのだ」

「何と」

勘兵衛が頬だけを動かして、笑みを作って見せた。

「武田の《職》ともあろう御方が、里を焼き、老人を殺し、手違いで済まされるおつもりか」

虫が好過ぎるとは思わぬか。勘兵衛は、言葉を継いだ。

「我らの持っている火薬はすべて、この峠に埋めた。それがどれ程の量であるかは、よっくお分かりであろう。儂の合図で、この峠は跡形もなく噴き飛ぶ手筈になっておる。覚悟召されい」

「儂だ」

暁斎が、信方の前に回り、勘兵衛と向かい合った。

「里を焼き、老人を殺したは儂だ。儂の一存で襲うたのだ」

「御手前が、《かまきり》の棟梁か」

「左様、暁斎と申す」

「御手前の一存と言われるか」

「我ら《かまきり》を、そなたらは虚仮《こけ》にした。黙って引き下がっては、《かまきり》の名折れだからの」

「一々恨みに思われていたのでは、敵わぬな」

「どうだ？」と暁斎が、射竦《いすく》めるような眼差しを向けた。「けりを付けぬか」

「けりだと……」

「そうだ」

「無駄な争いはせぬ」

「臆《おく》したか」

「御手前方と違い、我らは殺しを生業《なりわい》とする者ではない」

「では、どうするのだ？　ここでけりを付けぬとあらば、地の涯までも追い続けるぞ。我らから逃れられるなどと思うも愚かよ。武田には、透波だけでなく、山伏や御師など山に通暁《つうぎょう》している者もおるのだぞ」

「語るに落ちたの。隠れ里を見付けたは、差詰《さしず》め山伏であろう。だが、そなたらでは山伏や御師は動かせまい。動かせるのは小山田衆であり、小山田衆に動くよう命じられるのは武田だ。となれば、武田が動いたことになるが、いかがかな？」

「どちらでもよいわ。それよりもけりを付けるのか付けぬのか、返答せい」

「それでよく棟梁が務まるの。けりを付けるために現われたのであろうが。火薬を敷き詰めてな」

「無傷で、峠を降りられると思うてか」

「試すがよい」

勘兵衛が左手を上げ、藪に隠れている小頭の源三に合図を送った。

藪の中から白煙を引いて狼煙が上がった。

「こちらの用意は整うておる」

勘兵衛は、背後の気配を探ると、

「武田が動いたと分かれば」と言った。「問答している暇はない。どこにも逃げられぬよう火薬を配したつもりだが、逃げられると思うなら、逃げて見せい」

藪の方に後退《あとずさ》ろうとした勘兵衛を、

「待たれい」

男が呼び止めた。色の黒い男だった。左の目が悪いのか、右目で見ようと顔を斜めに突き出し、左の足を引き摺《ず》っている。

「これはこれは、隊将殿ではござらぬか」

長窪城から塩硝を盗み出した時に騙して使った、足軽隊将の山本勘助だった。

「権六、久し振りだの」

「隊将殿が、何か」

「勘助」と信方が、叱責《しっせき》した。「新参者が出過ぎるでない」

「駿河守様、長窪城の一件のみならず、某《それがし》はちと御両者に関わりのある身なれば、是非ともお許し下されい」

「関わり？」

信方が聞き咎《とが》めた。

「さればでござる。身延道沿いで、手首をなくした瀕死《ひんし》の《かまきり》を助け、その者が首尾を果たした、と申し上げれば思い出されるかと存じまするが」

「その件ならば忘れておらぬが、それが何とした？」

「どういう訳か、七ツ家が絡むと某の身辺が騒々しくなるのでございます」

「だから、何なのだ？　何か申し述べたき儀があるのか？」

「七ツ家殿にあるのだが、よろしいかな?」

勘兵衛に訊いた。

「聞きましょう」

勘兵衛が答えた。

「しからば。御免」

勘助は、左足を投げ出して、その場に座り込むと、

「いやあ」と突然、大仰《おおぎょう》な声を出した。「其の方に騙されて、あの後は苦労したぞ。針の筵《むしろ》であったわ」

「それは済まなんだ。塩硝を手に入れたかったのだ」

「らしいの。龍神岳城に使《つこ》うたのか」

勘助は伸ばした膝を二度三度叩くと、

「七ツ家は」と、勘兵衛を上目遣いに見た。「火薬が得意技なのかな」

「……だとしたら?」

「火薬は止めぃ」と、勘助が勘兵衛に言った。「其の方は殺しを生業とする者ではないと言うたが、火薬を使い、峠を噴き飛ばせば、五千の兵も死ぬ。その粗方《あらかた》は罪もない百姓衆だ。それでは血に飢えた狼《おおかみ》と同じではないか。それでもよいのかな?」

「…………」

「某も、ここは決着を付けるが最良の方法と存ずる。今この機会を逃すと、これから先、いずれかが果てるまで戦うことになるとは思わぬか。《かまきり》の棟梁殿が、地の涯までも追うと言われるのだから、そのしつこさは想像が付くであろう？　それこそ、無益な戦いを繰り返すことになるというもの。双方、遺恨を残さず、例えば五対五で場所を決めて戦うてはどうだ？」

「隊将殿が仕官されたのは、確か……」

「昨年の三月だが」

「卒爾《そつじ》ながら、それまでは？」

「あちこちを渡り歩いておった。何せ、この面体故、仕官の口がなくての」

「見る目がなかったのですな」

「その通りだわさ」

勘助が弾けるような笑い声を上げた。

「此度は、長窪城の貸しを返したと思い、某の顔を立てい。新参者が御歴々の前に出て、掛け合ったのだ。これで駄目でしたでは、仕官の口が失《う》せてしまうわ」

「面白いことを言われる」

「だが、間違うてはおらぬぞ」

勘助が、ぐいっと鰓《えら》の張った顔で勘兵衛を見上げた。

「成程、龍神岳城の時は禄《ろく》を食む武家だけでしたが、ここには駆り出された百姓衆が沢山おりますな。危うく血に飢《は》えた狼になるところでした……」

「分かって貰えたか」

「《かまきり》と縁を切るには、戦うしかないことも、分かりました」

「では？」

「ここは隊将殿の顔を立てることに致しましょう」

勘助の頬《ひ》が引き攣《つ》った。それが笑顔であることを、勘兵衛は思い出した。

「それでこそ、七ツ家よ」

暁斎が割り込んだ。

「場所と日時は、七ツ家が決めい」

「その前に、隊将殿は遺恨を残さずと言われたが、棟梁殿は確約出来るのだろうな？」

「念には及ばぬ」

「たとえ、我らが勝利を得たとしても、だろうな？」

「案ずるな。身共が守らせる」

信方が進み出た。

「やはり山猿よ。勝ちを得る気でおるわ」

晴信が言い放った。

「だが、汝《うぬ》らは《かまきり》には勝てぬ」

「戦うてみなければ、分かりません。運がよければ、勝ちましょう」

「戦いは、運では勝てぬ」

「運は力と思うております」

「違うな。運は尽きるが、力は尽きぬ。勝敗を決めるは力であり、運ではない」

「御屋形様」

信方が、辺りを見回し、小さく首を左右に振った。

「分かっておるわ」

晴信は、血溜りの中から鞭《むち》を拾い上げると、一振りして血を飛ばし、勘兵衛に言った。

「我ら、火薬の上に長居するは好まぬでな。早《は》ようそなたらの死に場所を決めい」

「承知」

勘兵衛は甲斐と信濃の地図を頭に描いた。

ほどほどの距離があり、《かまきり》が前以《まえもつ》て小細工の出来ぬところ――。

(不入《いらず》の森か……)

ここから信濃の山裾に分け入って約十二里のところにある森だった。不入と言うが、人が入らぬのではなく、山に降る雨が多いと、森の中程に池が出来、通り抜けることが出来なくなるので、不入と言われている森だった。

「知っているか」

暁斎に訊いた。

「無論」

暁斎が答えた。

「日時は明日。卯《う》ノ中刻《ちゆうこく》(午前六時)を期して、双方が辰巳口《たつみぐち》と戌亥口《いぬいぐち》から森に入り、最後に生き残ったが勝ちとするのは、いかがかな?」

「心得た。人数は五対五でよいな?」

頷いた勘兵衛に、

「己が殺す相手を」と暁斎が言った。「見ておきたいのだが、異存は?」

「ない」

「では、儂から。凪丸、ここへ」

凪丸と呼ばれた男が、兵の脇を擦り抜けるようにして暁斎の背後に立った。

「ヌメリ」

その男には見覚えがあった。勘兵衛が手首を斬り落とした男だった。

(生きておったのか)

勘兵衛は、勘助が瀕死の《かまきり》を助けたと言っていたことを思い出した。

(すると、この男が寅王君を殺めたのか)

斬り落とした手首から鉄の手鉤《てかぎ》が覗いていた。

(あれが武器か……)

「小源太、陽炎」

小源太の陰に隠れるようにして陽炎と呼ばれた男が現われた。魂のない人形のような男だった。

勘兵衛は陽炎が身に纏っている気配を探ろうとしたが、小源太に邪魔されて探れなかった。勘兵衛は思いを改めて、

「聞いた通りだ」と藪に背を向けたまま叫んだ。「呼ばれた者は出て来い」

勘兵衛が最初に呼んだのは市蔵だった。

次いで、夜鴉、人影と続き、最後に二ツの名が口から出た。

市蔵の咽喉がくぐもった音を立てたが、勘兵衛は無視して続けた。

「我ら五人、辰巳口より森に入る」

「小細工は禁ずるぞ」

「同じことを言っておく」

勘兵衛はそれだけ言うと、市蔵らを促して藪に消えた。

それを待っていたかのように、隊列がざわめいた。

「静まれ、静まれ」

信方らが大声を発して、ざわめきを静めた。

「暁斎」

作られた静寂の中を晴信の声が通った。晴信は勘兵衛が去った藪を指さすと、力を見せつけてやれ、と暁斎に命じた。

「儂の目の前に、七ツ家の首を五つ並べるのだ。さもなくば、汝らの首を五つ並べてくれるぞ」

第十一章　決闘　不入の森

一

不入の森に足を踏み入れて、半刻《はんとき》（一時間）が経《た》った。

まだ、《かまきり》と出会う距離ではない。

勘兵衛らは、狩りで山に入る時と同様、約三間の間合を空けて一列になり、辰巳口《たつみぐち》から森に入った。先頭に市蔵、次いで勘兵衛、人影、夜鴉と続き、最後に二ツという順だった。

森は多くの樹木が木の葉を落とし、針のように尖《とが》った枝を絡ませ合っていた。

（これが吉と出ればよいのだが……）

夏場は鬱蒼《うっそう》と繁《しげ》る草木のために薄暗い森も、随分と見通しが利き、歩めば足裏でかさこそと枯れ葉が鳴った。

（少しは《かまきり》の動きを封ずることが出来るだろう……）

しかし、それは自分たちの動きを縛るものでもあった。後は、狩りで鍛えた技と勘を信ずるだけだ。

（敗れたとしても、七ツ家は続く）

そのために、小頭の源三を残し、敢《あ》えて泥目と土蜘蛛を外したのだった。

各人の力量は心得ていた。市蔵、人影、夜鴉。彼らがどのような動きを見せるか、勘兵衛は十全に呑《の》み込んでいた。読めないのは二ツだけだった。

（期待通りに動いてくれるか）

――二ツは天性の勘に加え、膂力《りょりょく》も付き、見違える程腕を上げています。それは認めます。ですが、《かまきり》のような手練《てだれ》を相手にするには、まだ早いかと思われます。

杖突峠で藪《やぶ》に入るや、市蔵が勘兵衛に翻意を迫って来た。市蔵だけでなく、源三も泥目も土蜘蛛も、二ツには敵と斬《き》り合った場数が少ないことを口にした。

――そうではない。この戦いの切り札は二ツだと思っている。それ以上の異議は、許さんぞ。

切り札と考える理由は、辰巳口で刻限を待つ間に四人に伝えた。

――《かまきり》の中に、気配を消せる者がいるようなのだ。其奴《そやつ》が儂《わし》や人影や夜鴉の間近に潜んでいた節がある。だから儂は、二ツの気配を察知する特異な才に、我らの命運を賭《か》けてみようと思ったのだ。

——果たして、私に読めましょうか。

二ツが気弱な顔をして見せた。

——何の。

と市蔵が、取って付けたような明るい声で言った。

——束ねにすら、確《しか》とは読めなかった気配だ。たとえそなたに読めずとも、気にすることはない。だが、敵がそこにいるいないは読めなかったとしても、身に危害が迫れば分かるのだろう？　それだけ分かれば十分だ。

——少しでも妙な気配を感じたら、竹笛で合図せいよ。

人影が言った。

指笛や鳥の啼《な》き声を真似《まね》られぬ二ツには、竹を削って作った笛が与えられていた。不器用な啼き声だったが、鳥らしく聞こえなくもなかった。

続いて森に入る順が決められた。

幾ら鍛練を積んでも、背後からの攻撃が一番防ぎ辛《づら》い。それぞれ背後の気配を一応読めるが、感覚の鋭さに優《まさ》る二ツが殿《しんがり》を務めることになった。後の順は不同で、時に応じて入れ替りながら進むこととした。

更に半刻が過ぎた。

森の深部に入ったことになる。もし《かまきり》が森の中を駆けていたならば、出会ってもおかしくない距離だった。

張り詰めたものが五人に奔《はし》った。歩く構えが低くなった。

二ツの目に、前を行く夜鴉の手が見えた。長鉈《ながなた》を左手に持ち替え、右手に《鳥撃ち》を提げている。

二ツは背後に気を配った。何の気配もなかった。

(これが戦いというものか……)

二ツは背後に向けていた気を、遥《はる》か前方に向けた。

(大事はないであろうの)

市蔵を気遣っている己がいた。それが、油断だとは思わなかった。ゆとりだと感じたところに二ツの甘さがあった。

(………!)

遅かった。気配を感じ取った時には、何者かが真後ろにいた。息を止め、張り合わせた二枚の紙のように、ぴったりと寄り添っている。

二ツの動悸《どうき》が激しく搏《う》った。

ところが、二ツの真後ろにいた陽炎にも油断があった。

自分がいることに気付かずに、前方を見遣っている二ツを見て、高を括《くく》ってしまったのだ。常ならば、直《す》ぐにも刺すか、咽喉を斬り裂けるように諸刃《もろは》の短刀を鞘《さや》から抜き払っているのだが、この時はまだ腰間《ようかん》に納めていた。

陽炎が短刀の柄に手を掛けた時だった。二ツが思いも寄らぬ行動に出た。真後ろに跳んだのだ。身体がぶつかり、双方が絡むようにして地に転がった。

「二ツ！」

夜鴉の声がした。声に続いて《鳥撃ち》が陽炎目掛けて飛んだ。陽炎は難無く躱《かわ》すと、

「口程にないの、七ツ家は」

捨て台詞《ぜりふ》を残して、藪に飛び込んで消えた。

「済まぬ」

「詫《わ》びはいい。手傷は？」

「何も」

「彼奴《あやつ》は、どのようにして襲って来た？」

「それが、気付いた時には真後ろに」

「束ねが言われた奴かも知れんの。気配は、しなかったのか」

「真後ろに来るまで、まったく」

「間違いなく、彼奴だ。確か、陽炎とか言ったが、やはりいたのだな、気配を消せる者が……」

（もし十全に気を配っていたら、気配に気付いただろうか）

自信はなかった。次に現われた時に、攻撃を躱す自信もなかった。

（どうしたら、よいのだ？）

たじろいでいる自分がいた。

「よし、行くぞ」

二ツの思いを他所《よそ》に、夜鴉がいつもの口調で言った。

「皆に、独りになった時は背後に気を配るよう伝えてやらんとな」

「分かりました」

だが、走り出した二人の前には、誰もいなかった。森の各所で落ち葉を踏む荒々しい音が起こっている。戦いが始まったのだ。

「ちっ」

夜鴉の舌が音高く鳴った。

二

市蔵は橅《ぶな》の喬木《きょうぼく》に寄り掛かり、息を整えていた。

すべては一瞬だった。

木立の合間から、空《くう》を裂く鋭い音が襲って来た。矢であることは直ぐに読めた。横に飛んだ。背後の気配で勘兵衛も避けたらしいことは分かった。矢の来た方向に走った。二の矢が来た。避けようとした。その動きを狙《ねら》っていたのだろう、脇腹目掛けて刀が突き出された。刀を躱せば矢が刺さり、矢を躱していれば刀が確実に脇腹を抉《えぐ》る。

鉄則があった。二つの方向から同時に攻撃を受けた時は、遠方よりも近くから躱すべし。

鉄則を思い浮かべた訳ではない。そのようなゆとりはない。自然と身体が動いた結果だった。ここで市蔵にとって幸運だったことは、刀を手にしていた凪丸が横に払うのではなく、突きで攻めて来たことだった。横に払われていたら、万に一つも躱せなかっただろうが、突きのため刀に沿うように身体を投げ出せたのだ。

市蔵は突き出された刀を髪一筋で躱すと、凪丸の顎《あご》に拳《こぶし》を叩《たた》き込んだ。だが、倒れながらの拳である。凪丸を昏倒《こんとう》させるには至らなかった。それでも、己が立ち直る間《ま》は稼げた。数回地を転がり、起き上がった時には、長鉈を構えていた。

「来い、七ツ家」

凪丸が木立の中に駆け込んだ。市蔵が追った。凪丸の姿が消えた。木立の陰に隠れたのだ。

（あそこか……）

市蔵は樵の喬木に寄り掛かりながら無臭香を焚《た》き、風向きを調べた。

ささやかな青い煙が、市蔵の手許《てもと》から、凪丸の隠れる木立の方へと流れて行った。

（貰《もら》った）

風上にいた。《風泣きの術》が使えた。

市蔵は懐から竹の細かな粉を詰めた革袋を取り出すと、凪丸が潜んでいる木陰に向けて火薬玉を投げた。

火薬玉が破裂する寸前、凪丸が跳んだ。風上に回さぬよう、市蔵も木陰を飛び出して回り込み、凪丸と対峙《たいじ》した。

瓜丸が太刀を抜き、身構えた。市蔵も右手で長鉈を構えた。左手には革袋が収められている。革袋をそっと振った。竹の粉が風に乗った。瓜丸の方へ流れて行く。

まさに、瓜丸の目許に届く寸前だった。瓜丸の口から炎が噴き出された。竹の粉が空中でキラキラと燃え尽きた。

「《かまきり》に、同じ手は通じぬわ」

叫ぶや、瓜丸は一気に間合を詰めた。

市蔵の長鉈が唸《うな》った。肉厚の刃の下を掻《か》い潜《くぐ》り、瓜丸の太刀が市蔵の腹を薙《な》いだ。血潮が噴き、腸《はらわた》が食《は》み出した。

（勝った）

瓜丸は会心の笑みを浮かべて振り向いた。そこで、瓜丸は息絶えた。瓜丸の額を、市蔵が倒れながら投じた長鉈が捕えたのだった。

三

間合は二十間（約三十六メートル）あった。人影の吹き矢には、遠過ぎた。

（間合を詰めねば……）

とは思うが、間には池があった。

不入《いらず》の森と呼ばれる因《もと》になっている池だった。池は突如として山の窪《くぼ》みに現われ、水量が豊かな時は、森の横断を不能にした。

山に降った雨が地中に染み込み、森の中程で湧《わ》き出すためだと言われていたが、雨の降った後に必ず出現するというものでもなかった。まったく気紛れに湧き出す池だった。その池を挟んで、人影と小源太が勝機を窺《うかが》っていた。二十間の距離は、弓を武器にする小源太に圧倒的に有利だった。

まだ小源太は、続けざまに矢を射る技を見せていなかった。池の向かいに潜んでいた人影を見付け、一本射ただけだった。

(よう気付いたものよ)

射ても羽根の音がしないよう矢羽根に工夫を凝らした矢で射たのだが、躱されていた。

(もう少し待てば、背を向けていたやもしれぬな……)

見付けたことに喜び過ぎてしまった己を、小源太は恥じた。

人影が潜んでいる場所は捉《とら》えていた。池のほとりにある細い倒木の陰だった。倒木が朽ちていれば、射抜く方法もあった。鉄の矢で射るのである。鉄の矢は三本だけ持って来ていた。逃げられる恐れはなかった。身動きすれば、それとはっきり見て取れたからである。小源太は、人影が痺《しび》れを切らすのを待った。

一方人影は、身動きの取れぬ状況に焦り始めていた。

（味方が現われればよし、敵が現われれば命は尽きる……）

このまま、何もせずに待っていることに耐え切れなくなっていた。

（仲間を呼ぶか……）

賭けだった。もし近くに《かまきり》がいれば、合図を怪しみ、駆け付けて来るのは目に見えていた。

（吉と出るか、凶と出るか、二つに一つ）

人影は指笛を低く鋭く吹くと、吹き筒を握り締めた。

枯れ葉を踏む足音が、足許の方から聞こえて来た。拙《つたな》い歩き方だった。《かまきり》ではない。七ツ家に、いたか？

（二ツか？）

僅《わず》かに首を擡《もた》げて、足の間から見た。

二ツだった。

木立に隠れながら、《かまきり》がいるのか、と手真似で聞いている。人影は小さく頷《うなず》いた。

今度は、どこだ？　と聞いているらしい。人影は指で、大凡《おおよそ》の方向を伝えた。

二ツは、暫《しばら》くそちらを見ていたが、やがて分かったのか、木立から姿を現わすと、

「敵の武器は弓矢のようですね」

と言いながら、池の端を《かまきり》が潜んでいる方に駆け出した。

人影も驚いたが、小源太も驚いた。

矢を番《つが》えると、まず一本目を射た。過《あやま》たず、二ツの正面に飛んだ。躱した。躱した途端に二の矢と三の矢が来た。二の矢を首を竦《すく》めて躱している間に、三の矢が腹に来た。長鉈の峰で叩き落とした。速い。一人が連射し得る速度とは思えなかった。次いで、四の矢が唸りを生じて飛んで来た。風を切る音が違った。

(竹ではない)

二ツは転がって躱すと、五本目の矢を番えている小源太の前で跳ね起き、愕然《がくぜん》としている小源太の肩を、長鉈で袈裟《けさ》に斬り裂いた。小源太が血飛沫《ちしぶき》の中に沈んだ。

「倒しました」

池越しに人影を見た。姿がなかった。

(どこです？)

探した。池に倒れ込んでいた。水が朱く染まっている。

水音が立った。

少し離れた池の縁《ふち》に男が立っていた。小石を池に投じたのは、陽炎だった。

二ツは小源太の弓を取ると、弦を引き絞り、射掛けた。幼い頃から武術を習っている二ツである。矢は正確に陽炎目指して飛んだ。だが、正直過ぎる矢を躱すのに、苦労はいらなかった。陽炎はやめろ、と言わんばかりに、首を竦めると、木立に消えてしまった。

四

その頃勘兵衛は、ヌメリとの戦いに臨んでいた。勘兵衛は山刀の柄に杖を取り付けた手槍《てやり》を構え、ヌメリは左手に太刀を持ち、鉄の手鉤《てかぎ》を付けた右手を前に伸ばしている。

「ここで恨みを晴らしてくれるわ」

ヌメリが低く呻《うめ》いた。

「その腕で、果たせるかな……」

勘兵衛は、ヌメリのみならず四囲にも気を配りながら、左へと回った。

左に回られては、太刀の捌《さば》きが窮屈になる。ヌメリは、突破口を攻撃に求めた。勘兵衛はヌメリの打ち込みを手槍で躱すと、手槍を引くと見せて、胸許を突いた。ヌメリが大きく後方に跳んで避けた。

睨《にら》み合いが数瞬続いた。ヌメリは手鉤を前に突き出すと、太刀を肩に担いだ。そして、今度はヌメリが、勘兵衛の周りを右回りに走り始めた。

一周し、二周目に入った時、駆ける速度を利用して、ヌメリが太刀を勘兵衛に投げ付けた。まさか、太刀を投げて来るとは思わなかった勘兵衛だが、危ういところで躱した。その隙《すき》を突いて、ヌメリが飛び掛かり、手鉤を振り下ろした。勘兵衛は手槍の柄で受けた。手鉤は柄を折り、勘兵衛の刺し子を引き裂いた。

（どうだ！）

ヌメリの勝ち誇った目に、勘兵衛の指が飛んだ。反射的に顔を逸らしたヌメリだったが、両の目を守ることは出来なかった。左目が勘兵衛の餌食《えじき》となった。

叫び声を発して、ヌメリが勘兵衛に組み付いた。勘兵衛は両手で手鉤を摑《つか》むと、ヌメリの身体を腰に乗せ、投げ飛ばした。手鉤を腕に縛り付けていた革紐《かわひも》が切れ、ヌメリの腕から手鉤が外れた。勘兵衛は手鉤を投げ捨てると、柄の折れた手槍を拾い上げ、ヌメリに投げ付けた。手槍は真っ直ぐに飛び、ヌメリの咽喉《のど》に刺さった。噴き出した血潮が、落ち葉を染めた。

勝負は決した。勘兵衛はヌメリの咽喉に刺さった手槍を取ろうと手を伸ばした。その伸ばした袖口《そでぐち》を、事切れたかに見えていたヌメリの左手が摑んだ。必死の力で摑み、そのまま息絶えた。

「ぬっ……！」

勘兵衛は振り解《ほど》こうとした。腕を振り、ヌメリの指を外そうとした。だが、刺し子を捕らえたヌメリの指は、離れようとしない。

「ヌメリ、よう遣《や》った」

背後から声がした。声と同時に、鋭い痛みが背と肩に奔った。

勘兵衛は、ヌメリの胸倉を摑んで引き起こし、陰に隠れた。

銀色に光るものが三つ飛んで来た。光るものは、ヌメリの背に刺さった。棒手裏剣だった。

「よいことを教えてくれるわ」

曉斎が、前方八間のところに現われた。

「ヌメリの腰に木箱があろう？　それには火薬が詰めてあるのよ」

暁斎は胴火《どうび》から棒手裏剣を引き抜くと、

「今、刃先を焼いたからの。刺されば爆発するぞ」

暁斎の手を離れた棒手裏剣が銀色の光となった。

勘兵衛は光の流れる筋を読み、ヌメリの遺骸《いがい》をずらした。刃先を焼いた棒手裏剣がヌメリの背に刺さった。

「次は、どうかな？」

暁斎は再び刃先を焼くと、火薬目掛けて投げ付けた。勘兵衛は、僅かの間に光の筋を読み切っていた。ヌメリの遺骸を使い、棒手裏剣を躱した。

「今度は、どうかな？」

また棒手裏剣が飛んで来た。光を読んだ勘兵衛が、躱した、と思った瞬間、左の肩口に激痛が奔った。

（……………！）

分からなかった。どこから飛んで来たのか、まったく見えなかった。

棒手裏剣が見えない以上、手の動きで読むしかなかった。

暁斎の手の動きを見逃さぬよう注意を払いながら、肩口に刺さった棒手裏剣を抜き取った。刃が黒く焼けていた。鉄を焼き、熱いうちに絹で擦《こす》ると、絹が黒く焼き付き、刃が光を宿さなくなる。忍びの世界では、それを綿色を掛けると言った。

（光るものと綿色を掛けたものを、投げ分けたのか）

そこまでは分かったが、刃の放つ光に気を集めていた分、綿色を掛けた棒手裏剣を見切ることが難しくなっていた。

（読めぬ……）

暁斎の手が、動いた。

「ぐっ……!!」

激痛が右の肩口に奔った。腕が痺れ、指が動かなくなった。棒手裏剣が、腱《けん》を串刺《くしざ》しにしたのだ。

勘兵衛は、腱を傷めぬようにそっと肩口の棒手裏剣を引き抜いた。激しい痛みを残して、痺れが遠退《とおの》いていった。

「片方ずつでよかったの。それが両肩だと、ちと困ったことになるからの」

暁斎は、ゆったりと右に左にと歩きながら、

「よう分かったであろう」と、勘兵衛に言った。「汝《うぬ》らと我らでは、力が違うのよ」

「……………」

「冥土《めいど》の土産に、《かまきり》の棒手裏剣をたっぷりと味わうがよいわ」

　暁斎が右手を振り上げた。光るものが垂直に上に飛んだ。高みに達した棒手裏剣が、雨のように勘兵衛の頭上に振り注いだ。それを避けようと、ヌメリを持ち上げたところを狙って、暁斎の左手が動いた。地を這《は》うように低く飛んだ棒手裏剣が勘兵衛の両膝《ひざ》を捉えた。

　堪《たま》らず、勘兵衛が倒れた。ヌメリの手はまだ袖口を摑んでいる。長鉈を引き抜き、ヌメリの腕を叩き斬った。手を背に回し、刺さった棒手裏剣を抜き取りに掛かった。深く刺さっている。引き倒すようにして抜いた。激痛が全身を駆け抜けた。次いで、膝の棒手裏剣を抜いた。

（まだ運が残っていた……）

　両膝とも刺し傷だけで、皿を割られてはいなかった。痛みは耐えることが出来る。

「では、仕上げに移るかの？」

　暁斎が、頭上にかざしていた棒手裏剣を斜めに投げ下ろした。

「《不知火《しらぬい》》」

　数条の光の筋が、勘兵衛に群がった。躱し損ねた棒手裏剣が腕と足に刺さった。

「《風車》」

　暁斎の手首が撓《しな》った。

棒手裏剣が回転しながら、勘兵衛に向かって飛んだ。最初の一本が、ヌメリの腹を裂いて、木立に刺さった。二本目は勘兵衛の腕を掠《かす》めた。刺し子が裂け、肉が抉《えぐ》れた。三本目が円弧を描いて飛んで来た。

勘兵衛はヌメリの遺骸を捨て、転がった。

転がる勘兵衛を追い掛け、棒手裏剣が地に突き刺さった。勘兵衛は跳ねるようにして起き上がると、その力を使って木立に飛び上がった。

「愚か者が、自分で逃げ場を……」

暁斎が言う間もなく、勘兵衛の身体が頭から落ちた。落ちながら空中で回転すると、長鉈を投げ放った。長鉈が唸りを上げて暁斎に飛んだ。当たれば、骨を砕くか、手足を断ち切る長鉈である。暁斎は、しっかと長鉈を見据えて避けた。

その僅かな間隙《かんげき》を捕えて、勘兵衛が姿を隠した。

(どこだ？)

暁斎は、両の手に棒手裏剣を握ると、一足ずつ慎重に進み、辺りを見回した。

(遠くには行けぬ。この辺りにおるに相違ない)

暁斎は、片膝を地に付けると、勘兵衛が動き出すのを待った。

五

夜鴉が異様な気配に立ち竦んでしまったのは、勘兵衛がヌメリと戦っている頃だった。

(何かがいる……)

確かにそう思えた。だが、気配がなかった。

(厄介な奴に取り付かれてしまったわ)

逃げる自信はなかった。死ぬのだ、と思った。後は、死に方だった。綺麗《きれい》も汚いもなかったが、山の者として恥ずかしくない死に方をしたかった。肝《きも》が据《す》わった。と、突然、奇策が浮かんだ。

(その手が、あったか)

夜鴉は、大地に寝転んだ。

(これで背後は取られぬ)

近付けば、それが人であり、重さがある以上、なにがしかの音はする。それを捕えれば、いい。

右手に長鉈を、左手に山刀を持ち、枯れ葉に埋まるようにして、気配を待った。

「浅知恵よ」

足許の方から声がした。

「それで儂が近付けぬとでも思うたか」

(あそこか)

樫《かし》の陰で気配がした。

(やるか)

夜鴉は両の手にあった得物を地に置くと、《鳥撃ち》を懐から取り出し、樫に向けて投げた。紐の代わりに黒髪で編んだ《鳥撃ち》だった。綱や縄を使ったものよりも、強くしなやかだった。一本、二本、三本。《鳥撃ち》が樫に巻き付いた。何かを捕えている。振り解こうとしているのか、両端の小石が揺れている。

走った。いや、走ろうとした。だが、足が出なかった。視界が揺れ、やがて暗くなった。夜鴉が最後に見たものは、陽炎の足袋《たび》と草鞋《わらじ》だった。

陽炎は、夜鴉に止《とど》めを刺すと、樫の木肌に棒手裏剣で留めていた兎《うさぎ》を野に放した。

六

(皆、どこにいるのだ?)
二ツは森の奥へと分け入りながら、辺りを見回した。
(市蔵は、無事だろうか)
竹笛を吹きたかったが、敵に居場所を教えることになるので、堪《こら》えることにした。
(まあ、よいか。隈無《くまな》く歩けば、会えるだろう……)
谷を歩いた。藪をしごいた。開けたところに出た。
一面の枯れ野だった。ひどく寒々しい風景だった。
(こんなところで命の遣り取りをするのは、堪らんな)
二ツは、足早に横切ろうとして、枯れ野に満ちる殺気に足を止めた。
(どこだ?)
枯れ野の奥の方で、殺気が冷たい炎のように揺らめき立っている気配がした。
人数は一対一。
《かまきり》と七ツ家が身動き出来ぬ様になっていることは、間違いなかった。

（加勢せねば）

二ツは腰を屈《かが》めると、枯れ野の奥へと走った。

もう一人、この枯れ野に行き合わせた者がいた。陽炎である。

《かまきり》の誰かが一対一で戦っているのは分かったが、そこにもう一人加わろうとしている者がいた。それが、味方なのか敵なのかは分からなかった。味方ならば、三対一となり、七ツ家を嬲《なぶ》り殺しに出来る。だが、敵ならば、二対二となり、頭数では互角となる。

（どちらだ？）

迷った陽炎は、声に出して聞くことにした。一対一ならば、後れは取らぬ。その自信があればこその決断だった。

「陽炎だ。加勢するぞ」

陽炎の声を聞いた二ツは、

（成程）と、思った。（このような時は、名乗るのか）

枯れ草の中で、大声を発した。

「七ツ家の二ツ、参……」

二ツが言い終わらぬうちに、激しい土埃《つちぼこり》が舞い上がり、その中から二つの影が左右に跳んだ。二ツの目の前に跳んで来たのは、全身から血を滴らせた勘兵衛だった。

「何と、束ねでございましたか」

二ツが、嬉《うれ》しそうな声を出してから、勘兵衛の身体を見回した。

「大丈夫でございますか」

「のんびりするな。隠れろ」

勘兵衛は二ツの背を押して、繁みに潜んだ。

「そなた一人か。他に生き残っておるのは？」

「分かりません」

「何ゆえ、あのような大声を出した？」

「いけなかったでしょうか」

「陽炎を真似たのか」

「はい」

勘兵衛は短く笑うと、直ぐに真顔に戻った。

「二人きりだと思い、戦うぞ」

「陽炎こそ、気配を断つ術を心得た者です。襲われて、私は危うく躱しましたが、人影《や》は殺られました」

「どうすれば、躱せるのだ？」

「私は背後に立った陽炎にぶつかることで逃げましたが、気付くのが少しでも遅れれば、殺られていたでしょう」

「癖は？」

「奴は必ず背後に立ち、襲って来ます」

「間《ま》は？」

「気付いているか、いないかを確かめてから、襲うようです」

「直ぐにではなく、幾許《いくばく》かの間がある訳だな？」

「私は、それで躱しました」

「そこだ」勘兵衛が手を差し出した。「長鉈を貸してくれ。一か八かの勝負をするぞ」

勘兵衛が策を話した。

「出来るか」

「楓に聞いたことがあるので、出来ると思います」

「よしっ」

勘兵衛と二ツは、跳び出す呼吸を測った。

一方、暁斎と陽炎は、無言で指文字を送り合っていた。

――その向こうの繁みの陰だ。

――棒手裏剣を投げ込んで下されʼ。離れ離れになったところを、儂が背後から襲いましょう。

――分かった。油断するな。

暁斎が、立て続けに棒手裏剣を枯れ藪に投げ込んだ。枯れ藪にいた二人が左右に跳んだ。暁斎の頰《ほお》が微《かす》かに動いた。

(勝負はあったな)

左に跳んだ二ツは、腰を落として、勘兵衛のいる辺りを窺った。勘兵衛は陽炎を警戒して、絶えず背後に気を配っている。

(そうだ。そうしておれば、束ねの背後を突くことは出来ぬ……)

二ツはそっと立ち上がると、勘兵衛の方に足を踏み出した。

(こっちだ、こっちに来るのだ)

と口の中で唱えながら、一歩、更に一歩と密《ひそ》やかな歩みを重ねた。

その時だ。背中に何かが張り付くような、微かな気配がした。それは、あるかなしかの風にも似た、気配というより予感と言った方が正しいような感覚だった。

(来た……)

背後の者の腕が動いた。一瞬の狂いもなく、枯れ藪の方から風を切るような重い音が聞こえて来た。と同時に、二ツは息を吸いも吐きもせず、そのまま身体を前に投げ出した。呼吸半分だけ、二ツの動きが速かった。陽炎が突き出した諸刃の短刀は、二ツの刺し子と肌を斬り裂いたに過ぎなかった。

(躱された！)

二ツに躍り掛かるには、伸ばした腕が邪魔だった。しかし、腕を引き戻し、短刀を逆手に持ち直す暇《いとま》は、陽炎には無かった。身体を投げ出した二ツの陰から飛んで来た長鉈が、既に目の前にあった。勘兵衛の放った《熊落とし》の一撃だった。

あっ、と思った時には、陽炎は顔の上半分を斬り飛ばされていた。

「間に合ったようだな」

勘兵衛が、辺りを警戒しながら二ツの斜め正面に回り込んで来た。前方に目を配れば、互いの背後を守れる位置だった。

「紙一重の差でしたが」

「霞《かすみ》のように突然現われたので、焦ったわ」

「……それよりも」

勘兵衛の腕から、足から、血が滴り落ちていた。二ツは、革袋から取り出した血止めの薬草を、手早く勘兵衛の傷口に当て、布を巻いた。

「誰か、倒したか」

「小源太を。ですが……」

「人影が殺られたのだな」

「はい」

「儂はヌメリと、この陽炎を倒してくれた。市蔵と夜鴉について、何か知らんか」

二ツは首を左右に振った。

「すると、生き残っておるのは、我らが四人、《かまきり》が二人。最悪の場合でも、二対二か」

「……」

「集めるか。優位にあると思えるうちに」

勘兵衛は、棒手裏剣の攻撃に備えて身構えると、

「暁斎殿」と、叫んだ。「陽炎を討ち取ったぞ」

「……」

「これから出て行く。互いに残りの人数を調べて見ぬか」

一呼吸置いて、暁斎の返答が届いた。

「……よかろう」

勘兵衛は二ツを伴って、枯れ藪を出た。二人の姿を見届けたのだろう、遅れて暁斎が姿を現わした。互いに歩み寄り、幅三間の距離で向かい合った。

「儂から吹いてみよう」

勘兵衛が指笛を吹いた。長く、短く、短く、長く。待った。応答を待った。だが、返事は返って来なかった。

（残ったは、儂と二ツか……）

相手は《かまきり》、やはり並の者ではなかったのだ、と勘兵衛は、今更ながらに思った。一瞬でも優位にあると思った己を責めながら、

（ようやった）と心の中で、市蔵と人影と夜鴉に呼び掛けた。（よう戦った）

一方、二ツは、

（死んだのだ……）

と、自らに言い聞かせていた。

（市蔵は、死んだのだ）

溢《あふ》れそうになる涙を懸命に堪えた。父の死に目にも、母や姉の死に目にも会えず、此度は市蔵を枯れ野のどこかで果てさせてしまった。親しい者の死に目に会えない自

分に、どうしようもない巡り合わせを感じた。

墓を作ってやれたのは、楓だけだったか……。

涙を拭った二ツの目の端に、陽炎を倒した長鉈が映った。木の幹に刺さっていた。歩み寄り、手に取って血を拭った。

「……待っても無駄だろう。どうやら、我ら二人のみのようだ」

「儂の番だな」

暁斎が指笛を吹いた。長く、長く、短く、短く。同じ指笛でも、使う指が違うためか、まるで異質な音に聞こえた。やはり、答はなかった。

「儂だけか……」

「もう止《や》めぬか。これ以上血を流すことはあるまい。《かまきり》の技量の凄さには恐れ入った」

「そなたらにとっては、潮時かもしれぬが」

と言って暁斎は、袖口から手を差し込み、上腕部に巻いた革の帯を調べた。二人を倒すだけの棒手裏剣は、十分残っていた。

「《かまきり》に潮時はない。死ぬまで……」

指笛が、暁斎の言葉を途中から奪った。長く、長く、短く、短く。暁斎の使う指と同じ音色だった。

「おったわ。《かまきり》は、まだおったではないか」

指笛は四方から鳴った。その数は四つ五つではなく、十か二十か、それ以上の数だった。

「何だ？」

暁斎自身が、訳が分からず、うろたえている。

勘兵衛と二ツは、長鉈と山刀を分け合って身構えた。四方を囲まれているのだ。逃げ場はない。

やがて、枯れ薮や立ち枯れた木立などの間から、二十数名の《かまきり》と思われる忍びが現われた。

「暁斎」

声と同時に《かまきり》の列が左右に割れ、板垣信方が進み出て来た。

「御支配、これはいかなる仕儀にて……」

「其の方、大言壮語しておきながら七ツ家如きに後れを取るとは何事か」

「まだ、決着は……」

「ついておる。己の足で立っている者の数が表わしておるわ」

食い下がろうとする暁斎を、信方の一言が斬った。

「見苦しいぞ、暁斎」

「……」

「其の方、只今《ただいま》限り、《かまきり》棟梁《とうりよう》の任を解く」

「何と!?」

暁斎の拳が小さく震えた。

「それは、御屋形《おやかた》様の御意向にござりまするか、それとも?」

「儂の進言を、御屋形様が呑まれたのだ」

「信じられませぬ。まさか、御屋形様が……」

「往生際が悪いぞ。諦《あきら》めい」

「武田家の御為《おんため》を思い、身を粉にして御役目を果たして来た揚げ句が、この仕打ちにござりまするか」

「《かまきり》の名を貶《おと》しめた罰だ。腹掻《か》っ捌《さば》いて、果てい」

信方は、勘兵衛と二ツに目を移すと、

「しかし……」

「七ツ家の衆」と言った。「儂はそなたらと事を構えたくなかった。そのために努力もした。そこに嘘偽《うそいつわ》りはない。だが、血気に逸《はや》った者どもが、儂の思いをことごとく踏み躙《にじ》ってくれたのだ。どうしようもない愚かな者どもだが、彼《か》の者らもまた武田なのだ」

「何が言いたい？」

「武田としては、この勝負せめて引き分けと致さねば、面目が保てぬのだ」

「成程。そういうことか」

「済まぬが、生かして帰す訳にはいかぬのだ。暁斎ともども、死んでくれい」

信方が下がると、《かまきり》が四囲《しい》を囲んだ。

(これまでか)

と、暁斎は天を呪った。味方に同数の《かまきり》がいるならともかく、己一人の力では、囲みは破れても、信方に棒手裏剣を撃ち込むまでは無理な望みだった。

このような最期を、ただの一度も思い描いたことはなかった。暁斎は乱れようとする心を奮い立たせ、七ツ家の二人を見た。

(儂の技をもってすれば、二人を、いやせめて一人は逃がせるやもしれぬ……)

《かまきり》の動きに警戒しながら、

「生き延びた果てがこれでは、浮かばれぬの」

と暁斎が、勘兵衛と二ツに言った。

「儂は助からぬ。また、助かろうとも思わぬが、万一其の方らがこの森から脱した時には、御支配を討ち、仇《かたき》を取ってはくれぬか」

「承知した。何としても、逃げ遂《おお》せて見せるわ。これで殺されたのでは、死んでいった者たちに合わせる顔がないからな」

「戯《ざ》れ言《ごと》を申すな。殺れ」

信方が叫んだ。

しかし、《かまきり》は、勘兵衛らを余りに完璧《かんぺき》に取り囲んでいたために、避けられた場合に同士討ちになることを恐れ、弓や棒手裏剣を使えずにいた。抜刀し、腰を割り、じりじりと足をにじった。

「儂が逃がしてくれるわ」

真後ろに走れ、と小声で暁斎が言った。そこだけは逃げ道として開けておく。

「儂の死に様を冥土の土産に見せてくれるが、その前に」

と言って、一人の《かまきり》に視線を投げた。

「花船《はなふね》の鬼頭次《きとうじ》、そなたが次の棟梁か」

「さあ」と鬼頭次が、足をにじりながら答えた。「どうでございましょう。まだ、御支配より、何も伺《うかご》うてはおりませぬが」

「……その時は、《かまきり》を頼むぞ」

「心得ました。さすれば、心置きなく……」

「死ねとてか」

　暁斎は垂直に跳び上がると、海老《えび》のように背を反らせ、元に戻る反動を使い、一瞬のうちに棒手裏剣を雨霰《あめあられ》と《かまきり》に投げ付けた。勘兵衛と二ツが見たのは、鬼頭次が棒手裏剣を額と胸に受けて絶命し、信方を警護していた二名を含む、五指を超える《かまきり》が、咽喉や胸を押さえてのたうち回っているところまでだった。

　地に降りた暁斎に《かまきり》たちが群がった時には、勘兵衛と二ツは既に背後の藪に跳び込み、駆け出していた。

　逃げるに徹すれば、山間《やまあい》の地を駆けて追い付かれたことのない七ツ家だった。四半刻走っては血止めの薬草を塗り、傷口を縛り直し、ひたすら信濃の山襞《やまひだ》深くに入り込んだのである。後は山に籠《こ》もり、追っ手の気配が消えるまで、辛抱強く待てばよかった――。

七

四年後の二月、武田軍は、北信濃の豪族・村上義清軍と小県《ちいさがた》郡上田原《うえだはら》で一戦を交えた。先鋒《せんぽう》を預かった信方の活躍で、戦況は武田軍に有利に展開していた。

その十四日――。

突然、戦場が静かになった。繰り返されていた小競り合いのことごとくが収束を見せたのだ。目に見えるものは、人と馬の死骸だけだった。

嘘のような静けさに誘われた信方は、一人陣営を離れ、数多《あまた》の屍を見詰めていた。

「御支配殿」

どこからか、声がした。

「んっ？」

返事をしてから、自分を《支配》と呼ぶのは《かまきり》か透波に限られていることに気付いた。しかし、彼の者らは《御支配》と呼んでも、《殿》は付けない。

「誰だ？」

見回した。屍しか、周りにはない。

「七ツ家にござる」

「……遂《つい》に現われたか」

信方の声には、落ち着きがあった。

「儂が命を取りに来たか」

「左様」

「やはりの」

「…………」

「武田の御為と称し、其の方らとの約定を反古《ほご》にした儂だ。暁斎との経緯《いきさつ》もある。このまま済むとは、思うてはおらなんだ。だが、四年が経ち、もしやと思うておった矢先であった」

信方は、岩に腰を下ろすと、続けた。

「助かる道は？」

「どこにも」

「ないか」

「ございません」

「では、抗《あらが》わぬ。今日は儂の命日に相応《ふさわ》しい日和だ」

「……」

「この四年の間に《かまきり》は変わったが、七ツ家はどうじゃ？」

「何も」

「変わらぬか」

「人は変われど、七ツ家は七ツ家にございますれば」

「そうか。うらやましいことだな」

「御覚悟を」

「うむ」

その光景を、晴信が床几《しょうぎ》に腰を下ろして見ていた。

（信方は、何を致しておるのだ？）

警護の兵を引き連れもせず、ただ一人で岩に腰掛けている姿は、亡霊のように見えた。

（危ない……）

不安を覚え、晴信が立ち上がった時には、既に遅かった。信方の首が、胴から離れ、虚空に刎《は》ね飛んでいた。首を無くした身体は、暫くそのままでいたが、噴き出した血潮が収まるにつれて前に傾き、やがて頽《くずお》れていった。

「信方！」

晴信が叫んだのと同時に、累々《るいるい》と横たわった屍の中から男が立ち上がり、紐のようなものを手繰り寄せ始めた。男の手が止まり、紐をぐい、と強く引いた。紐の先に結び付けられていたものが、生き物のように跳ねて男の手に飛び込んだ。

(何だ、あれは？　鉈、か……すると、あの者は……七ツ家)

「捕えい！　何としても捕まえて、八つ裂きにせい！」

晴信の命に応じて、騎馬武者の立てる蹄《ひづめ》の音と雑兵《ぞうひょう》の足音が湧き起こった。

男は追っ手との距離を計りながら、長鉈を背帯に差した鞘に納めると、疾風のように駆け出した。二十歳になった二ツだった。

解説

細谷正充

「国内の山村にして遠野より更に物深き所には又無数の山神山人の伝説あるべし。願はくは之を語りて平地人を戦慄せしめよ」

柳田國男『遠野物語』序文より

帰ってきた。あの記念すべき作品が、「嶽神伝」シリーズの、エピソード・ワンとして帰ってきた！　こうやって解説を書いているだけで、血の滾《たぎ》りが収まらない。なにがそんなに、私を興奮させるのか。きちんと説明するためには、まず作者の経歴をたどる必要がある。

長谷川卓は、一九四九年、神奈川県に生まれる。早稲田大学大学院文学研究科〈演劇専攻〉修士課程修了。一九八〇年、「昼と夜」で群像新人文学賞を受賞。翌八一年には「百舌が啼いてから」で芥川賞候補となる。一九九四年十二月には、初の時代長篇『運を引き寄せた男――小説・徳川吉宗』を、かんき出版より刊行。一九九五年のNHK大河ドラマ『八代将軍吉宗』を当て込んだ企画本だったのだろうが、作者は早くも独自性を発揮。徳川吉宗の野望に満ちた生き方を、彼の手足となって働く根来《ねごろ》忍者を中心にして描いた、エンターテインメント・ノベルに仕立て上げたのである。その後の作者の萌芽が感じられる、興味尽きぬ作品だ。

そして二〇〇〇年、『南稜《なんりよう》七ツ屋秘録　七ツの二ツ』(応募時のタイトル)で、第二回角川春樹小説賞を受賞。《南稜七ツ家》と呼ばれる山の者と、武田の精鋭忍者集団《かまきり》の死闘を活写した時代活劇は、

「ノンストップ時代アクションとして面白く読んだ」(森村誠一)
「争闘場面などに迫力があった」(北方謙三)
「筆力の冴えに現代性を認めた」(高見浩)
「何よりも戦闘場面が秀でていて、作品全体として際立った存在感を示していた」(福田和也)

といったように、選考委員の高い評価を受けた。タイトルを『血路 南稜七ツ家秘録』と改題し、二〇〇一年三月、角川春樹事務所から単行本が刊行される。ここから作者の、本格的な時代小説家としての歩みが始まることになるのだ。

二〇〇二年九月には本書の続篇となる『死地 南稜七ツ家秘録』を刊行。二〇〇四年一月から六月にかけて中央公論新社より、『嶽神忍風』が全三巻で刊行された。ちなみに『嶽神忍風』は、「南稜七ツ家秘録」シリーズとは別の山の者を主人公にした、時代活劇の傑作である。私が、好きで好きで堪《たま》らない作品なのだ。しかし『嶽神忍風』の売り上げは芳《かんば》しくなく、作者はしばらく山の者から離れる。「戻り舟同心」「雨乞の左右吉捕物話」「北町奉行所捕物控」シリーズなど、江戸を舞台にした捕物帖が増えていったのだ。

そんな作者が再び、山の者を題材にしたのが、二〇一一年二月に毎日新聞社より刊行された『逆渡《さかわた》り』（現『嶽神列伝 逆渡り』）である。これが呼び水になったのか、翌一二年五月には『嶽神忍風』が、タイトルを『嶽神』に変えて、講談社文庫より復刊された。さらに二〇一三年十月には、新たな山の者・木暮衆《こぐれしゅう》の無《む》坂《さか》を主人公にした『嶽神伝 無坂』を書き下ろしで刊行。シリーズ化され『嶽神伝 孤猿《こえん》』『嶽神伝 鬼《き》哭《こく》』と書き継がれている。

このように広がりを見せている「嶽神伝」ワールドに、あらためて『血路 南稜七ツ家秘録』が加わることになった。タイトルを『嶽神伝 血路』と改題し、講談社文庫から復刊されたのだ。それが本書なのである。

いささか前置きが長くなった。そろそろ作品の内容に踏み込んでいこう。本書には、さまざまな魅力があるが、まず挙げておきたいのが《南稜七ツ家》の設定である。《南稜七ツ家》とは、従来の山の者（山窩《さんか》）から離れた一族のこと。いずことも知れぬ深山で五年十年と狩りを続けた後、また別の深山へと移動するが、いつも山の南側に七軒の家を建てて暮らすことから《南稜七ツ家》と呼ばれている。戦国乱世の中で、いつしか人質や捕われ人を敵城から落とす（逃す）仕事を請け負うようになり、《落としの七ツ》の異名もある。山窩を扱った時代小説は、それまでになかったわけではないが、数は少ない。そこに果敢に切り込みながら、他に類を見ない特殊な集団を創造したところが、本書の大きな魅力になっているのだ。

やや余談になるが、《南稜七ツ家》という名称についても触れておこう。作者のネーミングセンスは素晴らしいものがあり、山の者が使う技の名前など、なんとも恰好いい。技ではないが、《南稜七ツ家》もそうだ。どうすれば、このような名称を思いつくのか。それに関して、講談社文庫のPR雑誌「IN☆POCKET」二〇一五年五月号に掲載された、作者と私の対談「『嶽神』の魅力とは、なにか」の、作者の発言に目を向けたい。大学職員を辞めた作者が、清水で新たな生活を始めようとしたときのことだ。静岡鉄道のある駅に着いたら、最寄りの地名みたいな看板が出ていて、そこに「七ツ新屋」というものがあったという。以下、本書誕生の秘話にもなっているので、ちょっと長くなるが引用させていただく。

「七ツ新屋。それで、そこから『新』を取っ払って、『屋』から『家』に変えると、七ツ家になる。山の南の稜線に、七つの家を構える山の者の集団。『これで小説を書いたら、面白いかもしれないね』って言ったら、嫁さんが『書いて、書いて』と言うわけ。そのときは笑って、そのままになっていたんですが、しばらくしたら『貯金の残高があと半年ぐらいしかもたないよ』って言われた。その日新聞を見ていたら、角川春樹事務所の新人賞の募集があって、賞金は一〇〇万円。『一〇〇万あったら、しばらくはいい？』って言ったら、『うーん、焼け石に水みたいなもんだけど、ないよりはいいよ』って言うから、『じゃあ、何月何日に一〇〇万入るよ』って」

なんたる絵に描いた餅かと思うが、よほど題材に自信があったのだろう。《南稜七ツ家》の物語を執筆して投稿した作者は、本当に新人賞を受賞したのである。もし作者が「七ツ新屋」という地名に気づかなければ、この物語は生まれず、現在の長谷川卓は存在しなかったかもしれない。そう考えると人の世とは、実に不思議なものである。

　話を作品の内容に戻そう。本書は、ストーリーも素晴らしい。物語の冒頭で描かれるのは、甲斐と信濃の国境近くにある龍神岳城で起きた謀叛だ。芦田虎満が治める龍神岳城は防御に特化した難攻不落の城だが、信濃を狙う武田晴信（後の信玄）に唆《そその》かされた城主の弟の満輝の決起により、血塗られた交代劇が演じられる。虎満の嫡男で十四歳になる喜久丸は、父母と姉を殺され、自分も窮地に陥ったところを、たまたま《南稜七ツ家》の市蔵に助けられた。他人の気配を察知する天性の素質を見込まれた喜久丸は、市蔵の薫陶を受け、山の者の技術を身につけていく。やがて、ひとりで熊を倒すまでになった。そして《南稜七ツ家》は、喜久丸の仇討ちを助け、奇想天外な方法で龍神岳城を攻撃する。復讐を果たした喜久丸は、《南稜七ツ家》の一員になることを希望し、彼らと縁のある〝二ツ〟を名乗るようになるのだった。

　いきなり城主の嫡男の地位を失い、山の者と暮らし始める喜久丸。天与の才があるとはいえ、苦労は絶えない。それを乗り越え逞《たくま》しく成長していく若者の姿が、大きな読みどころになっている。また、龍神岳城の攻撃方法だが、とにかくぶっ飛んでいる。初めて読んだときは、「凄い！」と声を上げてしまったほどだ。とんでもないアイディアに、唖然茫然なのである。

山の者として成長する喜久丸と、驚天動地の城攻め。これだけでも長篇として成立するが、作者はもうひとつのストーリーを並走させる。《南稜七ツ家》が、晴信の妹・禰々《ねね》たちから新たな仕事を引き受けたのだ。忍者・透波《すっぱ》により警護され、《忍び殺し》の館と呼ばれている、武田家の躑躅ヶ崎館《つつじがさきやかた》。そこに潜入し、殺されるのを待つだけの赤ん坊・寅王《とらおう》を助け出し、駿河にいる晴信の父親の信虎のもとまで届けてほしいというのだ。苦心の末、躑躅ヶ崎館から寅王を奪取した《南稜七ツ家》の面々。しかし一路、駿河を目指す彼らを、武田の精鋭忍者集団《かまきり》が追う。山の者独自の技を駆使する《南稜七ツ家》と、選び抜かれた暗殺のプロの《かまきり》。異能者同士の闘いが、大地を血路と化すのだった。

いやもう、こちらのストーリーも、興奮必至の面白さ。先に引用した選評で、森村誠一・北方謙三・福田和也がアクション・シーンを高く評価しているが、それも当然だろう。駿河をゴール地点にして、逃げる《南稜七ツ家》と、追う《かまきり》。逃亡と追跡のドラマが、激しいアクションを伴って爆走する。次々と繰り出されるアクションのあの手この手に感心。よくぞまあ、これだけ考えるものだ。文章も視覚的であり、読んでいると攻防の場面が、ありありと目に浮かぶ。実は作者は絵が巧《うま》く、作品に登場する人物や小道具をイラストにしている。明快なアクション・シーンになっている理由は、そのあたりにもありそうだ。

ついでにいえば、《南稜七ツ家》の武器や技は、山での生活の延長線上から派生したものである。忍者の《かまきり》の武器や技が殺しを目的にしたものならば、《南稜七ツ家》のそれは、生きるためのもの。最初は《南稜七ツ家》を侮っていた《かまきり》が、どんどん倒されていく展開は痛快だが、ここに作品のテーマのひとつがあることを、見逃してはならないだろう。

さて、驚くべきことに、このふたつのストーリーは、クライマックスの対決に向かうための道程に過ぎない。喜久丸の件と寅王の件で、抜き差しならない関係になってしまった《南稜七ツ家》と《かまきり》。五人対五人の対決により、互いの悪因縁を断ち切ることに同意する。そして、不入《いらず》の森で、ついに激突するのだ。

選び抜かれた異能者同士のバトルロワイヤルというと、山田風太郎の『甲賀忍法帖』から始まる、一連の〝風太郎忍法帖〟が想起される。この風太郎忍法帖が後世に与えた影響は強いものがあり、小説や漫画で大きく拡大していった。本書もその系譜に連なる作品といえるのだが、山の者を使ったことで、独自色を発揮している。天与の才があるとはいえ実戦経験の少ない喜久丸と、本質的には戦闘集団ではない《南稜七ツ家》が、いかにして殺しのプロの《かまきり》と闘うのか。敵味方が入り乱れての凄絶なバトルに、胸の鼓動が早くなるのだ。

不入の森で繰り広げられる闘いは、どれも夢中になってしまうが、特に注目したいのが、相手の気配を読むという、二ツの能力の見せ方だ。《かまきり》の側に、気配を消すのに長《た》けた陽炎《かげろう》という忍者を配することにより、バトルロワイヤル屈指の好カードとなっているのである。いったい作者は何度、私を興奮させようというのだ。とことん読者を楽しませようという、エンタテインメント精神に脱帽だ。

ところで先に引用した対談の中で、作者は嶽神について、

「『嶽神』が一体何なのかというのは、実はわたしにもよく分らないんですが、恐らく平和をもたらす人間であろう。すると、今までの登場人物たちがそういう人間になれるのかっていうと、そうではなさそう。人に出会ったとき、入るつもりはないんだけれどもその懐の中に入っていって、人の心を変えていく力がある者。そういう者が嶽神になっていくんだろうな、と思っているんですが」

と、いっている。これは「嶽神伝」シリーズを理解するための、重要なポイントといっていい。人間の生存領域が拡大することにより、かつて自然だった場所にまで人間が入り込むようになり、元からいた動物と軋轢《あつれき》が生まれる。戦国乱世と山の者の関係も、そのようなものといっていいかもしれない。

本書に続き、『死地　南稜七ツ家秘録』も、「嶽神伝」シリーズの一冊として、講談社文庫で復刊されるという。この作品を読んだ人は、本書で若者だった二ツが、老人となって登場したことに驚いたはずだ。というか、私は驚いた。しつこく対談から引用させてもらうが、このことについて作者は、

「『血路』では一四歳で登場して最後で二〇歳になって、『死地』では六〇歳にしたんです。もうこれで山の者を書けなくなっても悔いがないように、終わりを書いちゃった」

といい、さらに「もし売れるようになったら、途中を書いていきゃいいなと」と、

続けている。やや変則的ではあるが、この願いは果たされる。『嶽神伝　孤猿』『嶽神伝　鬼哭』に、二ツが登場するのだ。

いや、それどころではない。涌井谷衆の多十（『嶽神』）、四三衆《しそう》の月草（『嶽神列伝　逆渡り』）と、「嶽神伝」シリーズの他作品の主人公たちも登場。これはもう〝スーパー嶽神大戦〟である。この解説を書いている時点では、はっきりしたことは分からぬが、シリーズの新刊の予定もあるという。痛快な時代活劇であるシリーズは、一方で、山の者が戦国乱世を剔抉《てっけつ》する物語にもなっている。戦国武将と私たち読者を戦慄《せんりつ》せしめる、山の者たちの活躍。いつまでも続いてほしいものである。

本書は『血路　南稜七ツ家秘録』（ハルキ文庫）を
改題改訂したものです。

|著者|長谷川 卓　1949年、神奈川県生まれ。早稲田大学大学院文学研究科演劇専攻修士課程修了。'80年、「昼と夜」で第23回群像新人文学賞受賞。'81年、「百舌が啼いてから」で芥川賞候補となる。2000年、本書『血路　南稜七ツ家秘録』(改題)で第2回角川春樹小説賞受賞。主な著書に『死地』、「高積見廻り同心御用控」シリーズ、「雨乞の左右吉捕物話」シリーズ、「嶽神伝」シリーズなどがある。

嶽神伝《がくじんでん》　血路《けつろ》

長谷川《はせがわ》 卓《たく》
© Taku Hasegawa 2018

講談社文庫

定価はカバーに
表示してあります

2018年10月16日第1刷発行

発行者――渡瀬昌彦
発行所――株式会社　講談社
東京都文京区音羽2-12-21　〒112-8001
電話　出版 (03) 5395-3510
　　　販売 (03) 5395-5817
　　　業務 (03) 5395-3615

Printed in Japan

デザイン―菊地信義
本文データ制作―講談社デジタル製作
印刷―――信毎書籍印刷株式会社
製本―――株式会社国宝社

落丁本・乱丁本は購入書店名を明記のうえ、小社業務あてにお送りください。送料は小社負担にてお取替えします。なお、この本の内容についてのお問い合わせは講談社文庫あてにお願いいたします。
本書のコピー、スキャン、デジタル化等の無断複製は著作権法上での例外を除き禁じられています。本書を代行業者等の第三者に依頼してスキャンやデジタル化することはたとえ個人や家庭内の利用でも著作権法違反です。

ISBN978-4-06-513214-2

講談社文庫刊行の辞

二十一世紀の到来を目睫に望みながら、われわれはいま、人類史上かつて例を見ない巨大な転換期をむかえようとしている。

世界も、日本も、激動の予兆に対する期待とおののきを内に蔵して、未知の時代に歩み入ろうとしている。このときにあたり、創業の人野間清治の「ナショナル・エデュケイター」への志を現代に甦らせようと意図して、われわれはここに古今の文芸作品はいうまでもなく、ひろく人文・社会・自然の諸科学から東西の名著を網羅する、新しい綜合文庫の発刊を決意した。

激動の転換期はまた断絶の時代である。われわれは戦後二十五年間の出版文化のありかたへの深い反省をこめて、この断絶の時代にあえて人間的な持続を求めようとする。いたずらに浮薄な商業主義のあだ花を追い求めることなく、長期にわたって良書に生命をあたえようとつとめるところにしか、今後の出版文化の真の繁栄はあり得ないと信じるからである。

同時にわれわれはこの綜合文庫の刊行を通じて、人文・社会・自然の諸科学が、結局人間の学にほかならないことを立証しようと願っている。かつて知識とは、「汝自身を知る」ことにつきていた。現代社会の瑣末な情報の氾濫のなかから、力強い知識の源泉を掘り起し、技術文明のただなかに、生きた人間の姿を復活させること。それこそわれわれの切なる希求である。

われわれは権威に盲従せず、俗流に媚びることなく、渾然一体となって日本の「草の根」をかたちづくる若く新しい世代の人々に、心をこめてこの新しい綜合文庫をおくり届けたい。それは知識の泉であるとともに感受性のふるさとであり、もっとも有機的に組織され、社会に開かれた万人のための大学をめざしている。大方の支援と協力を衷心より切望してやまない。

一九七一年七月

野間省一